中華文化思想叢書

老北大講義

中國小說史略

魯迅　著

出版說明

　　自一八九八年建校以來，北京大學作為中國第一所國立大學，當仁不讓地成為一座重鎮。我們很難在「重鎮」的前面加上合適的定語，如果掛一漏萬地勉強做一下嘗試，那麼，如下關鍵字應該無法忽略：教育、學術、思想、文化傳承；如果在這些嚴肅的字眼前做個補充，我們應該謹慎地加上──心目中。

　　因此，這句話完整地表述出來，或許是這個樣子的──北大是我們心目中一座教育、學術、思想和文化傳承的重鎮。

　　從語法的角度來看，離中心詞越遠的形容詞，它的定語功能越弱，因此，這個「心目中」的限定作用其實很讓人懷疑──難道事實不是這樣嗎？難道北大只是無數人在心中塑造的神聖殿堂嗎？

　　確實如此，在我們沒有條件走入北大的課堂，在我們沒有聆聽教授們的傳道、授業、解惑，甚至在我們沒有閱讀這套《老北大講義》之前，它只不過存在於我們渴求學業、探求人文理想的心目中。如今的我們很難跨越時空觸摸「五四」時期的紅樓，也再無可能聽到黃侃擠兌胡適的精彩言辭──但好在，校址課堂可以變換，教授先生可以逝去，但這套《老北大講義》，仍然使這座學術思想的重鎮觸手可及般呈現在我們的面前，而不僅僅再讓我們於心目中憧憬和描摹。事實上，又有什麼比文字著述能流傳得更遠更久，同時又能連綴百年與今日、先賢與遺產呢？

　　這套《老北大講義》，就是這樣與我們「心目中」的那座殿堂如此接近，它來自於塑造這座重鎮所需的基石──現在我們依然無法用準確的詞彙總結出給神殿做基石所必要的成分。好在北大建校百年後的

大洋彼岸，美國史丹佛大學明確拒絕了國務卿萊斯重回母校任職的申請。一位教授這樣闡述他的理由：萊斯為之服務的政府破壞了正義、科學、專業、正直等基本的學術價值觀，史丹佛不應該再讓她回來。美國人在現代文明中體會到「學校」的本質精神，而早在百年前社會思想紛雜的亂世中，北大的學者便在這個基礎上加上了「勇氣」二字，因為，他們面對的是啟蒙。

正是基於勇氣之下的正義、科學、專業、正直，老北大的講義直到如今，依然在現代學術和思想史上具有無可替代的價值。原因似乎很簡單：它只為良知負責，而不摻雜任何功利；原因卻也很複雜：能夠做到這一點，並不是僅有願望和堅持那麼容易。因此，我們很難想像，這套《老北大講義》，是如何能夠穿越百年風雲，在思想的多次變革和社會的動盪過後，依然能夠熠熠閃光。

或許所有的答案早在蔡元培先生的一句話中：「循思想自由原則，取相容並包之義。」這是北大的立校之基，是北大的教育準繩。但是，如果我們拋開了學校與教育的因素，就會清晰地看到現代學術與思想發軔的源頭。正是本著這種精神，這套《老北大講義》呈現出大多數人意想不到的面貌：

其一，它涵蓋了文學、史學、藝術、哲學甚至更多的邊緣學科。而我們大概很難想到那些目前幾近符號化定格的先賢竟會如此「跨學科」，在某個非專項的細小考證上侃侃而談；

其二，在同類學術問題的思考上，各教授的觀點未必一致甚或相左。課堂上也經常有明譏暗諷、互相貶低之類的掌故。但這並不妨礙落了下風的一方以獨立的精神和學術的品格堅守自己；

其三，在當時的情況下，教授們對西方現代哲學思想或歷史觀念的瞭解並不很深，哪怕對本國正在發生的白話文運動也多有不成熟的看法，但這並不妨礙以客觀踏實的精神大膽探求；

其四，即或放在今天，我們依然看到著述中鮮活的思路和治學原則。或許其所述內容業已陳舊，但其字裡行間跳動的思想卻是今天的某些所謂巨著中缺少的靈魂。

正因為如此，《老北大講義》不僅僅是小小課堂的教學工具，更是現代學術和思想發軔的第一媒介。因為有了李大釗的《史學要論》，才有了馬克思主義唯物史觀在中國的首次公開而正式的傳播；因為有了胡適的西方哲學講義，才有了國人對西方文明尤其是現代思潮的進一步瞭解；因為有了錢玄同和劉半農的漢語研究，才有了推動白話文運動的基本依據⋯⋯

當我們無法親臨北大課堂，當我們無法回到那個大師輩出的年代時，這套《老北大講義》像是一座橋梁溝通了時空，輕易地在我們腳下搭建了一條通往中國學養源頭的路。

然而，對這些珍貴思想文化遺產的整理和推廣，看似輕易簡單，實則困難重重。在首批推出的著述中，我們不得不仔細考慮作者的成就與影響，也不得不考量每一本書的內容價值，甚至還得兼顧品種的豐富性和學科的完整性，因此，難免有遺珠之憾。

此外，有些影響較廣的著述，此前亦有各種單行本見於市面。編者雖然力求呈現出更多的新品種，填補文化傳承上的空白，但考慮到這是國內首次完整地以「老北大講義」的概念進行編纂出版，所以，我們也在嚴謹衡量的基礎上推出了這類「舊作」。

以往，老北大講義有很多著述僅有存目，出版本十分罕見。但讓我們十分快慰的是，在此次編選的過程中找到了一些孤本，不日將陸續付梓——在興奮與欣喜之餘，我們也不免懼怕，如果再不出版，它們，這些凝聚一流學者畢生心血的思想學術經典，恐怕後人再難讀到了。

正因如此，我們希望這套書的出版，能夠延續我們「心目中」的

那座殿堂，否則，很難說再過百年後，北大是不是一座空中樓閣，會
不會只是個在口頭傳頌的一段傳奇。

前言

　　魯迅（1881-1936），原名周樟壽，後改名周樹人，字豫才。中國現代偉大的文學家和思想家。一九一八年以「魯迅」為筆名，發表中國文學史上第一篇白話小說《狂人日記》。代表作有小說集《吶喊》、《彷徨》，散文集《朝花夕拾》，散文詩集《野草》，雜文集《墳》、《熱風》、《華蓋集》等。作品被譯成英、日、俄、西、法、德等五十多種文字，在世界各地擁有眾多的讀者。

　　魯迅先生是以教育部官員的身份任教北大的，所以只受聘為「講師」而非「教授」。其實他與蔡元培先生相識已久，一九一二年，蔡元培受命為中華民國臨時政府教育總長後，便委託許壽裳請魯迅赴南京任事。後蔡元培赴北京，仍請魯迅北上任教育部僉事、社會教育司第一科科長，主管科學、美術館、博物館、圖書館、音樂會、演藝會等。一九一七年蔡元培任北大校長後，很快就給魯迅去信。當時魯迅在教育部供職，暫時無法任教，蔡元培便多次延請周作人，並聘他為文科教授兼國史編纂處纂輯員，教授歐洲文學史和羅馬文學史，還請魯迅為北大設計校徽。直到一九二〇年八月，蔡元培才正式給魯迅下了聘書，請其擔任講師。到了一九二七年蔡元培任中華民國大學院院長後，又專程拜訪魯迅，聘請他為特約著作員。可以說，蔡元培對魯迅是極為欣賞和器重的。

　　從一九二〇年到一九二六年，魯迅在北大開設了「中國小說史」及「文藝理論」課程，並擔任北大研究所國學門委員會委員等職。「中國小說史」課程講義原名「中國小說史大略」，於一九二三年十二月到次年六月由北京大學新潮社分上下冊出版，並正式定名《中國小說史

略》；一九二五年，魯迅先生稍加修改後，由北京北新書局合印一冊出版；一九三一年又對其中三篇有所修訂；到了一九三五年第十版最後一次改訂後，以後各版均與第十版同。

《中國小說史略》是中國第一部小說史專著，書中對從上古神話到清末譴責小說的中國歷代小說進行了精闢的論述，總結了中國小說的歷史發展和成就，是一部具有里程碑意義的學術著作。胡適先生給了它很高評價，說它「是一部開山的創作，搜集甚勤，取材甚精，斷制也甚謹嚴」（胡適，《白話文學史》）；郭沫若先生更是將《中國小說史略》和王國維的《宋元戲曲史》並譽為「中國文藝史研究上的雙璧」，認為二者所從事的，「不僅是拓荒的工作，前無古人，而且是權威的成就，一直領導著百萬的後學」。

魯迅先生逝世時，蔡元培所獻的一副挽聯如此寫道：「著述最謹嚴豈徒中國小說史，遺言太沉痛莫作空頭文學家」，短短二十四字，同時讚譽了此書的學術價值和魯迅先生的人格。

題記

　　回憶講小說史時，距今已垂十載，即印此梗概，亦已在七年之前矣。爾後研治之風，頗益盛大，顯幽燭隱，時亦有聞。如鹽谷節山教授之發見元刊《全相平話》殘本及「三言」，並加考索，在小說史上，實為大事；即中國嘗有論者，謂當有以朝代為分之小說史，亦殆非膚泛之論也。此種要略，早成陳言，惟緣別無新書，遂使尚有讀者，復將重印，義當更張，而流徙以來，斯業久廢，昔之所作，已如雲煙，故僅能於第十四、十五及二十一篇，稍施改訂，余則以別無新意，大率仍為舊文。大器晚成，瓦釜以久，雖延年命，亦悲荒涼，校訖黯然，誠望傑構於來哲也。

　　　　　　　　　　一九三〇年十一月二十五日之夜，魯迅記

序言

　　中國之小說自來無史；有之，則先見於外國人所作之中國文學史中，而後中國人所作者中亦有之，然其量皆不及全書之什一，故於小說仍不詳。

　　此稿雖專史，亦粗略也。然而有作者，三年前，偶當講述此史，自慮不善言談，聽者或多不憭，則疏其大要，寫印以賦同人；又慮鈔者之勞也，乃復縮為文言，省其舉例以成要略，至今用之。

　　然而終付排印者，寫印已屢，任其事者實早勞矣，惟排字反較省，因以印也。

　　自編輯寫印以來，四五友人或假以書籍，或助為校勘，雅意勤勤，三年如一，嗚呼，於此謝之！

一九二三年十月七日夜，魯迅記於北京

目次

第一篇
史家對於小說之著錄及論述

　　小說之名，昔者見於莊周之云「飾小說以干縣令」（《莊子・外物》），然案其實際，乃謂瑣屑之言，非道術所在，與後來所謂小說者固不同。桓譚言「小說家合殘叢小語，近取譬喻，以作短書，治身理家，有可觀之辭。」（李善注《文選》三十一引《新論》）始若與後之小說近似，然《莊子》云堯問孔子，《淮南子》云共工爭帝地維絕，當時亦多以為「短書不可用」，則此小說者，仍謂寓言異記，不本經傳，背於儒術者矣。後世眾說，彌復紛紜，今不具論，而徵之史：緣自來論斷藝文，本亦史官之職也。

　　秦既燔滅文章以愚黔首，漢興，則大收篇籍，置寫官，成哀二帝，復先後使劉向及其子歆校書秘府，歆乃總群書而奏其《七略》。《七略》今亡，班固作《漢書》，刪其要為《藝文志》，其三曰《諸子略》，所錄凡十家，而謂「可觀者九家」，小說則不與，然尚存於末，得十五家。班固於志自有注，其有某曰云云者，唐顏師古注也。

　　　《伊尹說》二十七篇。（其語淺薄，似依託也。）

　　　《鬻子說》十九篇。（後世所加。）

　　　《周考》七十六篇。（考周事也。）

　　　《青史子》五十七篇。（古史官記事也。）

　　　《師曠》六篇。（見《春秋》，其言淺薄，本與此同，似因托之。）

　　　《務成子》十一篇。（稱堯問，非古語。）

《宋子》十八篇。（孫卿道：「宋子，其言黃老意。」）

《天乙》三篇。（天乙謂湯，其言殷時者，皆依託也。）

《黃帝說》四十篇。（迂誕依託。）

《封禪方說》十八篇。（武帝時。）

《待詔臣饒心術》二十五篇。（武帝時。師古曰，劉向《別錄》云：「饒，齊人也，不知其姓，武帝時待詔，作書，名曰《心術》。」）

《待詔臣安成未央術》一篇。（應劭曰，道家也，好養生事，為未央之術。）

《臣壽周紀》七篇。（項國圉人，宣帝時。）

《虞初周說》九百四十三篇。（河南人，武帝時以方士侍郎，號黃車使者。應劭曰：其說以《周書》為本。師古曰，《史記》云：「虞初，洛陽人。」即張衡〈西京賦〉「小說九百，本自虞初」者也。）

《百家》百三十九卷。

右小說十五家，千三百八十篇。

小說家者流，蓋出於稗官，街談巷語，道塗者之所造也。孔子曰，「雖小道，必有可觀者焉，致遠恐泥。」是以君子弗為也，然亦弗滅也，閭裡小知者之所及，亦使綴而不忘，如或一言可采，此亦芻蕘狂夫之議也。

右所錄十五家，梁時已僅存《青史子》一卷，至隋亦佚；惟據班固注，則諸書大抵或托古人，或記古事，托人者似子而淺薄，記事者近史而悠繆者也。

唐貞觀中，長孫無忌等修《隋書》，《經籍志》撰自魏徵，祖述晉荀勖《中經簿》而稍改變，為經史子集四部，小說故隸於子。其所著

錄，《燕丹子》而外無晉以前書，別益以記談笑應對，敘藝術器物遊樂者，而所論列則仍襲《漢書・藝文志》（後略稱《漢志》）：

> 小說者，街談巷語之說也，《傳》載輿人之頌，《詩》美詢於芻蕘，古者聖人在上，史為書，瞽為詩，工誦箴諫，大夫規誨，士傳言而庶人謗；孟春，徇木鐸以求歌謠，巡省，觀人詩以知風俗，過則正之，失則改之，道聽塗，靡不畢紀，周官誦訓掌道方志以詔觀事，道方慝以詔避忌，而職方氏掌道四方之政事與其上下之志，誦四方之傳道而觀其衣物是也。孔子曰，「雖小道，必有可觀者焉，致遠恐泥。」

石晉時，劉昫等因韋述舊史作《唐書・經籍志》（後略稱《唐志》），則以毋煚等所修之《古今書錄》為本，而意主簡略，刪其小序發明，史官之論述由是不可見。所錄小說，與《隋書・經籍志》（後略稱《隋志》）亦無甚異，惟刪其亡書，而增張華《博物志》十卷，此在《隋志》，本屬雜家，至是乃入小說。

宋皇祐中，曾公亮等被命刪定舊史，撰志者歐陽修，其《藝文志》（後略稱《新唐志》）小說類中，則大增晉至隋時著作，自張華《列異傳》、戴祚《甄異傳》至吳筠《續齊諧記》等志神怪者十五家一百十五卷，王延秀《感應傳》至侯君素《旌異記》等明因果者九家七十卷，諸書前志本有，皆在史部雜傳類，與者舊高隱孝子良吏列女等傳同列，至是始退為小說，而史部遂無鬼神傳；又增益唐人著作，如李恕《誡子拾遺》等之垂教誡，劉孝孫《事始》等之數典故，李涪《刊誤》等之糾訛謬，陸羽《茶經》等之敘服用，併入此類，例乃愈棼，元修《宋史》，亦無變革，僅增蕪雜而已。

明胡應麟（《少室山房筆叢》二十八）以小說繁夥，派別滋多，於

是綜核大凡，分為六類：

一曰志怪：《搜神》，《述異》，《宣室》，《酉陽》之類是也；

一曰傳奇：《飛燕》，《太真》，《崔鶯》，《霍玉》之類是也；

一曰雜錄：《世說》，《語林》，《瑣言》，《因話》之類是也；

一曰叢談：《容齋》，《夢溪》，《東谷》，《道山》之類是也；

一曰辯訂：《鼠璞》，《雞肋》，《資暇》，《辯疑》之類是也；

一曰箴規：《家訓》，《世範》，《勸善》，《省心》之類是也。

清乾隆中，敕撰《四庫全書總目提要》，以紀昀總其事，於小說別為三派，而所論列則襲舊志。

……跡其流別，凡有三派：其一敘述雜事，其一記錄異聞，其一綴輯瑣語也。唐宋而後，作者彌繁，中間誣謾失真，妖妄熒聽者，固為不少，然寓勸戒，廣見聞，資考證者，亦錯出其中。班固稱「小說家流蓋出於稗官」，如淳注謂「王者欲知閭巷風俗，故立稗官，使稱說之」。然則博采旁搜，是亦古制，固不必以冗雜廢矣。今甄錄其近雅馴者，以廣見聞，惟猥鄙荒誕，徒亂耳目者，則黜不載焉。
《西京雜記》六卷。《世說新語》三卷。……
　　右小說家類雜事之屬……
《山海經》十八卷。《穆天子傳》六卷。《神異經》一卷。……
《搜神記》二十卷。……《續齊諧記》一卷。……
　　右小說家類異聞之屬……
《博物志》十卷。《述異記》二卷。《酉陽雜俎》二十卷，《續集》十卷。……

右小說家類瑣語之屬……

　　右三派者，校以胡應麟之所分，實止兩類，前一即雜錄，後二即志怪，第析敘事有條貫者為異聞，鈔錄細碎者為瑣語而已。傳奇不著錄；叢談辯訂箴規三類則多改隸於雜家，小說範圍，至是乃稍整潔矣。然《山海經》《穆天子傳》又自是始退為小說，案語云，「《穆天子傳》舊皆入起居注類，……實則恍惚無徵，又非《逸周書》之比，……以為信史而錄之，則史體雜，史例破矣。今退置於小說家，義求其當，無庸以變古為嫌也。」於是小說之志怪類中又雜入本非依託之史，而史部遂不容多含傳說之書。

　　至於宋之平話，元明之演義，自來盛行民間，其書故當甚夥，而史志皆不錄。惟明王圻作《續文獻通考》，高儒作《百川書志》，皆收《三國志演義》及《水滸傳》，清初錢曾作《也是園書目》，亦有通俗小說《三國志》等三種，宋人詞話《燈花婆婆》等十六種。然《三國》《水滸》，嘉靖中有都察院刻本，世人視若官書，故得見收，後之書目，尋即不載，錢曾則專事收藏，偏重版本，緣為舊刊，始以入錄，非於藝文有真知，遂離叛於曩例也。史家成見，自漢迄今蓋略同：目錄亦史之支流，固難有超其分際者矣。

第二篇
神話與傳說

　　志怪之作，莊子謂有齊諧，列子則稱夷堅，然皆寓言，不足徵信。《漢志》乃云出於稗官，然稗官者，職惟採集而非創作，「街談巷語」自生於民間，固非一誰某之所獨造也，探其本根，則亦猶他民族然，在於神話與傳說。

　　昔者初民，見天地萬物，變異不常，其諸現象，又出於人力所能以上，則自造眾說以解釋之：凡所解釋，今謂之神話。神話大抵以一「神格」為中樞，又推演為敘說，而於所敘說之神，之事，又從而信仰敬畏之，於是歌頌其威靈，致美於壇廟，久而愈進，文物遂繁。故神話不特為宗教之萌芽，美術所由起，且實為文章之淵源。惟神話雖生文章，而詩人則為神話之仇敵，蓋當歌頌記敘之際，每不免有所粉飾，失其本來，是以神話雖托詩歌以光大，以存留，然亦因之而改易，而銷歇也。如天地開闢之說，在中國所留遺者，已設想較高，而初民之本色不可見，即其例矣。

　　　天地混沌如雞子，盤古生其中，一萬八千歲。天地開闢，陽清為天，陰濁為地，盤古在其中，一日九變，神於天，聖於地。天日高一丈，地日厚一丈，盤古日長一丈，如此萬八千歲，天數極高，地數極深，盤古極長。後乃有三皇。（《藝文類聚》一引徐整《三五歷記》）

　　　天地，亦物也。物有不足，故昔者女媧氏煉五色石以補其闕，斷鼇之足以立四極。其後共工氏與顓頊爭為帝，怒而觸不周之

山，折天柱，絕地維，故天傾西北，日月星辰就焉，地不滿東南，故百川水潦歸焉。（《列子・湯問》）

迨神話演進，則為中樞者漸近於人性，凡所敘述，今謂之傳說。傳說之所道，或為神性之人，或為古英雄，其奇才異能神勇為凡人所不及，而由於天授，或有天相者，簡狄吞燕卵而生商，劉媼得交龍而孕季，皆其例也。此外尚甚眾。

堯之時，十日並出，焦禾稼，殺草木，而民無所食。猰貐鑿齒九嬰大風封豨脩蛇，皆為民害。堯乃使羿……上射十日而下殺猰貐。……萬民皆喜，置堯以為天子。（《淮南子・本經訓》）
羿請不死之藥於西王母，姮娥竊以奔月。（《淮南子・覽冥訓》。高誘注曰，姮娥羿妻。羿請不死之藥於西王母，未及服之。姮娥盜食之，得仙，奔入月中為月精。）
昔堯殛鯀於羽山，其神化為黃熊以入於羽淵。（《春秋左氏傳》）
瞽瞍使舜上塗廩，從下縱火焚廩，舜乃以兩笠自扞而下去，得不死。瞽瞍又使舜穿井，舜穿井為匿空，旁出。（《史記・舜本紀》）

中國之神話與傳說，今尚無集錄為專書者，僅散見於古籍，而《山海經》中特多。《山海經》今所傳本十八卷，記海內外山川神祇異物及祭祀所宜，以為禹益作者固非，而謂因《楚辭》而造者亦未是；所載祠神之物多用糈（精米），與巫術合，蓋古之巫書也，然秦漢人亦有增益。其最為世間所知，常引為故實者，有昆侖山與西王母。

昆侖之丘，是實惟帝之下都，神陸吾司之，其神狀虎身而九

尾，人面而虎爪。是神也，司天之九部及帝之囿時。（〈西山
經〉）

玉山，是西王母所居也。西王母其狀如人，豹尾虎齒而善嘯，
蓬髮戴勝，是司天之厲及五殘。（同上）

昆侖之墟方八百里，高萬仞；上有木禾，長五尋，大五圍；面
有九井，以玉為檻；面有九門，門有開明獸守之。百神之所
在。在八隅之岩，赤水之際，非仁羿莫能上。（〈海內西經〉）

西王母梯幾而戴勝杖（案此字當衍），其南有三青鳥，為西王母
取食，在昆侖墟北。（〈海內北經〉）

大荒之中有山，名曰豐沮玉門，日月所入。有靈山，巫咸巫即
巫朌巫彭巫姑巫真巫禮巫抵巫謝巫羅十巫從此升降，百藥爰
在。（〈大荒西經〉）

西海之南，流沙之濱，赤水之後，黑水之前，有大山，名曰昆
侖之丘。有神人面虎身有尾皆白處之。其下有弱水之淵環之。
其外有炎火之山，投物輒然。有人戴勝，虎齒豹尾，穴處，名
曰西王母。此山萬物盡有。（同上）

晉咸寧五年，汲縣民不准盜發魏襄王塚，得竹書《穆天子傳》五
篇，又雜書十九篇。《穆天子傳》今存，凡六卷；前五卷記周穆王駕八
駿西征之事，後一卷記盛姬卒於途次以至反葬，蓋即雜書之一篇。傳
亦言見西王母，而不敘諸異相，其狀已頗近於人王。

吉日甲子，天子賓於西王母，乃執白圭玄璧以見西王母。好獻
錦組百純，□組三百純，西王母再拜受之。□乙丑。天子觴西
王母於瑤池之上。西王母為天子謠，曰，「白雲在天，山陵自
出，道裡悠遠，山川間之，將子無死，尚能復來。」天子答之

曰,「予歸東土,和治諸夏,萬民平均,吾願見汝,比及三年,
將復而野。」天子遂驅升於弇山,乃紀丌跡於弇山之石,而樹
之槐,眉曰西王母之山。(卷三)
有虎在乎葭中。天子將至。七萃之士高奔戎請生捕虎,必全
之,乃生捕虎而獻之。天子命之為柙而畜之東虞,是為虎牢。
天子賜奔戎畋馬十駟,歸之太牢,奔戎再拜稽首。(卷五)

漢應劭說,《周書》為虞初小說所本,而今本《逸周書》中惟〈克
殷〉〈世俘〉〈王會〉〈太子晉〉四篇,記述頗多誇飾,類於傳說,余文
不然。至汲塚所出周時竹書中,本有《瑣語》十一篇,為諸國卜夢妖
怪相書,今佚,《太平御覽》間引其文;又汲縣有晉立《呂望表》,亦
引《周志》,皆記夢驗,甚似小說,或虞初所本者為此等,然別無顯
證,亦難以定之。

齊景公伐宋,至曲陵,夢見有短丈夫賓於前。晏子曰,「君所夢
何如哉?」公曰,「其賓者甚短,大上小下,其言甚怒,好
俯。」晏子曰,「如是,則伊尹也。伊尹甚大而短,大上小下,
赤色而髯,其言好俯而下聲。」公曰,「是矣。」晏子曰,「是
怒君師,不如違之。」遂不果伐宋。(《太平御覽》三百七十八)
文王夢天帝服玄纁以立於令狐之津。帝曰,「昌,賜汝望。」文
王再拜稽首,太公於後亦再拜稽首。文王夢之之夜,太公夢之
亦然。其後文王見太公而之曰,「而名為望乎?」答曰,「唯,
為望。」文王曰,「吾如有所見於汝。」太公言其年月與其日,
且盡道其言,「臣以此得見也。」文王曰,「有之,有之。」遂
與之歸,以為卿士。(晉立《太公呂望表》石刻,以東魏立《呂
望表》補闕字。)

　　他如漢前之《燕丹子》，漢揚雄之〈蜀王本紀〉，趙曄之《吳越春秋》，袁康、吳平之〈越絕書〉等，雖本史實，並含異聞。若求之詩歌，則屈原所賦，尤在〈天問〉中，多見神話與傳說，如「夜光何德，死則又育？厥利惟何，而顧菟在腹？」「鯀何所營？禹何所成？康回憑怒，地何故以東南傾？」「昆侖縣圃，其尻安在？增城九重，其高幾里？」「鯪魚何所？魖堆焉處？羿焉彃日？烏焉解羽？」是也。王逸曰，「屈原放逐，彷徨山澤，見楚有先王之廟及公卿祠堂，圖畫天地山川神靈琦瑋譎佹，及古賢聖怪物行事，……因書其壁，何而問之。」（本書注）是知此種故事，當時不特流傳人口，且用為廟堂文飾矣。其流風至漢不絕，今在墟墓間猶見有石刻神祇怪物聖哲士女之圖。晉既得汲塚書，郭璞為《穆天子傳》作注，又注《山海經》，作圖贊，其後江灌亦有圖贊，蓋神異之說，晉以後尚為人士所深愛。然自古以來，終不聞有薈萃熔鑄為巨制，如希臘史詩者，第用為詩文藻飾，而於小說中常見其跡象而已。

　　中國神話之所以僅存零星者，說者謂有二故：一者華土之民，先居黃河流域，頗乏天惠，其生也勤，故重實際而黜玄想，不更能集古傳以成大文。二者孔子出，以修身齊家治國平天下等實用為教，不欲言鬼神，太古荒唐之說，俱為儒者所不道，故其後不特無所光大，而又有散亡。

　　然詳案之，其故殆尤在神鬼之不別。天神地祇人鬼，古者雖若有辨，而人鬼亦得為神祇。人神淆雜，則原始信仰無由蛻盡；原始信仰存則類於傳說之言日出而不已，而舊有者於是僵死，新出者亦更無光焰也。如下例，前二為隨時可生新神，後三為舊神有轉換而無演進。

　　　蔣子文，廣陵人也，嗜酒好色，佻撻無度；常自謂骨青，死當為神。漢末為秣陵尉，逐賊至鐘山下，賊擊傷額，因解綬縛

之，有頃遂死。及吳先主之初，其故吏見文於道，……謂曰，「我當為此土地神，以福爾下民，爾可宣告百姓，為我立廟，不爾，將有大咎。」是歲夏大疫，百姓輒相恐動，頗有竊祠之者矣。（《太平廣記》二九三引《搜神記》）

世有紫姑神，古來相傳云是人家妾，為大婦所嫉，每以穢事相次役，正月十五日感激而死。故世人以其日作其形，夜於廁間或豬欄邊迎之。……投者覺重（案投當作捉，持也），便是神來，莫設酒果，亦覺貌輝輝有色，即跳躒不住；能占眾事，卜未來蠶桑，又善射鈎；好則大儛，惡便仰眠。（《異苑》五）

滄海之中，有度朔之山，上有大桃木，……其枝間東北曰鬼門，萬鬼所出入也。上有二神人，一曰神荼，一曰鬱壘，主閱領萬鬼，害惡之鬼，執以葦索而以食虎。於是黃帝乃作禮，以時驅之，立大桃人，門戶畫神荼鬱壘與虎，懸葦索，以禦凶魅。（《論衡》二十二引《山海經》，案今本中無之。）

東南有桃都山，……下有二神，左名隆，右名宯，並執葦索，伺不祥之鬼，得而煞之。今人正朝作兩桃人立門旁，……蓋遺像也。（《太平御覽》二九及九一八引《玄中記》以《玉燭寶典》注補）

門神，乃是唐朝秦叔保胡敬德二將軍也。按傳，唐太宗不豫，寢門外拋磚弄瓦，鬼魅呼號。……太宗懼之，以告群臣。秦叔保出班奏曰，「臣平生殺人如剖瓜，積屍如聚蟻，何懼魍魉乎？願同胡敬德戒裝立門外以伺。」太宗可其奏，夜果無警，太宗嘉之，命畫工圖二人之形象，……懸於宮掖之左右門，邪祟以息。後世沿襲，遂永為門神。（《三教搜神大全》七）

第三篇

《漢書‧藝文志》所載小說

　　《漢志》之敘小說家，以為「出於稗官」，如淳曰：「細米為稗。街談巷說，甚細碎之言也。王者欲知裡巷風俗，故立稗官，使稱說之。」（本注）其所錄小說，今皆不存，故莫得而深考，然審察名目，乃殊不似有采自民間，如《詩》之〈國風〉者。其中依託古人者七，曰：《伊尹說》、《鬻子說》、《師曠》、《務成子》、《宋子》、《天乙》、《黃帝》。記古事者二，曰：《周考》、《青史子》，皆不言何時作。明著漢代者四家：曰《封禪方說》、《待詔臣饒心術》、《臣壽周紀》、《虞初周說》。《待詔臣安成未央術》與《百家》，雖亦不云何時作，而依其次第，自亦漢人。

　　《漢志》道家有《伊尹說》五十一篇，今佚；在小說家之二十七篇亦不可考，《史記‧司馬相如傳》注引《伊尹書》曰：「箕山之東，青鳥之所，有盧橘夏熟。」當是遺文之僅存者。《呂氏春秋‧本味篇》述伊尹以至味說湯，亦云「青鳥之所有甘櫨」，說極詳盡，然文豐贍而意淺薄，蓋亦本《伊尹書》。伊尹以割烹要湯，孟子嘗所詳辯，則此殆戰國之士之所為矣。

　　《漢志》道家有《鬻子》二十二篇，今僅存一卷，或以其語淺薄，疑非道家言。然唐宋人所引逸文，又有與今本《鬻子》頗不類者，則殆真非道家言也。

　　　武王率兵車以伐紂。紂虎旅百萬，陣於商郊，起自黃鳥，至於赤斧，走如疾風，聲如振霆。三軍之士，靡不失色。武王乃命

太公把白旄以麾之，紂軍反走。（《文選李善注》及《太平御覽》
三百一）

青史子為古之史官，然不知在何時。其書隋世已佚，劉知幾《史
通》云「《青史》由綴於街談」者，蓋據《漢志》言之，非逮唐而復出
也。遺文今存三事，皆言禮，亦不知當時何以入小說。

> 古者胎教，王后腹之七月而就宴室，太史持銅而禦戶左，太宰
> 持門而禦戶右，太卜持著龜而禦堂下，諸官皆以其職禦於門
> 內。比及三月者，王后所求聲音非禮樂，則太史縕瑟而稱不
> 習，所求滋味者非正味，則太宰倚斗而不敢煎調，而言曰，「不
> 敢以待王太子。」太子生而泣，太史吹銅曰，「聲中某律。」太
> 宰曰，「滋味上某。」太卜曰，「命云某。」然後為王太子懸弧
> 之禮義。……（《大戴禮記‧保傅篇》，《賈誼新書‧胎教十
> 事》）
> 古者年八歲而出就外舍，學小藝焉，履小節焉；束髮而就大
> 學，學大藝焉，履大節焉。居則習禮文，行則鳴佩玉，升車則
> 聞和鸞之聲，是以非僻之心無自入也。……古之為路車也，蓋
> 圓以像天，二十八橑以像列星，軫方以像地，三十幅以像月。
> 故仰則觀天文，俯則察地理，前視則睹和鸞之聲，側聽則觀四
> 時之運：此巾車教之道也。（《大戴禮記‧保傅篇》）
> 雞者，東方之畜也。歲終更始，辨秩東作，萬物觸戶而出，故
> 以雞祀祭也。（《風俗通義》八）

《漢志》兵陰陽家有《師曠》八篇，是雜占之書，在小說家者不可
考，惟據本志注，知其多本《春秋》而已。《逸周書‧太子晉篇》記師

曠見太子，聆聲而知其不壽，太子亦自知「後三年當賓於帝所」，其說
頗似小說家。

　　虞初事詳本志注，又嘗與丁夫人等以方祠詛匈奴大宛，見《郊祀
志》，所著《周說》幾及千篇，而今皆不傳。晉唐人引《周書》者，有
三事如《山海經》及《穆天子傳》，與《逸周書》不類，朱右曾（《逸
周書集訓校釋》十一）疑是《虞初說》。

> 岶山，神蓐收居之。是山也，西望日之所入，其氣圓，神經光
> 之所司也。（《太平御覽》三）
> 天狗所止地盡傾，餘光燭天為流星，長十數丈，其疾如風，其
> 聲如雷，其光如電。（《山海經》注十六）
> 穆王田，有黑鳥若鳩，翩飛而跱於衡，禦者斃之以策，馬佚，
> 不克止之，躓於乘，傷帝左股。（《文選李善注》十四）

　　《百家》者，劉向《說苑敘錄》云，「《說苑雜事》，……其事類眾
多，……除去與〈新序〉復重者，其餘者淺薄不中義理，別集以為《百
家》。」《說苑》今存，所記皆古人行事之跡，足為法戒者，執是以推
《百家》，則殆為故事之無當於治道者矣。

　　其餘諸家，皆不可考。今審其書名，依人則伊尹鬻熊師曠黃帝，
說事則封禪養生，蓋多屬方士假託。惟青史子非是。又務成子名昭，
見《荀子》，《尸子》嘗記其「避逆從順」之教；宋子名鈃，見《莊
子》，《孟子》作宋牼，《韓非子》作宋榮子，《荀子》引子宋子曰，「明
見侮之不辱，使人不鬥」，則「黃老意」，然俱非方士之說也。

第四篇
今所見漢人小說

　　現存之所謂漢人小說，蓋無一真出於漢人，晉以來，文人方士，皆有偽作，至宋明尚不絕。文人好逞狡獪，或欲誇示異書，方士則意在自神其教，故往往托古籍以炫人；晉以後人之托漢，亦猶漢人之依託黃帝伊尹矣。此群書中，有稱東方朔班固撰者各二，郭憲劉歆撰者各一，大抵言荒外之事則云東方朔郭憲，關涉漢事則云劉歆班固，而大旨不離乎言神仙。

　　稱東方朔撰者有《神異經》一卷，仿《山海經》，然略於山川道裡而詳於異物，間有嘲諷之辭。《山海經》稍顯於漢而盛行於晉，則此書當為晉以後人作；其文頗有重複者，蓋又嘗散佚，後人鈔唐宋類書所引逸文復作之也。有注，題張華作，亦偽。

　　　南方有邯歱之林，其高百丈，圍三尺八寸，促節，多汁，甜如蜜。咋齧其汁，令人潤澤，可以節蚘蟲。人腹中蚘蟲，其狀如蚓，此消穀蟲也，多則傷人，少則穀不消。是甘蔗能減多蓋少，凡蔗亦然。（〈南荒經〉）
　　　西南荒中出訛獸，其狀若菟，人面能言，常欺人，言東而西，言惡而善。其肉美，食之，言不真矣。（原注，言食其肉，則其人言不誠。）一名誕。（〈西南荒經〉）
　　　昆侖之山有銅柱焉，其高入天，所謂「天柱」也，圍三千里，周圓如削。下有回屋，方百丈，仙人九府治之。上有大鳥，名曰希有，南向，張左翼覆東王公，右翼覆西王母；背上小處無

羽，一萬九千里，西王母歲登翼上，會東王公也。(〈中荒經〉)

《十洲記》一卷，亦題東方朔撰，記漢武帝聞祖洲、瀛洲、玄洲、炎洲、長洲、元洲、流洲、生洲、鳳麟洲、聚窟洲等十洲於西王母，乃延朔問其所有之物名，亦頗仿《山海經》。

> 玄洲在北海之中，戍亥之地，方七千二百里，去南岸三十六萬里。上有大玄都，仙伯真公所治。多丘山。又有風山，聲響如雷電，對天西北門。上多太玄仙官宮室，宮室各異。饒金芝玉草。乃是三天君下治之處，甚肅肅也。
>
> 征和三年，武帝幸安定。西胡月支獻香四兩，大如雀卵，黑如桑椹。帝以香非中國所有，以付外庫。……到後元元年，長安城內病者數百，亡者大半。帝試取月支神香燒之於城內，其死未三月者皆活，芳氣經三月不歇，於是信知其神物也，乃更秘錄餘香，後一旦又失之。……明年，帝崩於五柞宮，已亡月支國人鳥山震檀卻死等香也。向使厚待使者，帝崩之時，何緣不得靈香之用耶？自合殞命矣！

東方朔雖以滑稽名，然誕謾不至此。《漢書‧朔傳》贊云，「朔之詼諧逢占射覆，其事浮淺，行於眾庶，兒童牧豎，莫不眩耀，而後之好事者因取奇言怪語附著之朔。」則知漢世於朔，已多附會之談。二書雖偽作，而《隋志》已著錄，又以辭意新異，齊梁文人亦往往引為故實。《神異經》固亦神仙家言，然文思較深茂，蓋文人之為。《十洲記》特淺薄，觀其記月支國反生香，及篇首云，「方朔云：臣，學仙者也，非得道之人，以國家之盛美，將招名儒墨於文教之內，抑絕俗之道於虛詭之跡，臣故韜隱逸而赴王庭，藏養生而侍朱闕。」則但為方士竊慮

失志，藉以震眩流俗，且自解嘲之作而已。

　　稱班固作者，一曰《漢武故事》，今存一卷，記武帝生於猗蘭殿至崩葬茂陵雜事，且下及成帝時。其中雖多神仙怪異之言，而頗不信方士，文亦簡雅，當是文人所為。《隋志》著錄二卷，不題撰人，宋晁公武《郡齋讀書志》始云「世言班固作」，又云，「唐張柬之書《洞冥記》後云，《漢武故事》，王儉造也。」然後人遂徑屬之班氏。

　　帝以乙酉年七月七日生於猗蘭殿，年四歲，立為膠東王。數歲，長公主抱置膝上，問曰，「兒欲得婦不？」膠東王曰，「欲得婦。」長主指左右長御百餘人，皆云不用。末指其女問曰，「阿嬌好不？」於是乃笑對曰，「好。若得阿嬌，當作金屋貯之也。」長主大悅，乃苦要上，遂成婚焉。

　　上嘗輦至郎署，見一老翁，鬚鬢皓白，衣服不整。上問曰，「公何時為郎？何其老也？」對曰，「臣姓顏名駟，江都人也，以文帝時為郎。」上問曰，「何其老而不遇也？」駟曰，「文帝好文而臣好武，景帝好老而臣尚少，陛下好少而臣已老：是以三世不遇。」上感其言，擢拜會稽都尉。

　　七月七日，上於承華殿齋，日正中，忽見有青鳥從西方來。上問東方朔，朔對曰，「西王母暮必降尊像上。」……是夜漏七刻，空中無雲，隱如雷聲，竟天紫氣。有頃，王母至，乘紫車，玉女夾馭：戴七勝；青氣如雲；有二青鳥，夾侍母旁。下車，上迎拜，延母坐，請不死之藥。母曰，「……帝滯情不遣，欲心尚多，不死之藥，未可致也。」因出桃七枚，母自噉二枚，與帝五枚。帝留核著前。王母問曰，「用此何為？」上曰，「此桃美，欲種之。」母笑曰，「此桃三千年一著子，非下土所植也。」留至五更，談語世事而不肯言鬼神，肅然便去。東方

朔於朱鳥牖中窺母。母曰，「此兒好作罪過，疏妄無賴，久被斥
逐，不得還天，然原心無惡，尋當得還，帝善遇之！」母既
去，上惆悵良久。

　　其一曰《漢武帝內傳》，亦一卷，亦記孝武初生至崩葬事，而於王
母降特詳。其文雖繁麗而浮淺，且竊取釋家言，又多用《十洲記》及
《漢武故事》中語，可知較二書為後出矣。 宋時尚不題撰人，至明乃
並《漢武故事》皆稱班固作，蓋以固名重，因連類依託之。

　　到夜二更之後，忽見西南如白雲起，鬱然直來，徑趨宮庭；須
　　臾轉近。聞雲中簫鼓之聲，人馬之響。半食頃，王母至也。縣
　　投殿前，有似鳥集，或駕龍虎，或乘白麟，或乘白鶴，或乘軒
　　車，或乘天馬，群仙數千，光曜庭宇。既至，從官不復知所
　　在，唯見王母乘紫雲之輦，駕九色斑龍。別有五十天仙，……
　　咸住殿下。王母唯扶二侍女上殿，侍女年可十六七，服青綾之
　　袿，容眸流盼，神姿清發，真美人也！王母上殿，東向坐，著
　　黃金裕，文采鮮明，光儀淑穆，帶靈飛大綬，腰佩分景之劍，
　　頭上太華髻，戴太真晨嬰之冠，履玄璚鳳文之舄，視之可年
　　三十許，修短得中，天姿掩藹，容顏絕世，真靈人也！
　　帝跪謝。……上元夫人使帝還坐。王母謂夫人曰，「卿之為戒，
　　言甚急切，更使未解之人，畏於意志。」夫人曰，「若其志道，
　　將以身投餓虎，忘軀破滅，蹈火履水，固於一志，必無憂
　　也。……急言之發，欲成其志耳，阿母既有念，必當賜以尸解
　　之方耳。」王母曰，「此子勤心已久，而不遇良師，遂欲毀其正
　　志，當疑天下必無仙人，是故我發閬宮，暫舍塵濁，既欲堅其
　　仙志，又欲令向化不惑也。今日相見，令人念之。至於尸解下

方，吾甚不惜。後三年，吾必欲賜以成丹半劑，石像散一。具
與之，則徹不得復停。當今匈奴未彌，邊陲有事，何必令其倉
卒捨天下之尊，而便入林岫？但當問篤志何如。如其回改，吾
方數來。」王母因拊帝背曰，「汝用上元夫人至言，必得長生，
可不勖勉耶？」帝跪曰，「徹書之金簡，以身佩之焉。」

又有《漢武洞冥記》四卷，題後漢郭憲撰。全書六十則，皆言神
仙道術及遠方怪異之事；其所以名《洞冥記》者，序云，「漢武帝明俊
特異之主，東方朔因滑稽以匡諫，洞心於道教，使冥跡之奧，昭然顯
著。今籍舊史之所不載者，聊以聞見，撰《洞冥記》四卷，成一家之
書，」則所憑藉亦在東方朔。郭憲字子橫，汝南宋人，光武時征拜博
士，剛直敢言，有「關東觥觥郭子橫」之目，徒以濺酒救火一事，遂
為方士攀引，范曄作《後漢書》，遂亦不察而置之〈方術列傳〉中。然
《洞冥記》稱憲作，實始於劉昫《唐書》，《隋志》但云郭氏，無名。
六朝人虛造神仙家言，每好稱郭氏，殆以影射郭璞，故有《郭氏玄中
記》，有《郭氏洞冥記》。《玄中記》今不傳，觀其遺文，亦與《神異經》
相類；《洞冥記》今全，文如下：

　　黃安，代郡人也，為代郡卒，……常服朱砂，舉體皆赤，冬不
　　著裘，坐一神龜，廣二尺。人問「子坐此龜幾年矣？」對曰，
　　「昔伏羲始造網罟，獲此龜以授吾；吾坐龜背已平矣。此蟲畏日
　　月之光，二千歲即一出頭，吾坐此龜，已見五出頭矣。」……
　　（卷二）
　　天漢二年，帝升蒼龍閣，思仙術，召諸方士言遠國遐方之事。
　　唯東方朔下席操筆跪而進。帝曰，「大夫為朕言乎？」朔曰，
　　「臣遊北極，至種火之山，日月所不照，有青龍銜燭火以照山之

四極。亦有園圃池苑,皆植異木異草;有明莖草,夜如金燈,
折枝為炬,照見鬼物之形。仙人寧封常服此草,於夜暝時,轉
見腹光通外。亦名洞冥草。」帝令銼此草為泥,以塗雲明之
館,夜坐此館,不加燈燭;亦名照魅草;以藉足,履水不沉。
(卷三)

　　至於雜載人間瑣事者,有《西京雜記》,本二卷,今六卷者宋人所
分也。末有葛洪跋,言「其家有劉歆《漢書》一百卷,考校班固所作,
殆是全取劉氏,小有異同,固所不取,不過二萬許言。今鈔出為二
卷,以補《漢書》之闕。」然《隋志》不著撰人,《唐志》則云葛洪撰,
可知當時皆不信為真出於歆。段成式(《西陽雜俎・語資篇》)云,「庾
信作詩,用《西京雜記》事,旋自追改曰,『此吳均語,恐不足用。』」
後人因以為均作。然所謂吳均語者,恐指文句而言,非謂《西京雜記》
也,梁武帝敕殷芸撰《小說》,皆鈔撮故書,已引《西京雜記》甚多,
則梁初已流行世間,固以葛洪所造為近是。或又以文中稱劉向為家
君,因疑非葛洪作,然既託名於歆,則摹擬歆語,固亦理勢所必至
矣。書之所記,正如黃省曾序言,「大約有四:則猥瑣可略,閑漫無
歸,與夫杳昧而難憑,觸忌而須諱者。」然此乃判以史裁,若論文學,
則此在古小說中,固亦意緒秀異,文筆可觀者也。

　　司馬相如初與卓文君還成都,居貧憂懣,以所著鷫鸘裘就市人
陽昌貰酒,與文君為歡。既而文君抱頸而泣曰,「我生平富足,
今乃以衣裘貰酒!」遂相與謀,於成都賣酒。相如親著犢鼻褌
滌器,以恥王孫。王孫果以為病,乃厚給文君,文君遂為富
人。文君姣好,眉色如望遠山,臉際常若芙蓉,肌膚柔滑如
脂,為人放誕風流,故悅長卿之才而越禮焉。……(卷二)

郭威，字文偉，茂陵人也，好讀書，以謂《爾雅》周公所制，
而《爾雅》有「張仲孝友」，張仲，宣王時人，非周公之制明
矣。余嘗以問楊子雲，子雲曰，「孔子門徒游夏之儔所記，以解
釋六藝者也」。家君以為〈外戚傳〉稱「史佚教其子以《爾
雅》」，《爾雅》，小學也。又記言「孔子教魯哀公學《爾雅》」，
《爾雅》之出遠矣，舊傳學者皆云周公所記也，「張仲孝友」之
類，後人所足耳。（卷三）

司馬遷發憤作《史記》百三十篇，先達稱為良史之才。其以伯
夷居列傳之首，以為善而無報也；為〈項羽本紀〉，以踞高位者
非關有德也。及其序屈原賈誼，辭旨抑揚，悲而不傷，亦近代
之偉才。（卷四）

（廣川王去疾聚無賴發）欒書塚，棺柩明器，朽爛無餘。有一白
狐，見人驚走，左右擊之，不能得，傷其左腳。其夕，王夢一
丈夫鬚眉盡白，來謂王曰，「何故傷吾左腳？」乃以杖叩王左
腳。王覺，腳腫痛生瘡，至死不差。（卷六）

　　葛洪字稚川，丹陽句容人，少以儒學知名，究覽典籍，尤好神仙
導養之法，太安中，官伏波將軍。以平賊功封關內侯。干寶深相親
善，薦洪才堪國史，而洪聞交址出丹，自求為勾漏令，行至廣州，為
刺史所留，遂止羅浮，年八十一，兀然若睡而卒（約290—370），有傳
在《晉書》。洪著作甚多，可六百卷，其《抱朴子》（內篇三）言太丘
長穎川陳仲弓有《異聞記》，且引其文，略雲郡人張廣定以避亂置其四
歲女於古塚中，三年復歸，而女以效龜息得不死。然陳寔此記，史志
既所不載，其事又甚類方士常談，疑亦假託。葛洪雖去漢未遠，而溺
於神仙，故其言亦不足據。

　　又有〈飛燕外傳〉一卷，記趙飛燕姊妹故事，題漢河東都尉伶玄

子於撰，司馬光嘗取其「禍水滅火」語入《通鑒》，殆以為真漢人作，然恐是唐宋人所為。又有《雜事秘辛》一卷，記後漢選閱梁冀妹及冊立事，楊慎序云，「得於安寧土知州萬氏」，沈德符（《野獲編》二十三）以為即慎一時遊戲之作也。

第五篇
六朝之鬼神志怪書（上）

　　中國本信巫，秦漢以來，神仙之說盛行，漢末又大暢巫風，而鬼道愈熾；會小乘佛教亦入中土，漸見流傳。凡此，皆張惶鬼神，稱道靈異，故自晉訖隋，特多鬼神志怪之書。其書有出於文人者，有出於教徒者。文人之作，雖非如釋道二家，意在自神其教，然亦非有意為小說，蓋當時以為幽明雖殊途，而人鬼乃皆實有，故其敘述異事，與記載人間常事，自視固無誠妄之別矣。

　　《隋志》有〈列異傳〉三卷，魏文帝撰，今佚。惟古來文籍中頗多引用，故猶得見其遺文，則正如《隋志》所言，「以序鬼物奇怪之事」者也。文中有甘露年間事，在文帝后，或後人有增益，或撰人是假託，皆不可知。兩《唐志》皆云張華撰，亦別無佐證，殆後有悟其抵牾者，因改易之。惟宋裴松之《三國志注》，後魏酈道元《水經注》皆已徵引，則為魏晉人作無疑也。

> 　　南陽宋定伯年少時，夜行逢鬼，問曰，「誰？」鬼曰，「鬼也。」鬼曰，「卿復誰？」定伯欺之，言我亦鬼也。鬼問欲至何所，答曰欲至宛市，鬼言我亦欲至宛市。共行數裡，鬼言步行大亟，可共迭相擔也。定伯曰大善。鬼便先擔定伯數裡，鬼言卿大重，將非鬼也？定伯言，我新死，故重耳。定伯因復擔鬼，鬼略無重。如是再三。定伯復言，我新死，不知鬼悉何所畏忌？鬼曰，唯不喜人唾。……行欲至宛市，定伯便擔鬼至頭上，急持之。鬼大呼，聲咋咋索下。不復聽之，徑至宛市中，著地化

為一羊。便賣之。恐其便化,乃唾之,得錢千五百。(《太平御覽》八百八十四,《法苑珠林》六)

神仙麻姑降東陽蔡經家,手爪長四寸。經意曰,「此女子實好佳手,願得以搔背。」麻姑大怒。忽見經頓地,兩目流血。(《太平御覽》三百七十)

武昌新縣北山上有望夫石,狀若人立者。相傳云,昔有貞婦,其夫從役,遠赴國難,婦攜幼子,餞送此山,立望而形化為石。(《太平御覽》八百八十八)

　　晉以後人之造偽書,於記注殊方異物者每云張華,亦如言仙人神境者之好稱東方朔。張華字茂先,范陽方城人,魏初舉太常博士,入晉官至司空,領著作,封壯武郡公,永康元年四月趙王倫之變,華被害,夷三族,時年六十九(232—300),傳在《晉書》。華既通圖緯,又多覽方伎書,能識災祥異物,故有博物洽聞之稱,然亦遂多附會之說。梁蕭綺所錄王嘉《拾遺記》(九)言華嘗「捃採天下遺逸,自書契之始,考驗神怪,及世間閭裡所說,造《博物志》四百卷,奏於武帝」,帝令芟截浮疑,分為十卷。其書今存,乃類記異境奇物及古代瑣聞雜事,皆剌取故書,殊乏新異,不能副其名,或由後人綴輯復成,非其原本歟?今所存漢至隋小說,大抵此類。

《周書》曰,「西域獻火浣布,昆吾氏獻切玉刀,火浣布汙燒之則潔,刀切玉如蠟。」布漢世有獻者,刀則未聞。(卷二〈異產〉)

取鼈銼令如棋子大,搗赤莧汁和合,厚以茅苴,五六月中作,投池中,經旬臠臠盡成鼈也。(卷四〈戲術〉)

燕太子丹質於秦,……欲歸,請於秦王。王不聽。謬言曰,「令

烏頭白，馬生角，乃可。」丹仰而歎，烏即頭白，俯而嗟，馬
生角。秦王不得已而遣之，為機發之橋，欲陷丹，丹驅馳過之
而橋不發。遁到關，關門不開，丹為雞鳴，於是眾雞悉鳴，遂
歸。（卷八〈史補〉）

老子云，「萬民皆付西王母；唯王，聖人，真人，仙人，道人之
命，上屬九天君耳。」（卷九〈雜說〉上）

　　新蔡干寶字令升，晉中興後置史官，寶始以著作郎領國史，因家
貧求補山陰令，遷始安太守，王導請為司徒右長史，遷散騎常侍（四
世紀中）。寶著《晉紀》二十卷，時稱良史；而性好陰陽術數，嘗感
於其父婢死而再生，及其兄氣絕復蘇，自言見天神事，乃撰《搜神記》
二十卷。以「發明神道之不誣」（自序中語），見《晉書》本傳。《搜神
記》今存者正二十卷，然亦非原書，其書於神祇靈異人物變化之外，
頗言神仙五行，又偶有釋氏說。

　　漢下邳周式，嘗至東海，道逢一吏，持一卷書，求寄載，行十
餘里，謂式曰，「吾暫有所過，留書寄君船中，慎勿發之！」去
後，式盜發視，書皆諸死人錄，下條有式名。須臾吏還，式猶
視書。吏怒曰，「故以相告，而忽視之！」式叩頭流血，良久，
吏曰，「感卿遠相載，此書不可除卿名，今日已去，還家三年勿
出門，可得度也。勿道見吾書！」式還，不出已二年餘，家皆
怪之。鄰人卒亡，父怒使往吊之，式不得已，適出門，便見此
吏。吏曰，「吾令汝三年勿出，而今出門，知復奈何？吾求不見
連累為鞭杖，今已見汝，可復奈何？後三日日中，當相取也。」
……至三日日中，果見來取，便死。（卷五）

阮瞻字千里，素執無鬼論，物莫能難，每自謂此理足以辨正幽

明。忽有客通名詣瞻，寒溫畢，聊談名理，客甚有才辨，瞻與
之言良久，及鬼神之事，反復甚苦，客遂屈，乃作色曰，「鬼神
古今聖賢所共傳，君何得獨言無？即僕便是鬼！」於是變為異
形，須臾消滅。瞻默然，意色大惡，歲餘而卒。（卷十六）
焦湖廟有一玉枕，枕有小坼。時單父縣人楊林為賈客，至廟祈
求，廟巫謂曰，「君欲好婚否？」林曰，「幸甚。」巫即遣林近
枕邊，因入坼中，遂見朱樓瓊室。有趙太尉在其中，即嫁女與
林，生六子，皆為秘書郎。歷數十年，並無思歸之志，忽如夢
覺，猶在枕傍，林悵然久之。（今本無此條，見《太平寰宇記》
一百二十六引）

　　續干寶書者，有《搜神後記》十卷。題陶潛撰。其書今具存，亦
記靈異變化之事如前記，陶潛曠達，未必拳拳於鬼神，蓋偽託也。

干寶字令升，其先新蔡人。父瑩，有嬖妾。母至妒，寶父葬
時，因生推婢著藏中，寶兄弟年小，不之審也。經十年而母
喪，開墓，見其妾伏棺上，衣服如生，就視猶暖，輿還家，終
日而蘇，云寶父常致飲食，與之寢接，恩情如生。家中吉凶輒
語之，校之悉驗，平復數年後方卒。寶兄常病，氣絕積日不
冷，後遂寤，云見天地間鬼神事，如夢覺，不自知死。（卷四）
晉中興後，譙郡周子文家在晉陵，少時喜射獵。常入山，忽山
岫間有一人長五六丈，手捉弓箭，箭鏑頭廣二尺許，白如霜
雪，忽出聲喚曰，「阿鼠！」（原注，子文小字）子文不覺應曰
「喏」。此人便牽弓滿鏑向子文，子文便失魂厭伏。（卷七）

　　晉時，又有荀氏作《靈鬼志》，陸氏作《異林》，西戎主簿戴祚作

《甄異傳》，祖沖之作《述異記》，祖台之作《志怪》，此外作志怪者尚多，有孔氏殖氏曹毗等，今俱佚，間存遺文。至於現行之《述異記》二卷，稱梁任昉撰者，則唐宋間人偽作，而襲祖沖之之書名者也，故唐人書中皆未嘗引。

劉敬叔字敬叔，彭城人，少穎敏有異才，晉末拜南平國郎中令，入宋為給事黃門郎，數年，以病免，泰始中卒於家（約390—470），所著有《異苑》十餘卷，行世（詳見明胡震亨所作小傳，在汲古閣本《異苑》卷首）。《異苑》今存者十卷，然亦非原書。

> 魏時，殿前大鐘無故大鳴，人皆異之，以問張華，華曰，「此蜀郡銅山崩，故鐘鳴應之耳。」尋蜀郡上其事，果如華言。（卷二）
>
> 義熙中，東海徐氏婢蘭忽患羸黃，而拂拭異常，共伺察之，見掃帚從壁角來趨婢床，乃取而焚之，婢即平復。（卷八）
>
> 晉太元十九年，郡陽桓闈殺犬祭鄉里綏山，煮肉不熟。神怒，即下教於巫曰，「桓闈以肉生貽我，當讁令自食也。」其年忽變作虎，作虎之始，見人以斑皮衣之，即能跳躍噬逐。（卷八）
>
> 東莞劉邕性嗜食瘡痂，以為味似鰒魚。嘗詣孟靈休，靈休先患灸瘡，痂落在床，邕取食之，靈休大驚，痂未落者悉褫取飴邕。南康國吏二百許人，不問有罪無罪，遞與鞭，瘡痂落，常以給膳。（卷十）

臨川王劉義慶（403—444）為性簡素，愛好文義，撰述甚多（詳見《宋書・宗室傳》），有《幽明錄》三十卷，見《隋志》史部雜傳類，《新唐志》入小說。其書今雖不存，而他書徵引甚多，大抵如《搜神》、《列異》之類；然似皆集錄前人撰作，非自造也。唐時嘗盛行，

劉知幾（《史通》）云《晉書》多取之。

宋散騎侍郎東陽無疑有《齊諧記》七卷，亦見《隋志》，今佚。梁吳均作《續齊諧記》一卷，今尚存，然亦非原本。吳均字叔庠，吳興故鄣人，天監初為吳興主簿，旋兼建安王偉記室，終除奉朝請，以撰《齊春秋》不實免職，已而復召，使撰通史，未就，普通元年卒，年五十二（469—520），事詳《梁書・文學傳》。均夙有詩名，文體清拔，好事者或模擬之，稱「吳均體」，故其為小說，亦卓然可觀，唐宋文人多引為典據，陽羨鵝籠之記，尤其奇詭者也。

> 陽羨許彥於綏安山行，遇一書生，年十七八，臥路側，云腳痛，求寄鵝籠中。彥以為戲言，書生便入籠，籠亦不更廣，書生亦不更小，宛然與雙鵝並坐，鵝亦不驚。彥負籠而去，都不覺重。前行息樹下，書生乃出籠謂彥曰，「欲為君薄設。」彥曰，「善。」乃口中吐出一銅奩子，奩子中具諸肴饌。……酒數行，謂彥曰，「向將一婦人自隨。今欲暫邀之。」彥曰，「善。」又於口中吐一女子，年可十五六，衣服綺麗，容貌殊絕，共坐宴。俄而書生醉臥，此女謂彥曰，「雖與書生結妻，而實懷怨，向亦竊得一男子同行，書生既眠，暫喚之，君幸勿言。」彥曰，「善。」女子於口中吐出一男子，年可二十三四，亦穎悟可愛，乃與彥敘寒溫。書生臥欲覺，女子口吐一錦行障遮書生，書生乃留女子共臥。男子謂彥曰，「此女雖有情，心亦不盡，向復竊得一女人同行，今欲暫見之，願君勿泄。」彥曰，「善。」男子又於口中吐一婦人，年可二十許，共酌，戲談甚久，聞書生動聲，男子曰，「二人眠已覺。」因取所吐女人，還納口中。須臾，書生處女乃出謂彥曰，「書生欲起。」乃吞向男子，獨對彥坐。然後書生起謂彥曰，「暫眠遂久，君獨坐，當悒悒耶？日

又晚，當與君別。」遂吞其女子，諸器皿悉納口中，留大銅盤可二尺廣，與彥別曰，「無以藉君，與君相憶也。」彥大元中為蘭台令史，以盤餉侍中張散；散看其銘題，云是永平三年作。

然此類思想，蓋非中國所故有，段成式已謂出於天竺，《西陽雜俎》（《續集・貶誤篇》）云，「釋氏《譬喻經》云，昔梵志作術，吐出一壺，中有女子與屏，處作家室。梵志少息，女復作術，吐出一壺，中有男子，復與共臥。梵志覺，次第互吞之，拄杖而去。余以吳均嘗覽此事，訝其說以為至怪也。」所云釋氏經者，即《舊雜譬喻經》，吳時康僧會譯，今尚存；而此一事，則復有他經為本，如《觀佛三昧海經》（卷一）說觀佛苦行時白毫毛相云，「天見毛內有百億光，其光微妙，不可具宣。於其光中，現化菩薩，皆修苦行，如此不異。菩薩不小，毛亦不大。」當又為梵志吐壺相之淵源矣。魏晉以來，漸譯釋典，天竺故事亦流傳世間，文人喜其穎異，於有意或無意中用之，遂蛻化為國有，如晉人荀氏作《靈鬼志》，亦記道人入籠子中事，尚云來自外國，至吳均記，乃為中國之書生。

太元十二年，有道人外國來，能吞刀吐火，吐珠玉金銀，自說其所受師，即白衣，非沙門也。嘗行，見一人擔擔，上有小籠子，可受升餘，語擔人云，「吾步行疲極，欲寄君擔。」擔人甚怪之，慮是狂人，便語之云，「自可耳。」……即入籠中，籠不更大，其人亦不更小，擔之亦不覺重於先。既行數十里，樹下住食，擔人呼共食，云「我自有食」，不肯出。……食未半，語擔人「我欲與婦共食」，即復口吐出女子，年二十許，衣裳容貌甚美，二人便共食。食欲竟，其夫便臥；婦語擔人，「我有外夫，欲來共食，夫覺，君勿道之。」婦便口中出一年少丈夫，

共食。籠中便有三人，寬急之事，亦復不異。有頃，其夫動，如欲覺，婦便以外夫內口中。夫起，語擔人曰，「可去！」即以婦內口中，次及食器物。……（《法苑珠林》六十一，《太平御覽》三百五十九）

第六篇

六朝之鬼神志怪書（下）

　　釋氏輔教之書，《隋志》著錄九家，在子部及史部，今惟顏之推《冤魂志》存，引經史以證報應，已開混合儒釋之端矣，而餘則俱佚。遺文之可考見者，有宋劉義慶《宣驗記》，齊王琰《冥祥記》，隋顏之推《集靈記》，侯白《旌異記》四種，大抵記經象之顯效，明應驗之實有，以震聳世俗，使生敬信之心，顧後世則或視為小說。王琰者，太原人，幼在交阯，受五戒，於宋大明及建元（五世紀中）年，兩感金象之異，因作記，撰集象事，繼以經塔，凡十卷，謂之《冥祥》，自序其事甚悉（見《法苑珠林》卷十七）。《冥祥記》在《珠林》及《太平廣記》中所存最多，其敘述亦最委曲詳盡，今略引三事，以概其餘。

　　漢明帝夢見神人，形垂二丈，身黃金色，項佩日光。以問群臣，或對曰，「西方有神，其號曰佛，形如陛下所夢，得無是乎？」於是發使天竺，寫致經象。表之中夏，自天子王侯，咸敬事之，聞人死精神不滅，莫不懼然自失。初，使者蔡愔將西域沙門迦葉摩騰等齎優填王畫釋迦佛像，帝重之，如夢所見也，乃遣畫工圖之數本，於南宮清涼台及高陽門顯節壽陵上供養。又於白馬寺壁畫千乘萬騎繞塔三匝之像，如諸傳備載。（《珠林》十三）

　　晉謝敷字慶緒，會稽山陰人也，……少有高操，隱於東山，篤信大法，精勤不倦，手寫《首楞嚴經》，當在都白馬寺中，寺為災火所延，什物餘經，並成煨燼，而此經止燒紙頭界外而已，

文字悉存，無所毀失。敷死時，友人疑其得道，及聞此經，彌
復驚異。……（《珠林》十八）

晉趙泰字文和，清河貝丘人也，……年三十五時，嘗卒心痛，
須臾而死。下屍於地，心暖不已，屈伸隨人。留屍十日，平
旦，喉中有聲如雨，俄而蘇活。說初死之時，夢有一人來近心
下，復有二人乘黃馬，從者二人，扶泰腋逕將東行，不知可幾
里，至一大城，崔巍高峻，城色青黑。將泰向城門入，經兩重
門，有瓦屋可數千間，男女大小亦數千人，行列而立。吏著皂
衣，有五六人，條疏姓字，云「當以科呈府君」。泰名在三十，
須臾，將泰與數千人男女一時俱進。府君西向坐，簡視名簿
訖，復遣泰南入黑門。有人著絳衣坐大屋下，以次呼名，問
「生時所事？作何孽罪？行何福善？諦汝等辭，以實言也！此
恆遣六部使者常在人間，疏記善惡，具有條狀，不可得虛。」
泰答「父兄仕宦，皆二千石。我少在家，修學而已，無所事
也，亦不犯惡。」乃遣泰為水官將作。……後轉泰水官都督知
諸獄事，給泰兵馬，令案行地獄。所至諸獄，楚毒各殊：或針
貫其舌，流血竟體；或被頭露髮，裸形徒跣，相牽而行，有持
大杖，從後催促，鐵床銅柱，燒之洞然，驅迫此人，抱臥其
上，赴即焦爛，尋復還生；……或劍樹高廣，不知限量，根莖
枝葉，皆劍為之，人眾相訾，自登自攀，若有欣競，而身首割
截，尺寸離斷。泰見祖父母及二弟在此獄中，相見涕泣。泰出
獄門，見有二人齎文書，來語獄吏，言有三人，其家為其於塔
寺中懸幡燒香，救解其罪，可出福舍。俄見三人自獄而出，已
有自然衣服，完整在身，南詣一門，云名開光大舍。……泰案
行畢，還水官處。……主者曰，「卿無罪過，故相使為水官都
督，不爾，與地獄中人無以異也。」泰問主者曰，「人有何行，

死得樂報？」主者唯言「奉法弟子精進持戒，得樂報，無有譴
罰也。」泰復問曰，「人未事法時所行罪過，事法之後，得以除
不？」答曰，「皆除也。」語畢，主者開滕篋檢泰年紀，尚有餘
算三十年在，乃遣泰還。……時晉太始五年七月十三日
也。……（《珠林》七，《廣記》三百七十七）

佛教既漸流播，經論日多，雜說亦日出，聞者雖或悟無常而歸
依，然亦或怖無常而卻走。此之反動，則有方士亦自造偽經，多作異
記，以長生久視之道，網羅天下之逃苦空者，今所存漢小說，除一二
文人著述外，其餘蓋皆是矣。方士撰書，大抵託名古人，故稱晉宋人
作者不多有，惟類書間有引《神異記》者，則為道士王浮作。浮，晉
人；有淺妄之稱，即惠帝時（三世紀末至四世紀初）與帛遠抗論屢屈，
遂改換《西域傳》造老子《明威化胡經》者也（見唐釋法琳《辯正論》
六）。其記似亦言神仙鬼神，如《洞冥》、《列異》之類。

陳敏，孫皓之世為江夏太守，自建業赴職，聞宮亭廟驗（原注
云言靈驗），過乞在任安穩，當上銀杖一枚。年限既滿，作杖擬
以還廟，捶鐵以為幹，以銀塗之。尋征為散騎常侍，往宮亭，
送杖於廟中訖，即進路。日晚，降神巫宣教曰，「陳敏許我銀
杖，今以塗杖見與，便投水中，當以還之。欺蔑之罪，不可容
也！」於是取銀杖看之，剖視中見鐵幹，乃置之湖中。杖浮在
水上，其疾如飛，遽到敏舫前，敏舟遂覆也。（《太平御覽》
七百十）
丹丘生大茗，服之生羽翼。（《事類賦》注十六）

《拾遺記》十卷，題晉隴西王嘉撰，梁蕭綺錄。《晉書·藝術列傳》

中有王嘉，略云，嘉字子年，隴西安陽人，初隱於東陽谷，後入長安，苻堅累征不起，能言未然之事，辭如讖記，當時鮮能曉之。姚萇入長安，逼嘉自隨；後以答問失萇意，為萇所殺（約390）。嘉嘗造《牽三歌讖》，又著《拾遺錄》十卷，其事多詭怪，今行於世。傳所云《拾遺錄》者，蓋即今記，前有蕭綺序，言書本十九卷，二百二十篇，當苻秦之季，典章散滅，此書亦多有亡，綺更刪繁存實，合為一部，凡十卷。今書前九卷起庖犧迄東晉，末一卷則記昆侖等九仙山，與序所謂「事訖西晉之末」者稍不同。其文筆頗靡麗，而事皆誕謾無實，蕭綺之錄亦附會，胡應麟（《筆叢》三十二）以為「蓋即綺撰而托之王嘉」者也。

少昊以金德王，母曰皇娥，處璿宮而夜織，或乘桴木而晝遊，經歷窮桑滄茫之浦。時有神童，容貌絕俗，稱為白帝之子，即太白之精，降乎水際，與皇娥宴戲，奏便娟之樂，遊漾忘歸。窮桑者，西海之濱，有孤桑之樹，直上千尋，葉紅椹紫，萬歲一實，食之後天而老。……帝子與皇娥並坐，撫桐峰梓瑟，皇娥倚瑟而清歌曰，「天清地曠浩茫茫，萬象回薄化無方，浛天蕩蕩望滄滄，乘桴輕漾著日傍，當其何所至窮桑，心知和樂悅未央。」俗謂遊樂之處為桑中也，《詩·衛風》云「期我乎桑中」，蓋類此也。……及皇娥生少昊，號曰窮桑氏，亦曰桑丘氏。至六國時，桑丘子著陰陽書，即其餘裔也。……（卷一）

劉向於成帝之末，校書天祿閣，專精覃思。夜，有老人著黃衣，植青藜杖，登閣而進，見向暗中獨坐誦書，老父乃吹杖端，煙燃，因以見向，說開闢已前。向因受五行洪範之文，恐辭說繁廣忘之，乃裂帛及紳，以記其言，至曙而去。向請問姓名，云「我是太一之精，天帝聞卯金之子有博學者，下而觀

焉」。乃出懷中竹牒，有天文地圖之書，「余略授子焉」。至向
子歆，從而授其術。向亦不悟此人焉。（卷六）

洞庭山浮於水上，其下有金堂數百間，玉女居之，四時聞金石
絲竹之聲，徹於山頂。楚懷王之時，舉群才賦詩於水湄。……
後懷王好進奸雄，群賢逃越。屈原以忠見斥，隱於沅湘，披蓁
茹草，混同禽獸，不交世務，採柏實以和桂膏，用養心神，被
王逼逐，乃赴清泠之水，楚人思慕，謂之水仙。其神游於天
河，精靈時降湘浦，楚人為之立祠，漢末猶在。（卷十）

第七篇

《世說新語》與其前後

　　漢末士流，已重品目，聲名成毀，決於片言，魏晉以來，乃彌以標格語言相尚，惟吐屬則流於玄虛，舉止則故為疏放，與漢之惟俊偉堅卓為重者，甚不侔矣。蓋其時釋教廣被，頗揚脫俗之風，而老莊之說亦大盛，其因佛而崇老為反動，而厭離於世間則一致，相拒而實相扇，終乃汗漫而為清談。渡江以後，此風彌甚，有違言者，惟一二梟雄而已。世之所尚，因有撰集，或者掇拾舊聞，或者記述近事，雖不過叢殘小語，而俱為人間言動，遂脫志怪之牢籠也。

　　記人間事者已甚古，列禦寇韓非皆有錄載，惟其所以錄載者，列在用以喻道，韓在儲以論政。若為賞心而作，則實萌芽於魏而盛大於晉，雖不免追隨俗尚，或供揣摩，然要為遠實用而近娛樂矣。晉隆和（362）中，有處士河東裴啟，撰漢魏以來迄於同時言語應對之可稱者，謂之《語林》，時頗盛行，以記謝安語不實，為安所詆，書遂廢（詳見《世說新語·輕詆篇》）。後仍時有，凡十卷，至隋而亡，然群書中亦常見其遺文也。

　　　　婁護字君卿，歷游五侯之門，每旦，五侯家各遺餉之，君卿口厭滋味，乃試合五侯所餉之鯖而食，甚美。世所謂「五侯鯖」，君卿所致。（《太平廣記》二百三十四）
　　　　魏武云，「我眠中不可妄近，近輒斫人不覺。左右宜慎之！」後乃陽凍眠，所幸小兒竊以被覆之，因便斫殺，自爾莫敢近。（《太平御覽》七百七）

鐘士季嘗向人道，「吾年少時一紙書，人云是阮步兵書，皆字字
生義，既知是吾，不復道也。」（《續談助》四）

祖士言與鐘雅語相調，鐘語祖曰，「我汝潁之士利如錐，卿燕代
之士鈍如槌。」祖曰，「以我鈍槌，打爾利錐。」鐘曰，「自有
神錐，不可得打。」祖曰，「既有神錐，必有神槌。」鐘遂屈。
（《御覽》四百六十六）

王子猷嘗暫寄人空宅住，使令種竹。或問暫住何煩爾？嘯詠良
久，直指竹曰，「何可一日無此君。」（《御覽》三百八十九）

《隋志》又有《郭子》三卷，東晉中郎郭澄之撰，《唐志》云，「賈
泉注」，今亡。審其遺文，亦與《語林》相類。

宋臨川王劉義慶有《世說》八卷，梁劉孝標注之為十卷，見《隋
志》。今存者三卷曰《世說新語》，為宋人晏殊所刪並，於注亦小有剪
裁，然不知何人又加新語二字，唐時則曰新書，殆以《漢志》儒家類
錄劉向所序六十七篇中，已有《世說》，因增字以別之也。《世說新語》
今本凡三十八篇，自〈德行〉至〈仇隙〉，以類相從，事起後漢，止於
東晉，記言則玄遠冷俊，記行則高簡瑰奇，下至繆惑，亦資一笑。孝
標作注，又徵引浩博。或駁或申，映帶本文，增其雋永，所用書四百
餘種，今又多不存，故世人尤珍重之。然《世說》文字，間或與裴郭
二家書所記相同，殆亦猶《幽明錄》、《宣驗記》然，乃纂緝舊文，非
由自造：《宋書》言義慶才詞不多，而招聚文學之士，遠近必至，則諸
書或成於眾手，未可知也。

阮光祿在剡，曾有好車，借者無不皆給。有人葬母，意欲借而
不敢言。阮後聞之，歎曰，「吾有車而使人不敢借，何以車
為？」遂焚之。（卷上〈德行篇〉）

阮宣子有令聞，太尉王夷甫見而問曰，「老莊與聖教同異？」對曰，「將無同。」太尉善其言，辟之為掾，世謂「三語掾」。（卷上〈文學篇〉）

祖士少好財，阮遙集好屐，並恆自經營，同是一累，而未判其得失。人有詣祖，見料視財物，客至，屏當未盡，餘兩小簏，著背後傾身障之，意未能平。或有詣阮，見自吹火蠟屐，因歎曰，「未知一生當著幾量屐？」神色閑暢。於是勝負始分。（卷中〈雅量篇〉）

世目李元禮「謖謖如勁松下風」。（卷中〈賞譽篇〉）

公孫度目邴原：「所謂雲中白鶴，非燕雀之網所能羅也。」（同上）

劉伶恆縱酒放達，或脫衣裸形在屋中。人見譏之。伶曰，「我以天地為棟宇，屋室為褌衣，諸君何為入我褌中？」（卷下〈任誕篇〉）

石崇每要客燕集，常令美人行酒，客飲酒不盡者，使黃門交斬美人。王丞相與大將軍嘗共詣崇，丞相素不能飲，輒自勉強，至於沉醉。每至大將軍，固不飲以觀其變，已斬三人，顏色如故，尚不肯飲，丞相讓之，大將軍曰，「自殺伊家人，何預卿事？」（卷下〈汰侈篇〉）

梁沈約（441—513，《梁書》有傳）作《俗說》三卷，亦此類，今亡。梁武帝嘗敕安右長史殷芸（471—529，《梁書》有傳）撰《小說》三十卷，至隋僅存十卷，明初尚存，今乃止見於《續談助》及原本《說郛》中，亦採集群書而成，以時代為次第，而特置帝王之事於卷首，繼以周漢，終於南齊。

晉咸康中，有士人周謂者，死而復生，言天帝召見，引升殿，
仰視帝，面方一尺。問左右曰，「是古張天帝耶？」答云，「上
古天帝，久已聖去，此近曹明帝也。」（《紺珠集》二）

孝武未嘗見驢，謝太傅問曰，「陛下想其形當何所似？」孝武掩
口笑云，「正當似豬。」（《續談助》四。原注云，出《世說》。
案今本無之。）

孔子嘗游於山，使子路取水。逢虎於水所，與共戰，攬尾得
之，內懷中；取水還。問孔子曰，「上士殺虎如之何？」子曰，
「上士殺虎持虎頭。」又問曰，「中士殺虎如之何？」子曰，「中
士殺虎持虎耳。」又問，「下士殺虎如之何？」子曰，「下士殺
虎捉虎尾。」子路出尾棄之，因恚孔子曰，「夫子知水所有虎，
使我取水，是欲死我。」乃懷石盤欲中孔子，又問「上士殺人
如之何？」子曰，「上士殺人使筆端。」又問曰，「中士殺人如
之何？」子曰，「中士殺人用舌端。」又問「下士殺人如之何？」
子曰，「下士殺人懷石盤。」子路出而棄之，於是心服。（原本
《說郛》二十五。原注云，出〈沖波傳〉。）

鬼谷先生與蘇秦張儀書云，「二君足下，功名赫赫，但春華到
秋，不得久茂。日數將冬，時訖將老。子獨不見河邊之樹乎？
僕禦折其枝，波浪激其根；此木非與天下人有仇怨，蓋所居者
然。子見嵩岱之松柏，華霍之樹檀？上葉干青雲，下根通三
泉，上有猿狄，下有赤豹麒麟，千秋萬歲，不逢斧斤之伐：此
木非與天下之人有骨肉，亦所居者然。今二子好朝露之榮，忽
長久之功，輕喬松之求延，貴一旦之浮爵，夫『女愛不極席，
男歡不畢輪』，痛夫痛夫，二君二君！」（《續談助》四。原注
云，出〈鬼谷先生書〉。）

　　《隋志》又有《笑林》三卷，後漢給事中邯鄲淳撰。淳一名竺，字子禮，潁川人，弱冠有異才，元嘉元年（151），上虞長度尚為曹娥立碑，淳者尚之弟子，於席間作碑文，操筆而成，無所點定，遂知名，黃初初（約221），為魏博士給事中，見《後漢書·曹娥傳》及《三國·魏志·王粲傳》等注。《笑林》今佚，遺文存二十餘事，舉非違，顯紕繆，實《世說》之一體，亦後來誹諧文字之權輿也。

> 魯有執長竿入城門者，初，豎執之不可入，橫執之亦不可入，計無所出。俄有老父至曰，「吾非聖人，但見事多矣，何不以鋸中截而入！」遂依而截之。（《太平廣記》二百六十二）
>
> 平原陶丘氏，取渤海墨台氏女，女色甚美，才甚令，復相敬，已生一男而歸。母丁氏，年老，進見女婿。女婿既歸而遣婦。婦臨去請罪，夫曰，「曩見夫人年德已衰，非昔日比，亦恐新婦老後，必復如此，是以遣，實無他故。」（《太平御覽》四百九十九）
>
> 甲父母在，出學三年而歸。舅氏問其學何所得，並序別父久。乃答曰，「渭陽之思，過於秦康。」既而父數之，「爾學奚益。」答曰，「少失過庭之訓，故學無益。」（《廣記》二百六十二）
>
> 甲與乙爭鬥，甲齧下乙鼻，官吏欲斷之，甲稱乙自齧落。吏曰，「夫人鼻高而口低，豈能就齧之乎？」甲曰，「他踏床子就齧之。」（同上）

　　《笑林》之後，不乏繼作，《隋志》有《解頤》二卷，楊松玢撰，今一字不存，而群書常引《談藪》，則《世說》之流也。《唐志》有《啟顏錄》十卷，侯白撰。白字君素，魏郡人，好學有捷才，滑稽善辯，舉秀才為儒林郎，好為誹諧雜說，人多愛狎之，所在之處，觀者如市。隋高祖聞其名，召令於秘書修國史，後給五品食，月餘而死（約

六世紀後葉）。見《隋書・陸爽傳》。《啟顏錄》今亦佚，然《太平廣記》引用甚多，蓋上取子史之舊文，近記一己之言行，事多浮淺，又好以鄙言調謔人，誹諧太過，時復流於輕薄矣。其有唐世事者，後人所加也；古書中往往有之，在小說尤甚。

> 開皇中，有人姓出名六斤，欲參（楊）素，齎名紙至省門，遇白，請為題其姓，乃書曰「六斤半」。名既入，素召其人，問曰，「卿姓六斤半？」答曰，「是出六斤。」曰，「何為六斤半？」曰，「向請侯秀才題之，當是錯矣。」即召白至，謂曰，「卿何為錯題人姓名？」對云，「不錯。」素曰，「若不錯，何因姓出名六斤，請卿題之，乃言六斤半？」對曰，「白在省門，會卒無處覓稱，既聞道是出六斤，斟酌只應是六斤半。」素大笑之。（《廣記》二百四十八）
>
> 山東人娶蒲州女，多患癭，其妻母項癭甚大。成婚數月，婦家疑婿不慧，婦翁置酒盛會親戚，欲以試之。問曰，「某郎在山東讀書，應識道理。鴻鶴能鳴，何意？」曰，「天使其然。」又曰，「松柏冬青，何意？」曰，「天使其然。」又曰，「道邊樹有骨，何意？」曰，「天使其然。」婦翁曰，「某郎全不識道理，何因浪住山東？」因以戲之曰，「鴻鶴能鳴者頸項長，松柏冬青者心中強，道邊樹有骨者車撥傷：豈是天使其然？」婿曰，「蝦蟆能鳴，豈是頸項長？竹亦冬青，豈是心中強？夫人項下癭如許大，豈是車撥傷？」婦翁羞愧，無以對之。（同上）

其後則唐有何自然《笑林》，今亦佚，宋有呂居仁《軒渠錄》，沈征《諧史》，周文玘《開顏集》，天和子《善謔集》，元明又十餘種；大抵或取子史舊文，或拾同時瑣事，殊不見有新意。惟託名東坡之《艾

子雜說》稍卓特，顧往往嘲諷世情，譏刺時病，又異於《笑林》之無所為而作矣。

至於《世說》一流，仿者尤眾，劉孝標有《續世說》十卷，見《唐志》，然據《隋志》，則殆即所注臨川書。唐有王方慶《續世說新書》（見《新唐志》雜家，今佚），宋有王讜《唐語林》，孔平仲《續世說》，明有何良俊《何氏語林》，李紹文《明世說新語》，焦竑《類林》及《玉堂叢話》，張墉《廿一史識余》，鄭仲夔《清言》等；然纂舊聞則別無穎異，述時事則傷於矯揉，而世人猶復為之不已。至於清，又有梁維樞作《玉劍尊聞》，吳肅公作《明語林》，章撫功作《漢世說》，李清作《女世說》，顏從喬作《僧世說》，王晫作《今世說》，汪琬作《說鈴》而惠棟為之補注，今亦尚有易宗夔作《新世說》也。

第八篇

唐之傳奇文（上）

　　小說亦如詩，至唐代而一變，雖尚不離於搜奇記逸，然敘述婉轉，文辭華豔，與六朝之粗陳梗概者較，演進之跡甚明，而尤顯者乃在是時則始有意為小說。胡應麟（《筆叢》三十六）云，「變異之談，盛於六朝，然多是傳錄舛訛，未必盡幻設語，至唐人乃作意好奇，假小說以寄筆端。」其云「作意」，云「幻設」者，則即意識之創造矣。此類文字，當時或為叢集，或為單篇，大率篇幅曼長，記敘委曲，時亦近於俳諧，故論者每訾其卑下，貶之曰「傳奇」，以別於韓柳輩之高文。顧世間則甚風行，文人往往有作，投謁時或用之為行卷，今頗有留存於《太平廣記》中者（他書所收，時代及撰人多錯誤不足據），實唐代特絕之作也。然而後來流派，乃亦不昌，但有演述，或者摹擬而已，惟元明人多本其事作雜劇或傳奇，而影響遂及於曲。

　　幻設為文，晉世固已盛，如阮籍之〈大人先生傳〉，劉伶之〈酒德頌〉，陶潛之〈桃花源記〉、〈五柳先生傳〉皆是矣，然咸以寓言為本，文詞為末，故其流可衍為王績〈醉鄉記〉，韓愈〈圬者王承福傳〉，柳宗元〈種樹郭橐駝傳〉等，而無涉於傳奇。傳奇者流，源蓋出於志怪，然施之藻繪，擴其波瀾，故所成就乃特異，其間雖亦或托諷喻以紓牢愁，談禍福以寓懲勸，而大歸則究在文采與意想，與昔之傳鬼神明因果而外無他意者，甚異其趣矣。

　　隋唐間，有王度者，作〈古鏡記〉（見《廣記》二百三十，題曰〈王度〉），自述獲神鏡於侯生，能降精魅，後其弟勣（當作績）遠遊，藉以自隨，亦殺諸鬼怪，顧終乃化去。其文甚長，然僅綴古鏡諸靈異

事，猶有六朝志怪流風。王度，太原祁人，文中子通之弟，東皋子績兄也，蓋生於開皇初（宋晁公武《郡齋讀書志》十云通生於開皇四年），大業中為御史，罷歸河東，復入長安為著作郎，奉詔修國史，又出兼芮城令，武德中卒（約585—625），史亦不成（見〈古鏡記〉，《唐文粹》及《新唐書・王績傳》，惟傳云兄名凝，未詳孰是），遺文僅存此篇而已。績棄官歸龍門後，史不言其游涉，蓋度所假設也。

　　唐初又有《補江總白猿傳》一卷，不知何人作，宋時尚單行，今見《廣記》（四百四十四，題曰《歐陽紇》）中。傳言梁將歐陽紇略地至長樂，深入溪洞，其妻遂為白猿所掠，逮救歸，已孕，周歲生一子，「厥狀肖焉」。紇後為陳武帝所殺，子詢以江總收養成人，入唐有盛名，而貌類獼猴，忌者因此作傳，云以補江總，是知假小說以施誣蔑之風，其由來亦頗古矣。

　　武后時，有深州陸渾人張鷟字文成，以調露初登進士第，為岐王府參軍，屢試皆甲科，大有文譽，調長安尉，然性躁卞，儻蕩無檢，姚崇尤惡之；開元初，御史李全交劾訕短時政，貶嶺南，旋得內徙，終司門員外郎（約660—740，詳見兩《唐書・張薦傳》）。日本有《遊仙窟》一卷，題甯州襄樂縣尉張文成作，莫休符謂「鷟弱冠應舉，下筆成章，中書侍郎薛元超特授襄樂尉」（〈桂林風土記〉），則尚其年少時所為。自敘奉使河源，道中夜投大宅，逢二女曰十娘五嫂，宴飲歡笑，以詩相調，止宿而去，文近駢儷而時雜鄙語，氣度與所作《朝野僉載》、《龍筋鳳髓判》正同，《唐書》謂「鷟下筆輒成，浮豔少理致，其論著率詆訶蕪穢，然大行一時，晚進莫不傳記。……新羅日本使至，必出金寶購其文」，殆實錄矣。《遊仙窟》中國久失傳，後人亦不復效其體制，今略錄數十言以見大概，乃升堂燕飲時情狀也。

　　……十娘喚香兒為少府設樂，金石並奏，簫管間響：蘇合彈琵

琶，綠竹吹篳篥，仙人鼓瑟，玉女吹笙，玄鶴俯而聽琴，白魚
躍而應節。清音晄叨，片時則梁上塵飛，雅韻鏗鏘，卒爾則天
邊雪落，一時忘味，孔丘留滯不虛，三日繞梁，韓娥餘音是
實。……兩人俱起舞，共勸下官，……遂舞著詞曰，「從來巡繞
四邊，忽逢兩個神仙，眉上冬天出柳，頰中旱地生蓮，千看千
處嫵媚，萬看萬種妍，今宵若其不得，刺命過與黃泉。」又一
時大笑。舞畢，因謝曰，「僕實庸才，得陪清賞，賜垂音樂，慚
荷不勝。」十娘詠曰，「得意似鴛鴦，情乖若胡越，不向君邊
盡，更知何處歇？」十娘曰，「兒等並無可收採，少府公云『冬
天出柳，旱地生蓮』，總是相弄也。」……

然作者蔚起，則在開元天寶以後。大曆中有沈既濟，蘇州吳人，
經學該博，以楊炎薦，召拜左拾遺史館修撰。貞元時炎得罪，既
濟辦貶處州司戶參軍，既入朝，位禮部員外郎，卒（約750—800）。撰《建
中實錄》，人稱其能，《新唐書》有傳。《文苑英華》（八百三十三）錄
其〈枕中記〉（亦見《廣記》八十二，題曰〈呂翁〉）一篇，為小說家
言，略謂開元七年，道士呂翁行邯鄲道中，息邸舍，見旅中少年盧生
佗傺歎息，乃探囊中枕授之。生夢娶清河崔氏，舉進士，官至陝牧，
入為京兆尹，出破戎虜，轉吏部侍郎，遷戶部尚書兼御史大夫，為時
宰所忌，以飛語中之，貶端州刺史，越三年征為常侍，未幾同中書門
下平章事。

嘉謨密命，一日三接，獻替啟沃，號為賢相，同列害之，復誣
與邊將交結，所圖不軌，下制獄，府史引從至其門而急收之。
生惶駭不測，謂妻子曰，「吾家山東有良田五頃，足以禦寒餒，
何苦求祿？而今及此，思衣短褐乘青駒行邯鄲道中，不可得

也！」引刀自刎，其妻救之獲免。其罹者皆死，獨生為中官保
之，減罪死投驩州。數年，帝知冤，復追為中書令，封燕國
公，恩旨殊異。生五子，……其姻媾皆天下望族，有孫十余
人。……後年漸衰邁，屢乞骸骨，不許。病，中人候問，相踵
於道，名醫上藥，無不至焉，……薨；生欠伸而悟，見其身方
偃於邸舍，呂翁坐其傍，主人蒸黍未熟：觸類如故。生蹶然而
興曰，「豈其夢寐也？」翁謂主人曰，「人生之適，亦如是矣。」
生憮然良久，謝曰，「夫寵辱之道，窮達之運，得喪之理，死生
之情，盡知之矣：此先生所以窒吾欲也。敢不受教！」稽首再
拜而去。

　　如是意想，在歆慕功名之唐代，雖詭幻動人，而亦非出於獨創，
干寶〈搜神記〉有焦湖廟祝以玉枕使楊林入夢事（見第五篇），大旨悉
同，當即此篇所本，明人湯顯祖之〈邯鄲記〉，則又本之此篇。既濟文
筆簡練，又多規誨之意，故事雖不經，尚為當時推重，比之韓愈〈毛
穎傳〉；間亦有病其俳諧者，則以作者嘗為史官，因而繩以史法，失小
說之意矣。既濟又有〈任氏傳〉（見《廣記》四百五十二）一篇，言妖
狐幻化，終於守志殉人，「雖今之婦人有不如者」，亦諷世之作也。
　　「吳興才人」（李賀語）沈亞之字下賢，元和十年進士第，太和初
為德州行營使者柏耆判官，耆以罪貶，亞之亦謫南康尉，終郢州掾（約
八世紀末至九世紀中），集十二卷，今存。亞之有文名，自謂「能創窈
窕之思」，今集中有傳奇文三篇（《沈下賢集》卷二卷四，亦見《廣記》
二百八十二及二百九十八），皆以華豔之筆，敘恍忽之情，而好言仙鬼
復死，尤與同時文人異趣。〈湘中怨〉記鄭生偶遇孤女，相依數年，一
旦別去，自云「蛟宮之娣」，謫限已滿矣，十餘年後，又遙見之畫艫
中，含嚬悲歌，而「風濤崩怒」，竟失所在。〈異夢錄〉記邢鳳夢見美

人，示以「弓彎」之舞；及王炎夢侍吳王久，忽聞箛鼓，乃葬西施，
因奉教作挽歌，王嘉賞之。〈秦夢記〉則自述道經長安，客橐泉邸舍，
夢為秦官有功，時弄玉婿蕭史先死，因尚公主，自題所居曰翠微宮。
穆公遇亞之亦甚厚，一日，公主忽無疾卒，穆公乃不復欲見亞之，遣
之歸。

> 將去，公置酒高會，聲秦聲，舞秦舞，舞者擊髆拊髀鳴鳴而音
> 有不快，聲甚怨。……既，再拜辭去，公覆命至翠微宮與公主
> 侍人別，重入殿內時，見珠翠遺碎青階下，窗紗檀點依然，宮
> 人泣對亞之。亞之感咽良久，因題宮門詩曰，「君王多感放東
> 歸，從此秦宮不復期，春景自傷秦喪主，落花如雨淚胭脂。」
> 竟別去，……覺臥邸舍。明日，亞之與友人崔九萬具道；九
> 萬，博陵人，諳古，謂余曰，「《皇覽》云，『秦穆公葬雍橐泉
> 祈年宮下』，非其神靈憑乎？」亞之更求得秦時地志，說如九萬
> 雲。嗚呼！弄玉既仙矣，惡又死乎？

　　陳鴻為文，則辭意慷慨，長於弔古，追懷往事，如不勝情。鴻少
學為史，貞元二十一年登太常第，始閒居遂志，乃修《大統紀》三十
卷，七年始成（《唐文粹》九十五），在長安時，嘗與白居易為友，為
〈長恨歌〉作傳（見《廣記》四百八十六）。《新唐志》小說家類有陳
鴻《開元升平源》一卷，注云，「字大亮，貞元主客郎中」，或亦其人
也（約八世紀後半至九世紀中葉）。所作又有〈東城老父傳〉（見《廣記》
四百八十五），記賈昌於兵火之後，憶念太平盛事，榮華苓落，兩相比
照，其語甚悲。〈長恨歌傳〉則作於元和初，亦追述開元中楊妃入宮以
至死蜀本末，法與〈賈昌傳〉相類。楊妃故事，唐人本所樂道，然鮮
有條貫秩然如此傳者，又得白居易作歌，故特為世間所知，清洪昇撰

〈長生殿傳奇〉，即本此傳及歌意也。傳今有數本，《廣記》及《文苑英華》（七百九十四）所錄，字句已多異同，而明人附載《文苑英華》後之出於《麗情集》及《京本大曲》者尤異，蓋後人（《麗情集》之撰者張君房？）又增損之。

> 天寶末，兄國忠盜丞相位，愚弄國柄，及安祿山引兵向闕，以討楊氏為詞。潼關不守，翠華南幸，出咸陽，道次馬嵬亭，六軍徘徊，持戟不進，從官郎吏伏上馬前，請誅晁錯以謝天下，國忠奉犛纓盤水，死於道周。左右之意未快，上問之，當時敢言者請以貴妃塞天下怨，上知不免，而不忍見其死，反袂掩面，使牽之而去；倉皇輾轉，竟就死於尺組之下。（《文苑英華》所載）
>
> 天寶末，兄國忠盜丞相位，竊弄國柄，羯胡亂燕，二京連陷，翠華南幸，駕出都西門百餘里，六師徘徊，擁戟不行，從官郎吏伏上馬前，請誅錯以謝之；國忠奉犛纓盤水，死於道周。左右之意未快，當時敢言者請以貴妃塞天下之怒，上慘容，但心不忍見其死，反袂掩面，使牽之而去。拜於上前，回眸血下，墜金鈿翠羽於地，上自收之。嗚呼，蕙心紈質，天王之愛，不得已而死於尺組之下，叔向母云「甚美必甚惡」，李延年歌曰「傾國復傾城」，此之謂也。（《麗情集》及《大曲》所載）

　白行簡字知退，其先蓋太原人，後家韓城，又徙下邽，居易之弟也，貞元末進士第，累遷司門員外郎主客郎中，寶曆二年（826）冬病卒，年蓋五十餘，兩《唐書》皆附見〈居易傳〉。有集二十卷，今不存，而《廣記》（四百八十四）收其傳奇文一篇曰〈李娃傳〉，言滎陽巨族之子溺於長安倡女李娃，貧病困頓，至流落為挽郎，復為李娃所

拯，勉之學，遂擢第，官成都府參軍。行簡本善文筆，李娃事又近情
而聳聽，故纏綿可觀；元人已本其事為〈曲江池〉，明薛近袞則以作
〈繡襦記〉。行簡又有〈三夢記〉一篇（見原本《說郛》四），舉「彼
夢有所往而此遇之者，或此有所為而彼夢之者，或兩相通夢者」三
事，皆敘述簡質，而事特瑰奇，其第一事尤勝。

天后時，劉幽求為朝邑丞，嘗奉使夜歸，未及家十餘里，適有
佛寺，路出其側，聞寺中歌笑歡洽。寺垣短缺，盡得睹其中。
劉俯身窺之，見十數人兒女雜坐，羅列盤饌，環繞之而共食。
見其妻在坐中語笑。劉初愕然，不測其故，久之，且思其不當
至此，復不能捨之。又熟視容止言笑無異，將就察之，寺門閉
不得入，劉擲瓦擊之，中其罍洗，破迸散走，因忽不見。劉逾
垣直入，與從者同視殿廡，皆無人，寺烏如故。劉訝益甚，遂
馳歸。比至其家，妻方寢，聞劉至，乃敘寒暄訖，妻笑曰，「向
夢中與數十人同遊一寺，皆不相識，會食於殿庭，有人自外以
瓦礫投之，杯盤狼藉，因而遂覺。」劉亦具陳其見，蓋所謂彼
夢有所往而此遇之也。

第九篇

唐之傳奇文（下）

　　然傳奇諸作者中，有特有關係者二人：其一，所作不多而影響甚大，名亦甚盛者曰元稹；其二，多所著作，影響亦甚大而名不甚彰者曰李公佐。

　　元稹字微之，河南河內人，舉明經，補校書郎，元和初應制策第一，除左拾遺，歷監察御史，坐事貶江陵，又自虢州長史征入，漸遷至中書舍人承旨學士，進工部侍郎同平章事，未幾罷相，出為同州刺史，又改越州，兼浙東觀察使。太和初，入為尚書左丞檢校戶部尚書，兼鄂州刺史武昌軍節度使，五年七月暴疾，一日而卒於鎮，時年五十三（779—831），兩《唐書》皆有傳。稹自少與白居易唱和，當時言詩者稱元白，號為「元和體」，然所傳小說，止《鶯鶯傳》（見《廣記》四百八十八）一篇。

　　《鶯鶯傳》者，即敘崔張故事，亦名《會真記》者也。略謂貞元中，有張生者，性貌溫美，非禮不動，年二十三未嘗近女色。時生游於蒲，寓普救寺，適有崔氏孀婦將歸長安，過蒲，亦寓茲寺，緒其親則於張為異派之從母。會渾瑊薨，軍人因喪大擾蒲人，崔氏甚懼，而生與蒲將之黨有善，得將護之，十余日後廉使杜確來治軍，軍遂戢。崔氏由此甚感張生，因招宴，見其女鶯鶯，生惑焉，托崔之婢紅娘以〈春詞〉二首通意，是夕得彩箋，題其篇曰〈明月三五夜〉，辭云，「待月西廂下，迎風戶半開，隔牆花影動，疑是玉人來。」張喜且駭，已而崔至，則端服嚴容，責其非禮，竟去，張自失者久之，數夕後，崔又至，將曉而去，終夕無一言。

……張生辨色而興，自疑曰，「豈其夢邪？」及明，睹妝在臂，香在衣，淚光熒熒然猶瑩於茵席而已。是後又十餘日，杳不復知。張生賦〈會真詩〉三十韻，未畢而紅娘適至，因授之，以貽崔氏。自是復容之，朝隱而出，暮隱而入，同安於曩所謂西廂者幾一月矣。張生常詰鄭氏之情，則曰，「我不可奈何矣。」因欲就成之。無何，張生將至長安，先以情諭之，崔氏宛然無難詞，然而愁怨之容動人矣。將行之夕，不可復見，而張生遂西下。……

明年，文戰不利，張生遂止於京，貽書崔氏以廣其意，崔報之，而生髮其書於所知，由是為時人傳說。楊巨源為賦〈崔娘詩〉，元稹亦續生〈會真詩〉三十韻，張之友聞者皆聳異，而張志亦絕矣。元稹與張厚，問其說，張曰：

「大凡天之所命尤物也，不妖其身，必妖於人。使崔氏子遇合富貴，秉嬌寵，不為雲為雨，則為蛟為螭，吾不知其變化矣。昔殷之辛，周之幽，據萬乘之國，其勢甚厚，然而一女子敗之，潰其眾，屠其身，至今為天下僇笑，予之德不足以勝妖孽，是用忍情。」

越歲余，崔已適人，張亦別娶，適過其所居，請以外兄見，崔終不出；後數日，張生將行，崔則賦詩一章以謝絕之云，「棄置今何道，當時且自親，還將舊來意，憐取眼前人。」自是遂不復知。時人多許張為善補過者云。

元稹以張生自寓，述其親歷之境，雖文章尚非上乘，而時有情致，固亦可觀，惟篇末文過飾非，遂墮惡趣，而李紳、楊巨源輩既各

賦詩以張之，積又早有詩名，後秉節鉞，故世人仍多樂道，宋趙德麟已取其事作〈商調蝶戀花〉十闋（見《侯鯖錄》），金則有董解元《弦索西廂》，元則有王實甫《西廂記》，關漢卿《續西廂記》，明則有李日華《南西廂記》，陸采《南西廂記》等，其他曰《竟》曰《翻》曰《後》曰《續》者尤繁，至今尚或稱道其事。唐人傳奇留遺不少，而後來烜赫如是者，惟此篇及李朝威《柳毅傳》而已。

　　李公佐字顓蒙，隴西人，嘗舉進士，元和中為江淮從事，後罷歸長安（見所作《謝小娥傳》中），會昌初，又為楊府錄事，大中二年，坐累削兩任官（見《唐書・宣宗紀》），蓋生於代宗時，至宣宗初猶在（約770—850），餘事未詳；《新唐書・宗室世系表》有千牛備身公佐，則別一人也。其著作今存四篇，〈南柯太守傳〉（見《廣記》四百七十五，題《淳於棼》，今據《唐語林》改正）最有名，傳言東平淳於棼家廣陵郡東十里，宅南有大槐一株，貞元七年九月因沉醉致疾，二友扶生歸家，令臥東廡下，而自秣馬濯足以俟之。生就枕，昏然若夢，見二紫衣使稱奉王命相邀，出門登車，指古槐穴而去。使者驅車入穴，忽見山川，終入一大城，城樓上有金書題曰「大槐安國」。生既至，拜駙馬，復出為南柯太守，守郡三十載，「風化廣被，百姓歌謠，建功德碑，立生祠宇」，王甚重之，遞遷大位，生五男二女，後將兵與檀蘿國戰，敗績，公主又薨。生罷郡，而威福日盛，王疑憚之，遂禁生遊從，處之私第，已而送歸。既醒，則「見家之童僕擁篲於庭，二客濯足於榻，斜日未隱於西垣，余樽尚湛於東牖，夢中倏忽，若度一世矣。」其立意與〈枕中記〉同，而描摹更為盡致，明湯顯祖亦本之作傳奇曰〈南柯記〉。篇末言命僕發穴，以究根源，乃見蟻聚，悉符前夢，則假實證幻，餘韻悠然，雖未盡於物情，已非〈枕中〉之所及矣。

　　……有大穴，根洞然明朗，可容一榻。上有積土壤以為城郭殿

臺之狀，有蟻數斛，隱聚其中。中有小臺，其色若丹，二大蟻
處之，素翼朱首，長可三寸，左右大蟻數十輔之，諸蟻不敢
近，此其王矣：即槐安國都是也。又窮一穴，直上南枝可四
丈，宛轉方中，亦有土城小樓，群蟻亦處其中：即生所領南柯
郡也。……追想前事，感歎於懷，……不欲令二客壞之，遽令
掩塞如舊。……復念檀蘿征伐之事，又請二客訪跡於外，宅東
一裡有古涸澗，側有大檀樹一株，藤蘿擁織，上不見日，旁有
小穴，亦有群蟻隱聚其間。檀蘿之國，豈非此耶？嗟乎！蟻之
靈異猶不可窮，況山藏木伏之大者所變化乎？……

〈謝小娥傳〉（見《廣記》四百九十一）言小娥姓謝，豫章人，八
歲喪母，後嫁曆陽俠士段居貞。夫婦與父皆習賈，往來江湖間，為盜
所殺，小娥亦折足墮水，他船拯起之，流轉至上元縣，依妙果寺尼以
居。初，小娥嘗夢父告以仇人為「車中猴東門草」，又夢夫告以仇人為
「禾中走一日夫」，廣求智者，皆不能解，至公佐乃辨之曰，「車中猴，
車字去上下各一畫，是申字，又申屬猴，故曰車中猴；草下有門，門
中有東，乃蘭字也。又禾中走是穿田過，亦是申字也；一日夫者，夫
上更一畫，下有日，是春字也。殺汝父是申蘭，殺汝夫是申春，足可
明矣。」小娥乃變男子服為傭保，果遇二賊於潯陽，刺殺之，並聞於
官，擒其黨，而小娥得免死。解謎獲賊，甚乏理致，而當時亦盛傳，
李復言已演其文入《續玄怪錄》，明人則本之作平話。（見《拍案驚奇》
十九）

所餘二篇，其一未詳原題，《廣記》則題曰〈盧江馮媼〉（三百
四十三），記董江妻亡更娶，而媼見有女泣路隅一室中，後乃知即亡人
之墓，董聞則罪以妖妄，逐媼去之，其事甚簡，故文亦不華。其一曰
《古岳瀆經》（見《廣記》四百六十七，題曰〈李湯〉），有李湯者，永

泰時楚州刺史，聞漁人見龜山下水中有大鐵鎖，乃以人牛曳出之，風
濤陡作，「一獸狀有如猿，白首長鬐，雪牙金爪，闖然上岸，高五丈
許，蹲踞之狀若猿猴，但兩目不能開，兀若昏昧，……久乃引頸伸
欠，雙目忽開，光彩若電，顧視人焉，欲發狂怒。觀者奔走，獸亦徐
徐引鎖曳牛入水去，竟不復出。」當時湯與楚州知名之士，皆錯愕不知
其由。後公佐訪古東吳，泛洞庭，登包山，入靈洞，探仙書，於石穴
間得《古岳瀆經》第八卷，乃得其故，而其經文字奇古，編次蠹毀，
頗不能解，公佐與道士焦君共詳讀之，如下文：

「禹理水，三至桐柏山，驚風走雷，石號木鳴，土伯擁川，天老
　肅兵，功不能興。禹怒，召集百靈，授命夔龍，桐柏等山君長
　稽首請命，禹因囚鴻濛氏，章商氏，兜盧氏，犁婁氏，乃獲淮
　渦水神名無支祁，善應對言語，辨江淮之淺深，原隰之遠近，
　形若猿猴，縮鼻高額，青軀白首，金目雪牙，頸伸百尺，力逾
　九象，搏擊騰踔疾奔，輕利倏忽，聞視不可久。禹授之童律，
　不能制；授之烏木由，不能制；授之庚辰，能制。鴟脾桓胡木
　魅水靈山袄石怪奔號聚繞，以數千載，庚辰以戰（一作戟）逐
　去，頸鎖大索，鼻穿金鈴，徙淮陰之龜山之足下，俾淮水永安
　流注海也。庚辰之後，皆圖此形者，免淮濤風雨之難。」

宋朱熹（《楚辭辨證》中）嘗斥僧伽降伏無支祁事為俚說，羅泌
（《路史》）有《無支祁辯》，元吳昌齡《西遊記》雜劇中有「無支祁是
他姊妹」語，明宋濂亦隱括其事為文，知宋元以來，此說流傳不絕，
且廣被民間，致勞學者彈糾，而實則僅出於李公佐假設之作而已。惟
後來漸誤禹為僧伽或泗洲大聖，明吳承恩演《西遊記》，又移其神變奮
迅之狀於孫悟空，於是禹伏無支祁故事遂以堙昧也。

　　傳奇之文，此外尚夥，其較顯著者，有隴西李朝威作〈柳毅傳〉
（見《廣記》四百十九），記毅以下第將歸湘濱，道經涇陽，遇牧羊女
子言是龍女，為舅姑及婿所貶，托毅寄書於父洞庭君，洞庭君有弟錢
塘君性剛暴，殺婿取女歸，欲以配毅，因毅嚴拒而止。後毅喪妻，徙
家金陵，娶范陽盧氏，則龍女也，又徙南海，復歸洞庭，其表弟薛嘏
嘗遇之於湖中，得仙藥五十丸，此後遂絕影響。金人已取其事為雜劇
（語見董解元《弦索西廂》中），元尚仲賢則作《柳毅傳書》，翻案而
為《張生煮海》，清李漁又折衷之而成《蜃中樓》。又有蔣防作〈霍小
玉傳〉（見《廣記》四百八十七），言李益年二十擢進士第，入長安，
思得名妓，乃遇霍小玉，寓於其家，相從者二年，其後年，生授鄭縣
主簿，則堅約婚姻而別。及生覲母，始知已訂婚盧氏，母又素嚴，生
不敢拒，遂與小玉絕。小玉久不得生音問，竟臥病，蹤跡招益，益亦
不敢往。一日益在崇敬寺，忽有黃衫豪士強邀之，至霍氏家，小玉力
疾相見，數其負心，長慟而卒。益為之縞素，旦夕哭泣甚哀，已而婚
於盧氏，然為怨鬼所祟，竟以猜忌出其妻，至於三娶，莫不如是。杜
甫〈少年行〉有云，「黃衫年少宜來數，不見堂前東逝波」，謂此也。
又有許堯佐作《柳氏傳》（見《廣記》四百八十五），記詩人韓翃得李
生豔姬柳氏，會安祿山反，因寄柳於法靈寺而自為淄青節度使書記，
亂平復來，則柳已為蕃將沙叱利所取，淄青諸將中有俠士許虞侯者，
劫以還翃。其事又見於孟棨〈本事詩〉，蓋亦實錄矣。他如柳珵（《廣
記》二百七十五《上清傳》），薛調（又四百八十六《無雙傳》），皇甫
枚（又四百九十一《非煙傳》），房千里（同上《楊娼傳》）等，亦皆
有造作。而杜光庭之〈虬髯客傳〉（見《廣記》一百九十三）流傳乃獨
廣，光庭為蜀道士，事王衍，多所著述，大抵誕謾，此傳則記楊素妓
人之執紅拂者識李靖於布衣時，相約遁去，道中又逢虬髯客，知其不
凡，推貲財，授兵法，令佐太宗興唐，而自率海賊入扶余國殺其主，

自立為王云。後世樂此故事，至作畫圖，謂之三俠；在曲則明淩初成有《虯髯翁》，張鳳翼張太和皆有《紅拂記》。

　　上來所舉之外，尚有不知作者之〈李衛公別傳〉，〈李林甫外傳〉，郭湜之〈高力士外傳〉，姚汝能之〈安祿山事蹟〉等，惟著述本意，或在顯揚幽隱，非為傳奇，特以行文枝蔓，或拾事瑣屑，故後人亦每以小說視之。

第十篇
唐之傳奇集及雜俎

造傳奇之文，薈萃為一集者，在唐代多有，而煊赫莫如牛僧孺之《玄怪錄》。僧孺字思黯，本隴西狄道人，居宛葉間，元和初以賢良方正對策第一，條指失政，鯁訐不避宰相，至考官皆調去，僧孺則調伊闕尉，穆宗即位，漸至御史中丞，後以戶部侍郎同中書門下平章事，武宗時累貶循州長史，宣宗立，乃召還為太子少師，大中二年卒，贈太尉，年六十九（780—848），諡曰文簡，有傳在兩《唐書》。僧孺性堅僻，而頗嗜志怪，所撰《玄怪錄》十卷，今已佚，然《太平廣記》所引尚三十一篇，可以考見大概。其文雖與他傳奇無甚異，而時時示人以出於造作，不求見信；蓋李公佐李朝威輩，僅在顯揚筆妙，故尚不肯言事狀之虛，至僧孺乃並欲以構想之幻自見，因故示其詭設之跡矣。〈元無有〉即其一例：

> 寶應中，有元無有，常以仲春末獨行維揚郊野。值日晚，風雨大至，時兵荒後，人戶多逃，遂入路旁空莊。須臾霽止，斜月方出，無有坐北窗，忽聞西廊有行人聲，未幾，見月中有四人，衣冠皆異，相與談諧吟詠甚暢，乃云，「今夕如秋，風月若此，吾輩豈得不為一言，以展平生之事也？」……吟詠既朗，無有聽之具悉。其一衣冠長人即先吟曰，「齊紈魯縞如霜雪，寥亮高聲予所發。」其二黑衣冠短陋人詩曰，「嘉賓良會清夜時，煌煌燈燭我能持。」其三故弊黃衣冠人，亦短陋，詩曰，「清冷之泉候朝汲，桑綆相牽常出入。」其四故黑衣冠人詩曰，「爨薪

貯泉相煎熬，充他口腹我為勞。」無有亦不以四人為異，四人
亦不虞無有之在堂隍也，遞相褒賞，觀其自負，則雖阮嗣宗
〈詠懷〉，亦若不能加矣。四人遲明乃歸舊所；無有就尋之，堂
中惟有故杵燈檯水桶破鐺：乃知四人即此物所為也。（《廣記》
三百六十九）

牛僧孺在朝，與李德裕各立門戶，為黨爭，以其好作小說，李之
門客韋瓘遂托僧孺名撰《周秦行紀》以誣之。記言自以舉進士落第將
歸宛葉，經伊闕鳴皋山下，因暮失道，遂止薄太后廟中，與漢唐妃嬪
燕飲。太后問今天子為誰？則對曰，「『今皇帝先帝長子。』太真笑曰，
『沈婆兒作天子也。大奇！』」復賦詩，終以昭君侍寢，至明別去，「竟
不知其何如」（詳見《廣記》四百八十九）。德裕因作論，謂僧孺姓應
圖讖，《玄怪錄》又多造隱語，意在惑民，《周秦行紀》則以身與后妃
冥遇，欲證其身非人臣相，「及至戲德宗為沈婆兒，以代宗皇后為沈
婆，令人骨戰，可謂無禮於其君甚矣！」作逆若非當代，必在子孫，
故「須以『太牢』少長咸置於法，則刑罰中而社稷安」也（詳見《李
衛公外集》四）。自來假小說以排陷人，此為最怪，顧當時說亦不行。
惟僧孺既有才名，又歷高位，其所著作，世遂盛傳。而摹擬者亦不
鮮，李復言有《續玄怪錄》十卷，「分仙術感應二門」，薛漁思有《河
東記》三卷，「亦記譎怪事，序云續牛僧孺之書」（皆見宋晁公武《郡
齋讀書志》十三）；又有撰《宣室志》十卷，以記仙鬼靈異事蹟者，曰
張讀字聖朋，同張之裔而牛僧孺之外孫也（見《唐書·張薦傳》），後
來亦疑為「少而習見，故沿其流波」（清《四庫提要》子部小說家類三）
云。

他如武功人蘇鶚有《杜陽雜編》，記唐世故事，而多誇遠方珍異，
參寥子高彥休有《唐闕史》，雖間有實錄，而亦言見夢升仙，故皆傳

奇，但稍遷變。至於康駢《劇談錄》之漸多世務，孫棨《北里志》之
專敘狹邪，范攄《雲溪友議》之特重歌詠，雖若彌近人情，遠於靈怪，
然選事則新穎，行文則逶迤，固仍以傳奇為骨者也。迨裴鉶著書，徑
稱《傳奇》，則盛述神仙怪譎之事，又多崇飾，以惑觀者。鉶為淮南節
度副大使高駢從事，駢後失志，尤好神仙，卒以叛死，則此或當時諛
導之作，非由本懷。聶隱娘勝妙手空空兒事即出此書（文見《廣記》
一百九十四），明人取以入偽作之段成式《劍俠傳》，流傳遂廣，迄今
猶為所謂文人者所樂道也。

　　段成式字柯古，齊州臨淄人，宰相文昌子也，以蔭為校書郎，累
遷至吉州刺史，大中中歸京，仕至太常少卿，咸通四年（八六三）六
月卒，《新唐書》附見段志玄傳末（餘見《西陽雜俎》及《南楚新
聞》）。成式家多奇篇秘笈，博學強記，尤深於佛書，而少好畋獵，亦
早有文名，詞句多奧博，世所珍異，其小說有《廬陵官下記》二卷，
今佚；《西陽雜俎》二十卷凡三十篇，今具在，並有《續集》十卷：卷
一篇，或錄秘書，或敘異事，仙佛人鬼以至動植，彌不畢載，以類相
聚，有如類書，雖源或出於張華《博物志》，而在唐時，則猶之獨創之
作矣。每篇各有題目，亦殊隱僻，如紀道術者曰《壺史》，鈔釋典者曰
《貝編》，述喪葬者曰《屍穸》，志怪異者曰《諾皋記》，而抉擇記敘，
亦多古豔穎異，足副其目也。

　　　　夏啟為東明公，文王為西明公，邵公為南明公，季札為北明
　　　公，四時主四方鬼。至忠至孝之人，命終皆為地下主者，
　　　一百四十年，乃授下仙之教，授以大道。有上聖之德，命終受
　　　三官書，為地下主者，一千年乃轉三官之五帝，復一千四百年
　　　方得遊行太清，為九宮之中仙。（卷二《玉格》）
　　　始生天者五相，一光覆身而無衣，二見物生稀有心，三弱顏，

四疑，五怖。（卷三《貝編》）

國初僧玄奘往五印取經，西域敬之。成式見倭國僧金剛三昧，言嘗至中天寺，寺中多畫玄奘麻屩及匙箸，以彩雲乘之，蓋西域所無者，每至齋日，輒膜拜焉。（同上）

天翁姓張，名堅，字刺渴，漁陽人，少不羈，無所拘忌。常張羅得一白雀，愛而養之，夢劉天翁責怒，每欲殺之，白雀輒以報堅，堅設諸方待之，終莫能害。天翁遂下觀之，堅盛設賓主，乃竊騎天翁車，乘白龍，振策登天，天翁乘余龍追之，不及。堅既到玄宮，易百官，杜塞北門，封白雀為上卿侯，改白雀之胤不產於下土。劉翁失治，徘徊五岳作災，堅患之，以劉翁為太山太守，主生死之籍。（卷十四《諾皋記》）

大曆中，有士人莊在渭南，遇疾卒於京，妻柳氏因莊居。……士人祥齋日，暮，柳氏露坐逐涼，有胡蜂繞其首面，柳氏以扇擊墮地，乃胡桃也。柳氏遽取，玩之掌中；遂長，初如拳，如椀，驚顧之際，已如盤矣。曝然分為兩扇，空中輪轉，聲如分蜂，忽合於柳氏首。柳氏碎首，齒著於樹。其物因飛去，竟不知何怪也。（同上）

又有聚文身之事者曰〈黥〉，述養鷹之法者曰〈肉攫部〉，《續集》則有〈貶誤〉以收考證，有〈寺塔記〉以志伽藍，所涉既廣，遂多珍異，為世愛玩，與傳奇並驅爭先矣。

成式能詩，幽澀繁縟如他著述，時有祁人溫庭筠字飛卿，河內李商隱字義山，亦俱用是相誇，號「三十六體」。溫庭筠亦有小說三卷曰〈乾𦠆子〉，遺文見於《廣記》，僅錄事略，簡率無可觀，與其詩賦之豔麗者不類。李於小說無聞，今有《義山雜纂》一卷，《新唐志》不著錄，宋陳振孫（《直齋書錄解題》十一）以為商隱作，書皆集俚俗常談

鄙事，以類相從，雖止於瑣綴，而頗亦穿世務之幽隱，蓋不特聊資笑噱而已。

殺風景

松下喝道　　看花淚下　　苔上鋪席　　斫卻垂楊
花下曬褌　　遊春重載　　石筍系馬　　月下把火
步行將軍　　背山起樓　　果園種菜　　花架下養雞鴨

模樣

作客與人相爭罵……　　做客踏翻台桌……
對丈人丈母唱豔曲　　嚼殘魚肉歸盤上　　對眾倒臥　　橫箸在羹碗上

十誡

不得飲酒至醉　　不得暗黑處驚人　　不得陰損於人
不得獨入寡婦人房　　不得開人家書　　不得戲取物不令人知
不得暗黑獨自行　　不得與無賴子弟往還
不得借人物用了經旬不還（原缺一則）

中和年間有李就今字袞求，為臨晉令，亦號義山，能詩，初舉時恆遊倡家，見孫棨《北里志》，則《雜纂》之作，或出此人，未必定屬商隱，然他無顯證，未能定也。後亦時有仿作者，宋有續，稱王君玉，有再續，稱蘇東坡，明有三續，為黃允交。

第十一篇
宋之志怪及傳奇文

　　宋既平一宇內，收諸國圖籍，而降王臣佐多海內名士，或宣怨言，遂盡招之館閣，厚其廩餼，使修書，成《太平御覽》、《文苑英華》各一千卷；又以野史傳記小說諸家成書五百卷，目錄十卷，是為《太平廣記》，以太平興國二年（977）三月奉詔撰集，次年八月書成表進，八月奉敕送史館，六年正月奉旨雕印板（據《宋會要》及《進書表》），後以言者謂非後學所急，乃收版貯太清樓，故宋人反多未見。《廣記》採摭宏富，用書至三百四十四種，自漢晉至五代之小說家言，本書今已散亡者，往往賴以考見，且分類纂輯，得五十五部，視每部卷帙之多寡，亦可知晉唐小說所敘，何者為多，蓋不特稗說之淵海，且為文心之統計矣。今舉較多之部於下，其末有雜傳記九卷，則唐人傳奇文也。

　　　神仙五十五卷　女仙十五卷　異僧十二卷　報應三十三卷　徵
　　　應（休咎也）十一卷　定數十五卷　夢七卷　神二十五卷　鬼
　　　四十卷　妖怪九卷　精怪六卷　再生十二卷　龍八卷　虎八
　　　卷　狐九卷

　　《太平廣記》以李昉監修，同修者十二人，中有徐鉉，有吳淑，皆嘗為小說，今俱傳。鉉字鼎臣，揚州廣陵人，南唐翰林學士，從李煜入宋，官至直學士院給事中散騎常侍，淳化二年坐累謫靜難行軍司馬，中寒卒於貶所，年七十六（916—991），事詳《宋史・文苑傳》。

鉉在唐時已作志怪，歷二十年成《稽神錄》六卷，僅一百五十事，比
修《廣記》，常希收采而不敢自專，使宋白問李昉，昉曰，「詎有徐率
更言無稽者！」遂得見收。然其文平實簡率，既失六朝志怪之古質，
復無唐人傳奇之纏綿，當宋之初，志怪又欲以「可信」見長，而此道
於是不復振也。

> 廣陵有王姥，病數日，忽謂其子曰，「我死，必生西溪浩氏為
> 牛，子當贖之，而我腹下有『王』字是也。」頃之遂卒，其西
> 溪者，海陵之西地名也；其民浩氏，生牛，腹有白毛成「王」
> 字。其子尋而得之，以束帛贖之以歸。（卷二）
> 瓜村有漁人，妻得勞瘵疾，轉相傳染，死者數人。或云：取病
> 者生釘棺中，棄之，其病可絕。頃之，其女病，即生釘棺中，
> 流之於江，至金山，有漁人見而異之，引之至岸，開視之，見
> 女子猶活，因取置漁舍中，多得鰻鱺魚以食之，久之病癒，遂
> 為漁人之妻，至今尚無恙。（卷三）

吳淑，徐鉉婿也，字正儀，潤州丹陽人，少而俊爽，敏於屬文，
在南唐舉進士，以校書郎直內史，從李煜歸宋，仕至職方員外郎，咸
平五年卒，年五十六（947—1002），亦見《宋史‧文苑傳》。所著《江
淮異人錄》三卷，今有從《永樂大典》輯成本，凡二十五人，皆傳當
時俠客術士及道流，行事大率詭怪。唐段成式作《酉陽雜俎》，已有
〈盜俠〉一篇，敘怪民奇異事，然僅九人，至薈萃諸詭幻人物，著為專
書者，實始於吳淑，明人鈔《廣記》偽作《劍俠傳》又揚其波，而乘
空飛劍之說日熾；至今尚不衰。

成幼文為洪州錄事參軍，所居臨通衢而有窗。一日坐窗下，時

雨霽泥濘而微有路，見一小兒賣鞋，狀甚貧窶，有一惡少年與
兒相遇，絓鞋墮泥中。小兒哭求其價，少年叱之不與。兒曰，
「吾家且未有食，待賣鞋營食，而悉為所汙。」有書生過，憫
之，為償其值。少年怒曰，「兒就我求食，汝何預焉？」因辱罵
之。生甚有慍色；成嘉其義，召之與語，大奇之，因留之宿。
夜共話，成暫入內，及復出，則失書生矣，外戶皆閉，求之不
得，少頃復至前曰，「旦來惡子，吾不能容，已斷其首。」乃擲
之於地。成驚曰，「此人誠忤君子，然斷人之首，流血在地，豈
不見累乎？」書生曰，「無苦。」乃出少藥，傅於頭上，捽其髮
摩之，皆化為水，因謂成曰，「無以奉報，願以此術授君。」成
曰，「某非方外之士，不敢奉教。」書生於是長揖而去，重門皆
鎖閉，而失所在。

　　宋代雖云崇儒，並容釋道，而信仰本根，夙在巫鬼，故徐鉉吳淑
而後，仍多變怪讖應之談，張君房之《乘異記》（咸平元年序），張師
正之《括異志》，聶田之《祖異志》（康定元年序），秦再思之《洛中紀
異》，畢仲詢之《幕府燕閑錄》（元豐初作），皆其類也。迨徽宗惑於道
士林靈素，篤信神仙，自號「道君」，而天下大奉道法。至於南遷，此
風未改，高宗退居南內，亦愛神仙幻誕之書，時則有知興國軍歷陽郭
彖字次像作《睽車志》五卷，翰林學士鄱陽洪邁字景盧作《夷堅志》
四百二十卷，似皆嘗呈進以供上覽。諸書大都偏重事狀，少所鋪敘，
與《稽神錄》略同，顧《夷堅志》獨以著者之名與卷帙之多稱於世。

　　洪邁幼而強記，博極群書，然從二兄試博學宏詞科獨被黜，年
五十始中第，為敕令所刪定官。父皓曾忤秦檜，憾並及邁，遂出添差
教授福州，累遷吏部郎兼禮部；嘗接伴金使，頗折之，旋為報聘使，
以爭朝見禮不屈，幾被抑留，還朝又以使金辱命論罷，尋起知泉州，

又歷知吉州、贛州、婺州、建寧及紹興府，淳熙二年以端明殿學士致
仕卒，年八十（1096—1175），諡文敏，有傳在《宋史》。邁在朝敢於
讜言，又廣見洽聞，多所著述，考訂辯證，並越常流，而《夷堅志》
則為晚年遣興之書，始刊於紹興末，絕筆於淳熙初，十餘年中，凡成
甲至癸二百卷，支甲至支癸三甲至三癸備一百卷，四甲四乙各十卷，
卷帙之多，幾與《太平廣記》等，今惟甲至丁八十卷支甲至支戊五十
卷三志若干卷，又摘鈔本五十卷及二十卷存。奇特之事，本緣稀有見
珍，而作者自序，乃甚以繁夥自憙，毫期急於成書，或以五十日作十
卷，妄人因稍易舊說以投之，至有盈數卷者，亦不暇刪潤，徑以入錄
（陳振孫《直齋書錄解題》十一云），蓋意在取盈，不能如本傳所言「極
鬼神事物之變」也。惟所作小序三十一篇，什九「各出新意，不相重
複」，趙與 嘗撮其大略入所著《賓退錄》（八），歎為「不可及」，則於
此書可謂知言者已。

　　傳奇之文，亦有作者：今訛為唐人作之《綠珠傳》一卷，《楊太真
外傳》二卷，即宋樂史之撰也，《宋志》又有〈滕王外傳〉〈李白外傳〉
〈許邁傳〉各一卷，今俱不傳。史字子正，撫州宜黃人，自南唐入宋為
著作佐郎，出知陵州，以獻賦召為三館編修，又累獻所著書共
四百二十餘卷，皆記敘科第孝弟神仙之事者，遷著作郎，直史館，轉
太常博士，出知舒州，知黃州，又知商州，復職後再入文館，掌西京
勘磨司，賜金紫，景德四年卒，年七十八（930—1007），事詳《宋史・
樂黃目傳》首。史又長於地理，有《太平寰宇記》二百卷，徵引群書
至百餘種，而時雜以小說家言，至綠珠太真二傳，本薈萃稗史成文，
則又參以輿地志語；篇末垂誡，亦如唐人，而增其嚴冷，則宋人積習
如是也，於〈綠珠傳〉最明白：

　　……趙王倫亂常，孫秀使人求綠珠，……崇勃然曰，「他無所

愛，綠珠不可得也！」秀自是譖倫族之。收兵忽至，崇謂綠珠曰，「我今為爾獲罪。」綠珠泣曰，「願效死於君前！」於是墮樓而死。崇棄東市，後人名其樓曰綠珠樓。樓在步庚裡，近狄泉；泉在正城之東。綠珠有弟子宋褘，有國色，善吹笛，後入晉明帝宮中。今白州有一派水，自雙角山出，合容州江，呼為綠珠江，亦猶歸州有昭君村昭君場，吳有西施穀脂粉塘，蓋取美人出處為名。又有綠珠井，在雙角山下，故老傳云，汲此井飲者，誕女必多美麗，裡閭有識者以美色無益於時，因以巨石鎮之，爾後有產女端妍者，而七竅四肢多不完具。異哉，山水之使然！……

……其後詩人題歌舞妓者，皆以綠珠為名。……其故何哉？蓋一婢子，不知書，而能感主恩，憤不顧身，志烈懍懍，誠足使後人仰慕歌詠也。至有享厚祿，盜高位，亡仁義之性，懷反復之情，暮四朝三，唯利是務，節操反不若一婦人，豈不愧哉？今為此傳，非徒述美麗，窒禍源，且欲懲戒辜恩背義之類也。……

其後有亳州譙人秦醇字子復（一作子履），亦撰傳奇，今存四篇，見於北宋劉斧所編之《青瑣高議前集》及《別集》。其文頗欲規撫唐人，然辭意皆蕪劣，惟偶見一二好語，點綴其間；又大抵托之古事，不敢及近，則仍由士習拘謹之所致矣，故樂史亦如此。一曰〈趙飛燕別傳〉，序云得之李家牆角破篋中，記趙後入宮至自縊，復以冥報化為大黿事，文中有「蘭湯灩灩，昭儀坐其中，若三尺寒泉浸明玉」語，明人遂或擊節詫為真古籍，與今人為楊慎偽造之漢《雜事秘辛》所惑正同。所謂漢伶玄撰之《飛燕外傳》亦此類，但文辭殊勝而已。二曰《驪山記》，三曰《溫泉記》，言張俞不第還蜀，於驪山下就故老問楊

妃逸事，故老為具道；他日俞再經驪山，遇楊妃遣使相召，問人間
事，且賜浴，明日敕吏引還，則驚起如夢覺，乃題詩於驛，後步野
外，有牧童送酬和詩，云是前日一婦人之所托也。四曰《譚意歌傳》，
則為當時故事：意歌本良家子，流落長沙為倡，與汝州民張正字者相
悅，婚約甚堅，而正字迫於母命，竟別娶；越三年妻歿，適有客來自
長沙，責正字負義，且述意歌之賢，遂迎以歸。後其子成進士，意歌
「終身為命婦，夫妻偕老，子孫繁茂」，蓋襲蔣防之《霍小玉傳》，而
結以「團圓」者也。

　　不知何人作者有〈大業拾遺記〉二卷，題唐顏師古撰，亦名《隋
遺錄》。跋言會昌年間得於上元瓦棺寺閣上，本名《南部煙花錄》，乃
《隋書》遺稿，惜多缺落，因補以傳；末無名，蓋與造本文者出一手。
記起於煬帝將幸江都，命麻叔謀開河，次及途中諸縱恣事，復造迷
樓，怠荒於內，時之人望，乃歸唐公，宇文化及將謀亂，因請放官奴
分直上下，詔許之，「是有焚草之變」。其敘述頗陵亂，多失實，而文
筆明麗，情致亦時有綽約可觀覽者。

> ……長安貢御車女袁寶兒，年十五，腰肢纖墮，駭冶多態，帝
> 寵愛之特厚。時洛陽進合蒂迎輦花，雲得之嵩山塢中，人不知
> 名，採者異而貢之。……帝令寶兒持之，號曰「司花女」。時虞
> 世南草征遼指揮德音敕於帝側，寶兒注視久之。帝謂世南曰，
> 「昔傳飛燕可掌上舞，朕常謂儒生飾於文字，豈人能若是乎？及
> 今得寶兒，方昭前事；然多憨態，今注目於卿，卿才人，可便
> 嘲之！」世南應詔為絕句曰，「學畫鴉黃半未成，垂肩嚲袖太憨
> 生，緣憨卻得君王惜，長把花枝傍輦行。」帝大悅。……
> ……帝昏涵滋深，往往為妖祟所惑，嘗游吳公宅雞台，恍惚間
> 與陳後主相遇。……舞女數十許，羅侍左右，中一人迥美，帝

屢目之。後主云,「殿下不識此人耶?即麗華也。每憶桃葉山前乘戰艦與此子北渡,爾時麗華最恨,方倚臨春閣試東郭紫毫筆,書小研紅綃作答江令『璧月』句,詩詞未終,見韓擒虎躍青驄駒,擁萬甲直來沖人,都不存去就,便至今日。」俄以綠文測海蠡酌紅梁新釀勸帝,帝飲之甚歡,因請麗華舞「玉樹後庭花」,麗華辭以拋擲歲久,自井中出來,腰肢依拒,無復往時姿態,帝再三索之,乃徐起終一曲。後主問帝,「蕭妃何如此人?」帝曰,「春蘭秋菊,各一時之秀也。」……

又有〈開河記〉一卷,敘麻叔謀奉隋煬詔開河,虐民掘墓,納賄,食小兒,事發遂誅死;〈迷樓記〉一卷,敘煬帝晚年荒恣,因王義切諫,獨居二日,以為不樂,復入宮,後聞童謠,自識運盡。〈海山記〉二卷,則始自降生,次及興土木,見妖鬼,幸江都,詢王義,以至遇害,無不具記。三書與《隋遺錄》相類,而敘述加詳,顧時雜俚語,文采遜矣。〈海山記〉已見於《青瑣高議》中,自是北宋人作,餘當亦同,今本有題唐韓偓撰者,明人妄增之。帝王縱恣,世人所不欲遭而所樂道,唐人喜言明皇,宋則益以隋煬,明羅貫中復撰集為《隋唐志傳》,清褚人獲又增改以為《隋唐演義》。

〈梅妃傳〉一卷亦無撰人,蓋見當時圖畫有把梅美人號梅妃者,泛言唐明皇時人,因造此傳,謂為江氏名采蘋,入宮因太真妒復見放,值祿山之亂,死於兵。有跋,略謂傳是大中二年所寫,在萬卷朱遵度家,今惟葉少蘊與予得之;末不署名,蓋亦即撰本文者,自云與葉夢得同時,則南渡前後之作矣。今本或題唐曹鄴撰,亦明人妄增之。

第十二篇
宋之話本

　　宋一代文人之為志怪，既平實而乏文采，其傳奇，又多托往事而避近聞，擬古且遠不逮，更無獨創之可言矣。然在市井間，則別有藝文興起。即以俚語著書，敘述故事，謂之「平話」，即今所謂「白話小說」者是也。

　　然用白話作書者，實不始於宋。清光緒中，敦煌千佛洞之藏經始顯露，大抵運入英法，中國亦拾其餘藏京師圖書館；書為宋初所藏，多佛經，而內有俗文體之故事數種，蓋唐末五代人鈔，如《唐太宗入冥記》、《孝子董永傳》、《秋胡小說》則在倫敦博物館，《伍員入吳故事》則在中國某氏，惜未能目睹，無以知其與後來小說之關係。以意度之，則俗文之興，當由二端，一為娛心，一為勸善，而尤以勸善為大宗，故上列諸書，多關懲勸，京師圖書館所藏，亦尚有俗文《維摩》、《法華》等經及《釋迦八相成道記》、《目連入地獄故事》也。

　　《唐太宗入冥記》首尾並闕，中間僅存，蓋記太宗殺建成元吉，生魂被勘事者；諱其本朝之過，始盛於宋，此雖關涉太宗，故當仍為唐人之作也，文略如下：

> 　　……判官懍惡，不敢道名字。帝曰，「卿近前來。」輕道，「姓崔，名子玉。」「朕當識。」言訖，使人引皇帝至院門，使人奏曰，「伏惟陛下且立在此，容臣入報判官速來。」言訖，使來者到廳拜了，「啟判官：奉大王處，太宗是生魂到，領判官推勘，見在門外，未敢引。」判官聞言，驚忙起立，……

　　宋有《梁公九諫》一卷（在《士禮居叢書》中），文亦樸陋如前
記，書敘武后廢太子為廬陵王，而欲傳位於姪武三思，經狄仁傑極諫
者九，武后始感悟，召還復立為太子。卷首有范仲淹〈唐相梁公碑
文〉，乃貶守番陽時作，則書出當在明道二年（1033）以後矣。

第六諫

　　則天睡至三更，又得一夢，夢與大羅天女對手著棋，局中有
　　子，旋被打將，頻輸天女，忽然驚覺。來日受朝，問諸大臣，
　　其夢如何？狄相奏曰，「臣圓此夢，於國不祥。陛下夢與大羅
　　天女對手著棋，局中有子，旋被打將，頻輸天女：蓋謂局中有
　　子，不得其位，旋被打將，失其所主。今太子廬陵王貶房州千
　　里，是謂局中有子，不得其位，遂感此夢。臣願東宮之位，速
　　立廬陵王為儲君，若立武三思，終當不得！」

　　然據現存宋人通俗小說觀之，則與唐末之主勸懲者稍殊，而實出
於雜劇中之「說話」。說話者，謂口說古今驚聽之事，蓋唐時亦已有
之，段成式《酉陽雜俎》（《續集》四〈貶誤篇〉）有云，「予太和末，
因弟生日觀雜戲，有市人小說，呼扁鵲作『褊鵲』字，上聲。……」
李商隱〈驕兒詩〉（集一）亦云，「或謔張飛胡，或笑鄧艾吃。」似當
時已有說三國故事者，然未詳。宋都汴，民物康阜，遊樂之事甚多，
市井間有雜伎藝，其中有「說話」，執此業者曰「說話人」。說話人又
有專家，孟元老（《東京夢華錄》五）嘗舉其目，曰小說，曰合生，曰
說諢話，曰說三分，曰說《五代史》。南渡以後，此風未改，據吳自牧
（《夢粱錄》二十）所記載則有四科如下：

　　說話者，謂之舌辨，雖有四家數，各有門庭。且「小說」名「銀

字兒」，如煙粉靈怪傳奇公案樸刀杆棒發跡變態之事。……談論
古今，如水之流。

「談經」者，謂演說佛書，「說參請」者，謂賓主參禪悟道等
事。……又有「說諢經」者。

「講史書」者，謂講說《通鑒》漢唐歷代書史文傳興廢戰爭之
事。

「合生」，與起今隨今相似，各占一事也。

灌園耐得翁（《都城紀勝》）述臨安盛事，亦謂說話有四家，曰小
說，曰說經說參請，曰說史，曰合生，而分小說為三類，即「一者銀
字兒，如煙粉靈怪傳奇；說公案，皆是搏拳提刀趕棒及發跡變態之
事；說鐵騎兒，謂士馬金鼓之事」是也。周密之書（《武林舊事》
六），敘四科又略異，曰演史，曰說經諢經，曰小說，曰說諢話，無合
生；且謂小說有雄辯社（卷三），則其時說話人不惟各守家數，且有集
會以磨煉其技藝者矣。

說話之事，雖在說話人各運匠心，隨時生髮，而仍有底本以作憑
依，是為「話本」。《夢粱錄》（二十）影戲條下云，「其話本與講史書
者頗同，大抵真假相半。」又小說講經史條下云，「蓋小說者，能講一
朝一代故事，頃刻間捏合。」《都城紀勝》所說同，惟「捏合」作「提
破」而已。是知講史之體，在曆敘史實而雜以虛辭，小說之體，在說
一故事而立知結局，今所存《五代史平話》及《通俗小說》殘本，蓋
即此二科話本之流，其體式正如此。

《新編五代史平話》者，講史之一，孟元老所謂「說《五代史》」
之話本，此殆近之矣。其書梁唐晉漢周每代二卷，各以詩起，次入正
文，又以詩終。惟《梁史平話》始於開闢，次略敘歷代興亡之事，立
論頗奇，而亦雜以誕妄之因果說。

　　龍爭虎戰幾春秋，五代梁唐晉漢周，

　　興廢風燈明滅裡，易君變國若傳郵。

粵自鴻荒既判，風氣始開，伏羲畫八卦而文籍生，黃帝垂衣裳
而天下治。……那時諸侯皆已順從，獨蚩尤共炎帝侵暴諸侯，
不服王化。黃帝乃帥諸侯，興兵動眾，……遂殺死炎帝，活捉
蚩尤，萬國平定。這黃帝做著個廝殺的頭腦，教天下後世慣用
干戈。……湯伐桀，武王伐紂，皆是以臣弒君，篡奪了夏殷的
天下。湯武不合做了這個樣子，後來周室衰微，諸侯強大，春
秋之世二百四十年之間，臣弒其君的也有，子弒其父的也有。
孔子聖人為見三綱淪，九法，秉那直筆，做一卷書，喚做《春
秋》，褒獎他善的，貶罰他惡的，故孟子道是「孔子作《春秋》
而亂臣賊子懼」。只有漢高祖姓劉字季，他取秦始皇天下不用篡
弒之謀，真個是：

　　手拿三尺龍泉劍，奪卻中原四百州。

劉季殺了項羽，立著國號曰漢，只因疑忌功臣，如韓信彭越陳
豨之徒，皆不免族滅誅夷。這三個功臣抱屈銜冤，訴於天帝，
天帝可憐見三個功臣無辜被戮，令他每三個托生做三個豪傑出
來：韓信去曹家托生做著個曹操，彭越去孫家托生做著個孫
權，陳豨去那宗室家托生做著個劉備。這三個分了他的天
下，……三國各有史，道是《三國志》是也。……

　　於是更自晉及唐，以至黃巢變亂，朱氏立國，其下卷今闕，必當
訖於梁亡矣。全書敘述，繁簡頗不同，大抵史上大事，即無發揮，一
涉細故，便多增飾，狀以駢儷，證以詩歌，又雜諢詞，以博笑噱，如
說黃巢下第，與朱溫等為盜，將劫侯家莊馬評事時途中情景，即其例
也：

……黃巢道，「若去劫他時，不消賢弟下手，咱有桑門劍一口，是天賜黃巢的，咱將劍一指，看他甚人，也抵敵不住。」道罷便去，行過一個高嶺，名做懸刀峰，自行了半個日頭，方得下嶺。好座高嶺！是：根盤地角，頂接天涯，蒼蒼老檜拂長空，挺挺孤松侵碧漢，山雞共日雞齊鬥，天河與澗水接流，飛泉飄雨腳廉纖，怪石與雲頭相軋。怎見得高？

幾年攧下一樵夫，至今未曾攧到底。

黃巢兄弟四人過了這座高嶺，望見那侯家莊。好座莊舍！但見：石惹閑雲，山連溪水，堤邊垂柳，弄風嫋嫋拂溪橋，路畔閑花，映日叢叢遮野渡。那四個兄弟望見莊舍遠不出五里田地，天色正晡，同入個樹林中躲了，待晚西卻行到那馬家門首去。……

《京本通俗小說》不知本幾卷，今存卷十至十六，每卷一篇，曰〈碾玉觀音〉，曰〈菩薩蠻〉，曰〈西山一窟鬼〉，曰〈志誠張主管〉，曰〈拗相公〉，曰〈錯斬崔寧〉，曰〈馮玉梅團圓〉等，每篇各具首尾，頃刻可了，與吳自牧所記正同。其取材多在近時，或採之他種說部，主在娛心，而雜以懲勸。體制則什九先以閑話或他事，後乃綴合，以入正文。如〈碾玉觀音〉因欲敘咸安郡王遊春，則輒舉春詞至十餘首：

山色晴嵐景物佳，暖烘回雁起平沙，東郊漸覺花供眼，南陌依稀草吐芽。　堤上柳，未藏鴉，尋芳趁步到山家，隴頭幾樹紅梅落，紅杏枝頭未著花。

這首〈鷓鴣天〉說孟春景致，原來又不如仲春詞做得好：

……

這三首詞，都不如王荊公看見花瓣兒片片風吹下地來，原來這

春歸去是東風斷送的。有詩道：

　　春日春風有時好，春日春風有時惡，

　　不得春風花不開，花開又被風吹落。

蘇東坡道，不是東風斷送春歸去，是春雨斷送春歸去。有詩
道：

　　雨前初見花間蕊，雨後全無葉底花，

　　蜂蝶紛紛過牆去，卻疑春色在鄰家。

秦少遊道，也不干風事，也不干雨事，是柳絮飄將春色去。有
詩道：

　　三月柳花輕復散，飄揚淡蕩送春歸，

　　此花本是無情物，一向東飛一向西。

……

王岩叟道，也不干風事，也不干雨事，也不干柳絮事，也不干
蝴蝶事，也不干黃鶯事，也不干杜鵑事，也不干燕子事，是
九十日春光已過春歸去。曾有詩道：

　　怨風怨雨兩俱非，風雨不來春亦歸，

　　腮邊紅褪青梅小，口角黃消乳燕飛，

　　蜀魄健啼花影去，吳蠶強食柘桑稀，

　　直惱春歸無覓處，江湖辜負一簑衣。

說話的因甚說這春歸詞？紹興年間，行在有個關西延州延安府
人，本身是三鎮節度使咸安郡王，當時怕春歸去，將帶著許多
鈞眷遊春，……

　　此種引首，與講史之先敘天地開闢者略異，大抵詩詞之外，亦用
故實，或取相類，或取不同，而多為時事。取不同者由反入正，取相
類者較有淺深，忽而相牽，轉入本事，故敘述方始，而主意已明，耐

得翁之所謂「提破」，吳自牧之所謂「捏合」，殆指此矣。凡其上半，謂之「得勝頭回」，頭回猶云前回，聽說話者多軍民，故冠以吉語曰得勝，非因進講宮中，因有此名也。至於文式，則與《五代史平話》之鋪敘瑣事處頗相似，然較詳。〈西山一窟鬼〉述吳秀才一為鬼誘，至所遇無一非鬼，蓋本之《鬼董》（四）之〈樊生〉，而描寫委曲瑣細，則雖明清演義亦無以過之，如其記訂婚之始云：

……開學堂後，有一年之上，也罪過，那街上人家都把孩子們來與它教訓，頗有些趲足。當日正在學堂裡教書，只聽得青布簾兒上鈴聲響，走將一個人入來。吳教授看那入來的人：不是別人，卻是十年前搬去的鄰舍王婆。原來那婆子是個「撮合山」，專靠做媒為生。吳教授相揖罷，道，「多時不見。而今婆婆在那裡住？」婆子道，「只道教授忘了老媳婦，如今老媳婦在錢塘門裡沿城住。」教授問，「婆婆高？」婆子道，「老媳婦犬馬之年七十有五。教授青春多少？」教授道，「小子二十有二。」婆子道，「教授方才二十有二，卻像三十以上人，想教授每日價費多少心神；據我媳婦愚見，也少不得一個小娘子相伴。」教授道，「我這裡也幾次問人來，卻沒這般頭腦。」婆子道，「這個『不是冤家不聚會』。好教官人得知，卻有一頭好親在這裡，一千貫錢房計，帶一個從嫁，又好人才，卻有一床樂器都會，又寫得算得，又是嗶嚦大官府第出身，只要嫁個讀書官人。教授卻是要也不？」教授聽得說罷，喜從天降，笑顏逐開，道，「若還真個有這人時，可知好哩！只是這個小娘子如今在那裡？」……

南宋亡，雜劇消歇，說話遂不復行，然話本蓋頗有存者，後人目

染，仿以為書，雖已非口談，而猶存曩體，小說者流有《拍案驚奇》
《醉醒石》之屬，講史者流有《列國演義》、《隋唐演義》之屬，惟世
間於此二科，漸不復知所嚴別，遂俱以「小說」為通名。

第十三篇
宋元之擬話本

　　說話既盛行，則當時若干著作，自亦蒙話本之影響。北宋時，劉斧秀才雜輯古今稗說為《青瑣高議》及《青瑣摭遺》，文辭雖拙俗，然尚非話本，而文題之下，已各系以七言，如：

> 《流紅記》（紅葉題詩娶韓氏）
> 《趙飛燕外傳》（別傳敘飛燕本末）
> 《韓魏公》（不罪碎盞燒鬚人）
> 《王榭》（風濤飄入烏衣國）

　　等，皆一題一解，甚類元人劇本結末之「題目」與「正名」，因疑汴京說話標題，體裁或亦如是，習俗浸潤，乃及文章。至於全體被其變易者，則今尚有《大唐三藏法師取經記》及《大宋宣和遺事》二書流傳，皆首尾與詩相始終，中間以詩詞為點綴，辭句多俚，顧與話本又不同，近講史而非口談，似小說而無捏合。錢曾於《宣和遺事》，則並《燈花婆婆》等十五種並謂之「詞話」（《也是園書目》十），以其有詞有話也，然其間之〈錯斬崔寧〉、〈馮玉梅團圓〉兩種，亦見《京本通俗小說》中，本說話之一科，傳自專家，談吐如流，通篇相稱，殊非《宣和遺事》所能企及。蓋《宣和遺事》雖亦有詞有說，而非全出於說話人，乃由作者掇拾故書，益以小說，補綴聯屬，勉成一書，故形式僅存，而精采遂遜，文辭又多非己出，不足以云創作也。《取經記》尤苟簡。惟說話消亡，而話本終蛻為著作，則又賴此等為其樞紐

而已。

《大唐三藏法師取經記》三卷，舊本在日本，又有一小本曰《大唐三藏取經詩話》，內容悉同，卷尾一行云「中瓦子張家印」，張家為宋時臨安書鋪，世因以為宋刊，然逮於元朝，張家或亦無恙，則此書或為元人撰，未可知矣。三卷分十七章，今所見小說之分章回者始此；每章必有詩，故曰詩話。首章兩本俱闕，次章則記玄奘等之遇猴行者。

行程遇猴行者處第二

僧行六人，當日起行。……偶於一日午時，見一白衣秀才，從正東而來，便揖和尚，「萬福萬福！和尚今往何處，莫不是再往西天取經否？」法師合掌曰：「貧道奉敕，為東土眾生未有佛教，是取經也。」秀才曰：「和尚生前兩回去取經，中路遭難，此回若去，千死萬死！」法師云：「你如何得知？」秀才曰：「我不是別人，我是花果山紫雲洞八萬四千銅頭鐵額獼猴王。我今來助和尚取經，此去百萬程途，經過三十六國，多有禍難之處。」法師應曰：「果得如此，三世有緣，東土眾生，獲大利益。」當便改呼為猴行者。僧行七人，次日同行，左右伏事。

猴行者因留詩曰：

百萬程途向那邊，今來佐助大師前，

一心祝願逢真教，同往西天雞足山。

三藏法師詩答曰：

此日前生有宿緣，今朝果遇大明仙，

前途若到妖魔處，望顯神通鎮佛前。

於是借行者神通，偕入大梵天王宮，法師講經已，得賜「隱形帽一頂，金鐶錫杖一條，缽盂一隻，三件齊全」，復反下界，經香林寺，

履大蛇嶺九龍池諸危地，俱以行者法力，安穩進行；又得深沙神身化金橋，渡越大水，出鬼子母國女人國而達王母池處，法師欲桃，命猴行者往竊之。

　　　　入王母池之處第十一
　　……法師曰：「願今日蟠桃結實，可偷三五個吃。」猴行者曰：「我因八百歲時偷吃十顆，被王母捉下，左肋判八百，右肋判三千鐵棒，配在花果山紫雲洞，至今肋下尚痛，我今定是不敢偷吃也。」……前去之間，忽見石壁高岑萬丈，又見一石盤，闊四五里地，又有兩池，方廣數十里，萬丈，鴉鳥不飛。七人才坐，正歇之次，舉頭遙望，萬丈石壁之中，有數株桃樹，森森聳翠，上接青天，枝葉茂濃，下浸池水。……行者曰：「樹上今有十餘顆，為地神專在彼處守定，無路可去偷取。」師曰：「你神通廣大，去必無妨。」說由未了，下三顆蟠桃入池中去，師甚敬惶，問此落者是何物？答曰：「師不要敬（驚字之略），此是蟠桃正熟，擷下水中也。」師曰：「可去尋取來吃！」……

　　行者以杖擊石，先後現二童子，一云三千歲，一云五千歲，皆揮去。

　　……又敲數下，偶然一孩兒出來，問曰：「你年多少？」答曰：「七千歲。」行者放下金鐶杖，叫取孩兒入手中，問和尚你吃否？和尚聞語，心敬便走。被行者手中旋數下，孩兒化成一枚乳棗。當時吞入口中，後歸東土唐朝，遂吐出於西川，至今此地中生人參是也。空中見有一人，遂吟詩曰：

　　　　花果山中一子才，小年曾此作場乖，

而今耳熱空中見，前次偷桃客又來。

由是竟達天竺，求得經文五千四百卷，而闕《多心經》，回至香林寺，始由定光佛見授。七人既歸，則皇帝郊迎，諸州奉法，至七月十五日正午，天宮乃降採蓮舡，法師乘之，向西仙去；後太宗復封猴行者為銅筋鐵骨大聖云。

《大宋宣和遺事》世多以為宋人作，而文中有呂省元〈宣和講篇〉及南儒〈詠史詩〉，省元南儒皆元代語，則其書或出於元人，抑宋人舊本，而元時又有增益，皆不可知，口吻有大類宋人者，則以鈔撮舊籍而然，非著者之本語也。書分前後二集，始於稱述堯舜而終以高宗之定都臨安，案年演述，體裁甚似講史。惟節錄成書，未加融會，故先後文體，致為參差，灼然可見。其剽取之書當有十種。前集先言歷代帝王荒淫之失者其一，蓋猶宋人講史之開篇；次述王安石變法之禍者其二，亦北宋末士論之常套；次述安石引蔡京入朝至童貫蔡攸巡邊者其三，首一為語體，次二為文言而並雜以詩者；其四，則梁山濼聚義本末，首述楊志賣刀殺人，晁蓋劫生日禮物，遂邀約二十人，同入太行山梁山濼落草，而宋江亦以殺閻婆惜出走，伏屋後九天玄女廟中，見官兵已退，出謝玄女。

　　……則見香案上一聲響亮，打一看時，有一卷文書在上。宋江才展開看了，認得是個天書；又寫著三十六個姓名；又題著四句道：
　　　破國因山木，兵刀用水工，
　　　一朝充將領，海內聳威風。
　　宋江讀了，口中不說，心下思量：這四句分明是說了我裡姓名；又把開天書一卷，仔細看覷，見有三十六將的姓名。那

三十六人道個甚底？

智多星吳加亮　玉麒麟李進義　青面獸楊志　混江龍李海　九紋龍
史進　入雲龍公孫勝　浪裡白條張順　霹靂火秦明　活閻羅阮小七
立地太歲阮小五　短命二郎阮進　大刀關必勝　豹子頭林沖　黑旋
風李逵　小旋風柴進　金槍手徐甯　撲天雕李應　赤髮鬼劉唐　一直
撞董平　插翅虎雷橫　美髯公朱同　神行太保戴宗　賽關索王雄　病
尉遲孫立　小李廣花榮　沒羽箭張青　沒遮攔穆橫　浪子燕青　花
和尚魯智深　行者武松　鐵鞭呼延綽　急先鋒索超　拼命三郎石秀
火船工張岑　摸著雲杜遷　鐵天王晁蓋

宋江看了人名，末後有一行字寫道：「天書付天罡院三十六員猛
將，使呼保義宋江為帥，廣行忠義，殄滅奸邪。」

　　於是江率朱同等九人亦赴山寨，會晁蓋已死，遂被推為首領，「各
人統率強人，略州劫縣，放火殺人，攻奪淮陽、京西、河北三路
二十四州八十餘縣，劫掠子女玉帛，擄掠甚眾」，已而魯智深等亦來
投，遂足三十六人之數。

　　一日，宋江與吳加亮商量，「俺三十六員猛將，並已登數，休要
忘了東嶽保護之恩，須索去燒香賽還心願則個。」擇日起行，
宋江題了四句放旗上道：

　　來時三十六，去後十八雙，

　　若還少一個，定是不歸鄉！

宋江統率三十六將往朝東嶽，賽取金爐心願。朝廷不奈何，只
得出榜招諭宋江等。有那元帥姓張名叔夜的，是世代將門之
子，前來招誘；宋江和那三十六人歸順宋朝，各受大夫誥敕，
分注諸路巡檢使去也；因此三路之寇，悉得平定。後遣宋江收

方臘有功，封節度使。

其五，為徽宗幸李師師家，曹輔進諫及張天覺隱去；其六，為道士林靈素進用及其死葬之異；其七，為臘月預賞元宵及元宵看燈之盛，皆平話體。其敘元宵看燈云：

> 宣和六年正月十四日夜，去大內門直上一條紅綿繩上，飛下一個仙鶴兒來，口內銜一道詔書，有一員中使接得展開，奉聖旨：宣萬姓。有那快行家手中把著金字牌，喝道，「宣萬姓！」少刻，京師民有似雲浪，盡頭上戴著玉梅，雪柳，鬧蛾兒，直到鼇山下看燈。卻去宣德門直上有三四個貴官，……得了聖旨，交撒下金錢銀錢，與萬姓搶金錢。那教坊大使袁陶曾作詞，名做〈撒金錢〉：
>> 頻瞻禮，喜升平又逢元宵佳致。鼇山高聳翠，對端門珠璣交制，似嫦娥，降仙宮，乍臨凡世。　　恩露勻施，憑御闌聖顏垂視。撒金錢，亂拋墜，萬姓推搶沒理會；告官裡，這失儀，且與免罪。
>
> 是夜撒金錢後，萬姓各各遍遊市井，可謂是：
>> 燈火熒煌天不夜，笙歌嘈雜地長春。

後集則始自金人來運糧，以至京城陷為第八種；又自金兵入城，帝后北行受辱，以至高宗定都臨安為第九第十種，即取《南燼紀聞》《竊憤錄》及《續錄》而小有刪節，二書今俱在，或題辛棄疾作，而宋人已以為偽書。卷末復有結論，云「世之儒者謂高宗失恢復中原之機會者有二焉：建炎之初失其機者，潛善伯彥偷安於目前誤之也；紹興之後失其機者，秦檜為虜用間誤之也。失此二機，而中原之境土未

復，君父之大仇未報，國家之大恥不能雪，此忠臣義士之所以扼腕，恨不食賊臣之肉而寢其皮也歟！」則亦南宋時檜黨失勢後士論之常套也。

第十四篇
元明傳來之講史（上）

　　宋之說話人，於小說及講史皆多高手（名見《夢粱錄》及《武林舊事》），而不聞有著作；元代擾攘，文化淪喪，更無論矣。日本內閣文庫藏元至治（1321—1323）間新安虞氏刊本全相（猶今所謂繡像全圖）平話五種，曰《武王伐紂書》，曰《樂毅圖齊七國春秋後集》，曰《秦並六國》，曰《呂后斬韓信前漢書續集》，曰《三國志》，每集各三卷（《斯文》第八編第六號，鹽谷溫《關於明的小說「三言」》），今惟《三國志》有印本（鹽谷博士影印本及商務印書館翻印本），他四種未能見。其《全相三國志平話》分為上下二欄，上欄為圖，下欄述事，以桃園結義始，孔明病歿終。而開篇亦先敘漢高祖殺戮功臣，玉皇斷獄，令韓信轉生為曹操，彭越為劉備，英布為孫權，高祖則為獻帝，立意與《五代史平話》無異。惟文筆則遠不逮，詞不達意，粗具梗概而已，如述「赤壁鏖兵」云：

　　卻說武侯過江到夏口，曹操舡上高叫「吾死矣！」眾軍曰，「皆是蔣幹。」眾官亂刀銼蔣幹為萬段。曹操上舡，荒速奪路，走出江口，見四面舡上，皆為火也。見數十隻舡，上有黃蓋言曰，「斬曹賊，使天下安若太山！」曹相百官，不通水戰，眾人發箭相射。卻說曹操措手不及，四面火起，前又相射。曹操欲走，北有周瑜，南有魯肅，西有淩統、甘寧，東有張昭、吳芭，四面言殺。史官曰：「倘非曹公家有五帝之分，孟德不能脫。」曹操得命，西北而走，至江岸，眾人攙曹公上馬。卻說

黃昏火發，次日齋時方出，曹操回顧，尚見夏口舡上煙焰張天，本部軍無一萬。曹相望西北而走，無五裡，江岸有五千軍，認得是常山趙雲，攔住，眾官一齊攻擊，曹相撞陣過去。……至晚，到一大林。……曹公尋滑榮路去，行無二十里，見五百校刀手，關將攔住。曹相用美言告雲長，「著操亭侯有恩。」關公曰：「軍師嚴令。」曹公撞陣卻過。說話間，面生塵霧，使曹公得脫。關公趕數裡復回，東行無十五里，見玄德，軍師。是走了曹賊，非關公之過也。言使人小著玄德（案此句不可解）。眾問為何。武侯曰，「關將仁德之人，往日蒙曹相恩，其此而脫矣。」關公聞言，忿然上馬，告主公復追之。玄德曰，「吾弟性匪石，寧奈不倦。」軍師言，「諸葛赤（亦？）去，萬無一失。」……（卷中十八至十九頁）

　　觀其簡率之處，頗足疑為說話人所用之話本，由此推演，大加波瀾，即可以愉悅聽者，然頁必有圖，則仍亦供人閱覽之書也。餘四種恐亦此類。

　　說《三國志》者，在宋已甚盛，蓋當時多英雄，武勇智術，瑰偉動人，而事狀無楚漢之簡，又無春秋列國之繁，故尤宜於講說。東坡（《志林》六）謂「王彭嘗云，途巷中小兒薄劣，其家所厭苦，輒與錢，令聚坐聽說古話，至說三國事，聞劉玄德敗，頻蹙眉，有出涕者，聞曹操敗，即喜唱快，以是知君子小人之澤，百世不斬。」在瓦舍，「說三分」為說話之一專科，與「講《五代史》」並列（《東京夢華錄》五）。 金元雜劇亦常用三國時事，如〈赤壁鏖兵〉，〈諸葛亮秋風五丈原〉，〈隔江鬥智〉，〈連環計〉，〈復奪受禪台〉等，而今日搬演為戲文者尤多，則為世之所樂道可知也。其在小說，乃因有羅貫中本而名益顯。

　　貫中，名本，錢塘人（明郎瑛《七修類稿》二十三，田汝成《西湖遊覽志餘》二十五，胡應麟《少室山房筆叢》四十一），或云名貫，字貫中（明王圻《續文獻通考》一百七十七），或云越人，生洪武初（周亮工《書影》），蓋元明間人（約1330—1400）。所著小說甚夥，明時云有數十種（《志餘》），今存者《三國志演義》之外，尚有《隋唐志傳》，《殘唐五代史演義》，《三遂平妖傳》，《水滸傳》等；亦能詞曲，有雜劇〈龍虎風雲會〉（目見《元人雜劇選》）。然今所傳諸小說，皆屢經後人增損，真面殆無從復見矣。

　　羅貫中本《三國志演義》，今得見者以明弘治甲寅（1494）刊本為最古，全書二十四卷，分二百四十回，題曰「晉平陽侯陳壽史傳，後學羅本貫中編次」。起於漢靈帝中平元年「祭天地桃園結義」，終於晉武帝太康元年「王濬計取石頭城」，凡首尾九十七年（184—280）事實，皆排比陳壽《三國志》及裴松之注，間亦仍採平話，又加推演而作之；論斷頗取陳裴及習鑿齒孫盛語，且更盛引「史官」及「後人」詩。然據舊史即難於抒寫，雜虛辭復易滋混淆，故明謝肇淛（《五雜組》十五）既以為「太實則近腐」，清章學誠（《丙辰札記》）又病其「七實三虛惑亂觀者」也。至於寫人，亦頗有失，以致欲顯劉備之長厚而似偽，狀諸葛之多智而近妖；惟於關羽，特多好語，義勇之概，時時如見矣。如敘羽之出身丰采及勇力云：

　　……階下一人大呼出曰，「小將願往，斬華雄頭獻於帳下！」眾視之：見其人身長九尺五寸，髯長一尺八寸，丹鳳眼，臥蠶眉，面如重棗，聲似巨鐘，立於帳前。紹問何人。公孫瓚曰，「此劉玄德之弟關某也。」紹問見居何職。瓚曰，「跟隨劉玄德充馬弓手。」帳上袁術大喝曰，「汝欺吾眾諸侯無大將耶？量一弓手，安敢亂言。與我亂棒打出！」曹操急止之曰，「公路息

怒，此人既出大言，必有廣學；試教出馬，如其不勝，誅亦未遲。」……關某曰，「如不勝，請斬我頭。」操教釃熱酒一杯，與關某飲了上馬。關某曰，「酒且斟下，某去便來。」出帳提刀，飛身上馬。眾諸侯聽得寨外鼓聲大震，喊聲大舉，如天摧地塌，岳撼山崩。眾皆失驚，卻欲探聽。鸞鈴響處，馬到中軍，雲長提華雄之頭，擲於地上；其酒尚溫。……（第九回〈曹操起兵伐董卓〉）

又如曹操赤壁之敗，孔明知操命不當盡，乃故使羽扼華容道，俾得縱之，而又故以軍法相要，使立軍令狀而去，此敘孔明止見狡獪，而羽之氣概則凜然，與元刊本平話，相去遠矣：

……華容道上，三停人馬，一停落後，一停填了坑塹，一停跟隨曹操過險峻，路稍平妥。操回顧，止有三百餘騎隨後，並無衣甲袍鎧整齊者。……又行不到數里，操在馬上加鞭大笑。眾將問丞相笑者何故。操曰，「人皆言諸葛亮周瑜足智多謀，吾笑其無能為也。今此一敗，吾自是欺敵之過，若使此處伏一旅之師，吾等皆束手受縛矣。」言未畢，一聲炮響，兩邊五百校刀手擺列，當中關雲長提青龍刀，跨赤兔馬，截住去路。操軍見了，亡魂喪膽，面面相覷，皆不能言。操在人叢中曰，「既到此處，只得決一死戰。」眾將曰：「人縱然不怯，馬力乏矣：戰則必死。」程昱曰，「某知雲長傲上而不忍下，欺強而不凌弱，人有患難，必須救之，仁義播於天下。丞相舊日有恩在彼處，何不親自告之，必脫此難矣。」操從其說，即時縱馬向前，欠身與雲長曰，「將軍別來無恙？」雲長亦欠身答曰，「關某奉軍師將令，等候丞相多時。」操曰，「曹操兵敗勢危，到此無路，望

將軍以昔日之言為重。」雲長答曰，「昔日關某雖蒙丞相厚恩，某曾解白馬之危以報之。今日奉命，豈敢為私乎？」操曰，「五關斬將之時，還能記否？古之人大丈夫處世，必以信義為重；將軍深明《春秋》，豈不知庾公之斯追子濯孺子者乎？」雲長聞之，低首良久不語。當時曹操引這件事，說猶未了，雲長是個義重如山之人，又見曹軍惶惶，皆欲垂淚，雲長思起五關斬將放他之恩，如何不動心，於是把馬頭勒回，與眾軍曰，「四散擺開！」這個分明是放曹操的意。操見雲長勒回馬，便和眾將一齊沖將過去，雲長回身時，前面眾將已自護送操過去了。雲長大喝一聲，眾皆下馬，哭拜於地，雲長不忍殺之，正猶豫中，張遼縱馬至，雲長見了，亦動故舊之心，長歎一聲，並皆放之。後來史官有詩曰：

徹膽長存義，終身思報恩，威風齊日月，名譽震乾坤，忠勇高三國，神謀陷七屯，至今千古下，軍旅拜英魂。（第一百回〈關雲長義釋曹操〉）

　　弘治以後，刻本甚多，即以明代而論，今尚未能詳其凡幾種（詳見《小說月報》二十卷十號鄭振鐸〈三國志演義的演化〉）。迨清康熙時，茂苑毛宗崗字序始師金人瑞改《水滸傳》及《西廂記》成法，即舊本遍加改竄，自云得古本，評刻之，亦稱「聖歎外書」，而一切舊本乃不復行。凡所改定，就其序例可見，約舉大端，則一曰改，如舊本第百五十九回〈廢獻帝曹丕篡漢〉本言曹後助兄斥獻帝，毛本則云助漢而斥丕。二曰增，如第百六十七回〈先主夜走白帝城〉本不涉孫夫人，毛本則云「夫人在吳聞猇亭兵敗，訛傳先主死於軍中，遂驅兵至江邊，望西遙哭，投江而死」。三曰削，如第二百五回〈孔明火燒木柵寨〉本有孔明燒司馬懿於上方谷時，欲並燒魏延，第二百三十四回〈諸

葛瞻大戰鄧艾〉有艾貽書勸降，瞻覽畢狐疑，其子尚詰責之，乃決死戰，而毛本皆無有。其餘小節，則一者整頓回目，二者修正文辭，三者削除論贊，四者增刪瑣事，五者改換詩文而已。

《隋唐志傳》原本未見，清康熙十四年（1675）長洲褚人獲有改訂本，易名《隋唐演義》，序有云，「《隋唐志傳》創自羅氏，纂輯於林氏，可謂善矣。然始於隋宮剪綵，則前多闕略，厥後補綴唐季一二事，又零星不聯屬，觀者猶有議焉。」其概要可識矣。

《隋唐演義》計一百回，以隋主伐陳開篇，次為周禪於隋，隋亡於唐，武后稱尊，明皇幸蜀，楊妃縊於馬嵬，既復兩京，明皇退居西內，令道士求楊妃魂，得見張果，因知明皇楊妃為隋煬帝朱貴兒後身，而全書隨畢。凡隋唐間英雄，如秦瓊竇建德單雄信王伯當花木蘭等事蹟，皆於前七十回中穿插出之。其明皇楊妃再世姻緣故事，序言得之袁於令所藏《逸史》，喜其新異，因以入書。此他事狀，則多本正史紀傳，且益以唐宋雜說，如隋事則〈大業拾遺記〉、〈海山記〉、〈迷樓記〉、〈開河記〉，唐事則〈隋唐嘉話〉、〈明皇雜錄〉、〈常侍言旨〉、〈開天傳信記〉、〈次柳氏舊聞〉、〈長恨歌傳〉、〈開元天寶遺事〉及〈梅妃傳〉、〈太真外傳〉等，敘述多有來歷，殆不亞於《三國志演義》。惟其文筆，乃純如明季時風，浮豔在膚，沉著不足，羅氏軌范，殆已蕩然，且好嘲戲，而精神反蕭索矣。今舉一例：

> ……一日玄宗於昭慶宮閒坐，祿山侍坐於側，見他腹垂過膝，因指著戲說道，「此兒腹大如抱甕，不知其中藏的何所有？」祿山拱手對道，「此中並無他物，惟有赤心耳；臣願盡此赤心，以事陛下。」玄宗聞祿山所言，心中甚喜。那知道：
> 人藏其心，不可測識。自謂赤心，心黑如墨！
> 玄宗之待安祿山，真如腹心；安祿山之對玄宗，卻純是賊心狼

心狗心，乃真是負心喪心。有心之人，方切齒痛心，恨不得即
剖其心，食其心；虧他還哄人說是赤心。可笑玄宗還不覺其狼
子野心，卻要信他是真心，好不癡心。閒話少說。且說當日玄
宗與安祿山閒坐了半晌，回顧左右，問妃子何在，此時正當春
深時候，天氣向暖，貴妃方在後宮坐蘭湯洗浴。宮人回報玄宗
說道，「妃子洗浴方完。」玄宗微笑說道：「美人新浴，正如出
水芙蓉。」令宮人即宣妃子來，不必更洗梳妝。少頃，楊妃來
到。你道他新浴之後，怎生模樣？有一曲〈黃鶯兒〉說得好：
皎皎如玉，光嫩如瑩，體愈香，雲鬟慵整偏嬌樣。羅裙厭長，
輕衫取涼，臨風小立神駞宕。細端詳：芙蓉出水，不及美人
妝。（第八十三回）

　　《殘唐五代史演義》未見，日本《內閣文庫書目》云二卷六十回，
題羅本撰，湯顯祖批評。

　　《北宋三遂平妖傳》原本亦不可見，較先之本為四卷二十回，序云
王慎修補，記貝州王則以妖術變亂事。《宋史》（二百九十二〈明鎬傳〉）
言則本涿州人，歲饑，流至恩州（唐為貝州），慶曆七年僭號東平郡
王，改元得聖，六十六日而平。小說即本此事，開篇為汴州胡浩得仙
畫，其婦焚之，灰繞於身，因孕，生女，曰永兒，有妖狐聖姑姑授以
道法，遂能為紙人豆馬。王則則貝州軍排，後娶永兒，術人彈子和尚
張鸞卜吉左黜皆來見，云則當王，會知州貪酷，遂以術運庫中錢米買
軍倡亂。已而文彥博率師討之，其時張鸞卜吉彈子和尚見則無道，皆
先去，而文彥博軍尚不能克。幸得彈子和尚化身諸葛遂智助文，鎮伏
邪法；馬遂詐降擊則裂其唇，使不能持咒；李遂又率掘子軍作地道入
城；乃擒則及永兒。奏功者三人皆名遂，故曰《三遂平妖傳》也。

　　《平妖傳》今通行本十八卷四十回，有楚黃張無咎序，云是龍子猶

所補。其本成於明泰昌元年（1620），前加十五回，記袁公受道法於九天玄女，復為彈子和尚所盜，及妖狐聖姑姑煉法事。他五回則散入舊本各回間，多補述諸怪民道術。事蹟於意造而外，亦採取他雜說，附會入之。如第二十九回敘杜七聖賣符，並呈幻術，斷小兒首，覆以衾即復續，而偶作大言，為彈子和尚所聞，遂攝小兒生魂，入麵店覆楪子下，杜七聖咒之再三，兒竟不起。

> 杜七聖慌了，看著那看的人道，「眾位看官在上，道路雖然各別，養家總是一般，只因家火相逼。適間言語不到處，望看官們恕罪則個。這番教我接了頭，下來吃杯酒，四海之內，皆相識也。」杜七聖伏罪道，「是我不是了，這番接上了。」只顧口中念咒，揭起臥單看時，又接不上。杜七聖焦躁道，「你教我孩兒接不上頭，我又求告你再三，認自己的不是，要你恕饒，你卻直恁的無理。」便去後面籠兒內取出一個紙包兒來，就打開，撮出一顆葫蘆子，去那地上，把土來掘鬆了，把那顆葫蘆子埋在地下，口中念念有詞，噴上一口水，喝聲「疾！」可霎作怪：只見地下生出一條藤兒來，漸漸的長大，便生枝葉，然後開花，便見花謝，結一個小葫蘆兒。一夥人見了，都喝采道，「好！」杜七聖把那葫蘆兒摘下來，左手提著葫蘆兒，右手拿著刀，道，「你先不近道理，收了我孩兒的魂魄，教我接不上頭，你也休想在世上活了！」向著葫蘆兒，攔腰一刀，剁下半個葫蘆兒來。卻說那和尚在樓上，拿起麵來卻待要吃；只見那和尚的頭從腔子上骨碌碌滾將下來。一樓上吃麵的人都吃一驚，小膽的丟了麵跑下樓去了，大膽的立住了腳看。只見那和尚慌忙放下碗和箸，起身去那樓板上摸，一摸摸著了頭，雙手捉住兩隻耳朵，掇那頭安在腔上，安得端正，把手去摸一摸。

和尚道：「我只顧吃麵，忘還了他的兒子魂魄，」伸手去揭起楪
兒來。這裡卻好揭得起楪兒，那裡杜七聖的孩兒早跳起來；看
的人發聲喊。杜七聖道，「我從來行這家法術，今日撞著師父
了。」……（第二十九回下〈杜七聖狠行續頭法〉）

此蓋相傳舊話，尉遲偓（《中朝故事》）云在唐咸通中，謝肇淛
（《五雜組》六）又以為明嘉靖隆慶間事，惟術人無姓名，僧亦死，是
書略改用之。馬遂擊賊被殺則當時事實，宋鄭獬有〈馬遂傳〉。

第十五篇
元明傳來之講史（下）

　　《水滸》故事亦為南宋以來流行之傳說，宋江亦實有其人。《宋史》（二十二）載徽宗宣和三年「淮南盜宋江等犯淮陽軍，遣將討捕，又犯京東，江北，入楚海州界，命知州張叔夜招降之」。降後之事，則史無文，而稗史乃云「收方臘有功，封節度使」（見十三篇）。然擒方臘者蓋韓世忠（《宋史》本傳），於宋江輩無與，惟〈侯蒙傳〉（《宋史》三百五十一）又云，「宋江寇京東，蒙上書，言宋江以三十六人橫行齊魏，官軍數萬，無敢抗者，不若赦江，使討方臘以自贖。」似即稗史所本。顧當時雖有此議，而實未行，江等且竟見殺。洪邁《夷堅乙志》（六）言，「宣和七年，戶部侍郎蔡居厚罷，知青州，以病不赴，歸金陵，疽發於背，卒。未幾，其所親王生亡而復醒，見蔡受冥譴，囑生歸告其妻，云『今只是理會鄆州事』。夫人慟哭曰，『侍郎去年帥鄆時，有梁山濼賊五百人受降，既而悉誅之，吾屢諫，不聽也。……』」《乙志》成於乾道二年，去宣和六年不過四十餘年，耳目甚近，冥譴固小說家言，殺降則不容虛造，山濼健兒終局，蓋如是而已。

　　然宋江等嘯聚梁山濼時，其勢實甚盛，《宋史》（三百五十三）亦云「轉略十郡，官軍莫敢攖其鋒」。於是自有奇聞異說，生於民間，輾轉繁變，以成故事，復經好事者掇拾粉飾，而文籍以出。宋遺民龔聖與作〈宋江三十六人贊〉，自序已云「宋江事見於街談巷語，不足採著，雖有高如李嵩輩傳寫，士大夫亦不見黜」（周密《癸辛雜識》續集上）。今高李所作雖散失，然足見宋末已有傳寫之書。《宣和遺事》由鈔撮舊籍而成，故前集中之梁山濼聚義始末，或亦為當時所傳寫者之

一種，其節目如下：

> 楊志等押花石綱阻雪違限　楊志途貧賣刀殺人刺配衛州　孫立
> 等奪楊志往太行山落草　石碣村晁蓋夥劫生辰綱　宋江通信晁
> 蓋等脫逃　宋江殺閻婆惜題詩於壁　宋江得天書有三十六將姓
> 名　宋江奔梁山濼尋晁蓋　宋江三十六將共反　宋江朝東岳賽
> 還心願　張叔夜招宋江三十六將降　宋江收方臘有功封節度使

　　惟《宣和遺事》所載，與龔聖與贊已頗不同：贊之三十六人中有
宋江，而《遺事》在外；《遺事》之吳加亮李進義李海阮進關必勝王雄
張青張岑，贊則作吳學究盧進義李俊阮小二關勝楊雄張清張橫；諢名
亦偶異。又元人雜劇亦屢取水滸故事為資材，宋江燕青李逵尤數見，
性格每與在今本《水滸傳》中者差違，但於宋江之仁義長厚無異詞，
而陳泰（茶陵人，元延祐乙卯進士）記所聞於篙師者，則云「宋之為
人勇悍狂俠」（《所安遺集補遺·江南曲序》），與他書又正反。意者此
種故事，當時載在人口者必甚多，雖或已有種種書本，而失之簡略，
或多舛迕，於是又復有人起而薈萃取捨之，綴為巨帙，使較有條理，
可觀覽，是為後來之大部《水滸傳》。其綴集者，或曰羅貫中（王圻、
田汝成、郎瑛說），或曰施耐庵（胡應麟說），或曰施作羅編（李贄
說），或曰施作羅續（金人瑞說）。

　　原本《水滸傳》今不可得，周亮工云「故老傳聞，羅氏為《水滸
傳》一百回，各以妖異語引其首，嘉靖時郭武定重刻其書，削其致
語，獨存本傳」。所削者蓋即「燈花婆婆等事」（《水滸傳全書發凡》），
本亦宋人單篇詞話（《也是園書目》十），而羅氏襲用之，其他不可考。

　　現存之《水滸傳》則所知者有六本，而最要者四：

　　一曰一百十五回本《忠義水滸傳》。前署「東原羅貫中編輯」，明

崇禎末與《三國演義》合刻為《英雄譜》，單行本未見。其書始於洪太尉之誤走妖魔，而次以百八人漸聚山泊，已而受招安，破遼，平田虎王慶方臘，於是智深坐化於六和，宋江服毒而自盡，累顯靈應，終為神明。惟文詞蹇拙，體制紛紜，中間詩歌，亦多鄙俗，甚似草創初就，未加潤色者，雖非原本，蓋近之矣。其記林沖以忤高俅斷配滄州，看守大軍草場，於大雪中出危屋覓酒云：

> ……卻說林沖安下行李，看那四下裡都崩壞了，自思曰，「這屋如何過得一冬，待雪晴了叫泥水匠來修理。」在土炕邊向了一回火，覺得身上寒冷，尋思「卻才老軍說（五里路外有市井），何不去沽些酒來吃？」便把花槍挑了酒葫蘆出來，信步投東，不上半里路，看見一所古廟，林沖拜曰，「願神明保祐，改日來燒紙。」卻又行一裡，見一簇店家，林沖徑到店裡。店家曰，「客人那裡來？」林沖曰，「你不認得這個葫蘆？」店家曰，「這是草場老軍的。既是大哥來此，請坐，先待一席以作接風之禮。」林沖吃了一回，卻買一腿牛肉，一葫蘆酒，把花槍挑了便回，已晚，奔到草場看時，只叫得苦。原來天理昭然，庇護忠臣義士，這場大雪，救了林沖性命：那兩間草廳，已被雪壓倒了。……（第九回〈豹子頭刺陸謙富安〉）

又有一百十回之《忠義水滸傳》，亦《英雄譜》本，「內容與百十五回本略同」（《胡適文存》三）。別有一百二十四回之《水滸傳》，文詞脫略，往往難讀，亦此類。

二曰一百回本《忠義水滸傳》。前署「錢塘施耐庵的本，羅貫中編次」（《百川書志》六）。即明嘉靖時武定侯郭勳家所傳之本，「前有汪太函序，託名天都外臣者」（《野獲編》五）。今未見。別有本亦一百

回，有李贄序及批點，殆即出郭氏本，而改題為「施耐庵集撰，羅貫中纂修」。然今亦難得，惟日本尚有亨保戊申（1728）翻刻之前十回及寶曆九年（1759）續翻之十一至二十回，亦始於誤走妖魔而繼以魯達林沖事蹟，與百十五回本同，第五回於魯達有「直教名馳塞北三千里，證果江南第一州」之語，即指六和坐化故事，則結束當亦無異。惟於文辭，乃大有增刪，幾乎改觀，除去惡詩，增益駢語；描寫亦愈入細微，如述林沖雪中行沽一節，即多於百十五回本者至一倍餘：

> ……只說林沖就床上放了包裹被臥，就坐下生些焰火起來，屋邊有一堆柴炭，拿幾塊來生在地爐裡；仰面看那草屋時，四下裡崩壞了，又被朔風吹撼搖振得動。林沖道，「這屋如何過得一冬，待雪晴了，去城中喚個泥水匠來修理。」向了一回火，覺得身上寒冷，尋思「卻才老軍所說五裡路外有那市井，何不去沽些酒來吃？」便去包裡取些碎銀子，把花槍挑了酒葫蘆，將火炭蓋了，取氈笠子戴上，拿了鑰匙出來，把草廳門拽上，出到大門首，把兩扇草場門反拽上，鎖了，帶了鑰匙，信步投東，雪地裡踏著碎瓊亂玉，迤邐背著北風而行，──那雪正下得緊。行不上半里多路，看見一所古廟，林沖頂禮道，「神明庇佑，改日來燒錢紙。」又行了一回，望見一簇人家，林沖住腳看時，見籬笆中挑著一個草帚兒在露天裡。林沖徑到店裡；主人道，「客人那裡來？」林沖道，「你認得這個葫蘆麼？」主人看了，道，「這葫蘆是草料場老軍的。」林沖道，「如何？便認的。」店主道，「既是草料場看守大哥，且請少坐，天氣寒冷，且酌三杯權當接風。」店家切一盤熟牛肉，燙一壺熱酒，請林沖。又自買了些牛肉，又吃了數杯，就又買了一葫蘆酒，包了那兩塊牛肉，留下些碎銀子，把花槍挑了酒葫蘆，懷內揣了牛

肉，叫聲「相擾」，便出籬笆門，依舊迎著朔風回來。看那雪，到晚越下的緊了。古時有個書生，做了一個詞，單題那貧苦的恨雪：

　　　廣莫嚴風刮地，這雪兒下的正好，拈絮撏綿，裁幾片大如栲栳，見林間竹屋茅茨，爭些兒被他壓倒。富室豪家，卻道是「壓瘴猶嫌少」，向的是獸炭紅爐，穿的是棉衣絮襖，手拈梅花，唱道「國家祥瑞」，不念貧民些小。高臥有幽人，吟詠多詩草。

再說林沖踏著那瑞雪，迎著北風，飛也似奔到草場門口，開了鎖，入內看時，只叫得苦。原來天理昭然，佑護善人義士，因這場大雪，救了林沖的性命：那兩間草廳，已被雪壓倒了。……（第十回〈林教頭風雪山神廟〉）

　　三曰一百二十回本《忠義水滸全書》。亦題「施耐庵集撰，羅貫中纂修」，與李贄序百回本同。首有楚人楊定見序，自云事李卓吾，因袁無涯之請而刻此傳；次發凡十條；次為《宣和遺事》中之梁山濼本末及百八人籍貫出身。全書自首至受招安，事略全同百十五回本，破遼小異，且少詩詞，平田虎王慶則並事略亦異，而收方臘又悉同。文詞與百回本幾無別，特於字句稍有更定，如百回本中「林沖道，『如何？便認的。』」此則作「林沖道，『原來如此。』」詩詞又較多，則為刊時增入，故發凡云，「舊本去詩詞之煩蕪，一慮事緒之斷，一慮眼路之迷，頗直截清明，第有得此以形容人態，頗挫文情者，又未可盡除，茲復為增定，或攟原本而進所有，或逆古意而益所無，惟周勸懲，兼善戲謔」也。亦有李贄評，與百回本不同，而兩皆贋陋，蓋即葉畫輩所偽託。

　　〈發凡〉又云，「古本有羅氏致語，相傳燈花婆婆等事，既不可復

見，乃後人有因『四大寇』之拘而酌損之者，有嫌一百二十回之繁而
淘汰之者，皆失。郭武定本即舊本移置閻婆事，甚善，其於寇中去王
田而加遼國，猶是小家照應之法，不知大手筆者正不爾爾。」是知《水
滸》有古本百回，當時「既不可復見」；又有舊本，似百二十回，中有
「四大寇」，蓋謂王田方及宋江，即柴進見於白屏風上禦書者（見
百十五回本之六十七回及《水滸全書》七十二回）。郭氏本始破其拘，
削王田而加遼國，成百回；《水滸全書》又增王田，仍存遼國，復為百
廿回，而宋江乃始退居於四寇之外。然《宣和遺事》所謂「三路之寇」
者，實指攻奪淮陽京西河北三路強人，皆宋江屬，不知何人誤讀，遂
以王慶田虎輩當之。然破遼故事慮亦非始作於明，宋代外敵憑陵，國
政弛廢，轉思草澤，蓋亦人情，故或造野語以自慰，復多異說，不能
合符，於是後之小說，既以取捨不同而分歧，所取者又以話本非一而
違異，田虎王慶在百回本與百十七回本名同而文迴別，殆亦由此而
已。惟其後討平方臘，則各本悉同，因疑在郭本所據舊本之前，當又
有別本，即以平方臘接招安之後，如《宣和遺事》所記者，於事理始
為密合，然而證信尚缺，未能定也。

　　總上五本觀之，知現存之《水滸傳》實有兩種，其一簡略，其一
繁縟。胡應麟（《筆叢》四十一）云，「餘二十年前所見《水滸傳》本
尚極足尋味，十數載來，為閩中坊賈刊落，止錄事實，中間游詞餘韻
神情寄寓處一概刪之，遂既不堪覆瓿，復數十年，無原本印證，此書
將永廢。」應麟所見本，今莫知如何，若百十五回簡本，則成就殆當先
於繁本，以其用字造句，與繁本每有差違，倘是刪存，無煩改作也。
又簡本撰人，止題羅貫中，周亮工聞於故老者亦第云羅氏，比郭氏本
出，始著耐庵，因疑施乃演為繁本者之託名，當是後起，非古本所
有。後人見繁本題施作羅編，未及悟其依託，遂或意為敷衍，定耐庵
與貫中同籍，為錢塘人（明高儒《百川書志》六），且是其師。胡應麟

（《筆叢》四十一）亦信所見《水滸傳》小序，謂耐庵「嘗入市肆 閱故
書，於敝楮中得宋張叔夜禽賊招語一通，備悉其一百八人所由起，因
潤飾成此編」。且云「施某事見田叔禾《西湖志餘》」，而《志餘》中
實無有，蓋誤記也。近吳梅著《顧曲麈談》，云「《幽閨記》為施君美
作。君美，名惠，即作《水滸傳》之耐庵居士也。」 案惠亦杭州人，
然其為耐庵居士，則不知本於何書，故亦未可輕信矣。

　　四曰七十回本《水滸傳》。正傳七十回楔子一回，實七十一回，有
原序一篇，題「東都施耐庵撰」，為金人瑞字聖歎所傳，自云得古本，
止七十回，於宋江受天書之後，即以盧進義夢全夥被縛於張叔夜終，
而指招安以下為羅貫中續成，斥曰「惡札」。其書與百二十回本之前
七十回無甚異，惟刊去駢語特多，百廿回本發凡有「舊本去詩詞之繁
累」語，頗似聖歎真得古本，然文中有因刪去詩詞，而語氣遂稍參差
者，則所據殆仍是百回本耳。周亮工記《水滸傳》云，「近金聖歎自
七十回之後，斷為羅所續，因極口詆羅，復偽為施序於前，此書遂為
施有矣。」二人生同時，其說當可信。惟字句亦小有佳處，如第五回敘
魯智深詰責瓦官寺僧一節云：

　　……智深走到面前，那和尚吃了一驚，跳起身來，便道，「請師
　　兄坐，同吃一盞。」智深提著禪杖道，「你這兩個，如何把寺來
　　廢了？」那和尚便道，「師兄請坐，聽小僧……」智深睜著眼
　　道，「你說你說！」「……說：在先敝寺，十分好個去處，田莊
　　又廣，僧眾極多，只被廊下那幾個老和尚吃酒撒潑，將錢養
　　女，長老禁約他們不得，又把長老排告了出去，因此把寺來都
　　廢了。……」

　　聖歎於「聽小僧……」下注云「其語未畢」，於「……說」下又

多所申釋，而終以「章法奇絕從古未有」譽之，疑此等「奇絕」，正聖嘆所為，其批改《西廂記》亦如此。此文在百回本，為「那和尚便道，『師兄請坐，聽小僧說。』智深睜著眼道，『你說你說！』那和尚道，『在先敝寺，十分好個去處，田莊廣有，僧眾極多……』」云云，在百十五回本，則並無智深睜眼之文，但云「那和尚曰，『師兄聽小僧說：在先敝寺，田莊廣有，僧眾也多……』」而已。

　　至於刊落之由，什九常因於世變，胡適（《文存》三）說，「聖嘆生在流賊遍天下的時代，眼見張獻忠李自成一班強盜流毒全國，故他覺得強盜是不能提倡的，是應該口誅筆伐的。」故至清，則世異情遷，遂復有以為「雖始行不端，而能翻然悔悟，改弦易轍，以善其修，斯其意固可嘉，而其功誠不可泯」者，截取百十五回本之六十七回至結末，稱《後水滸》，一名《蕩平四大寇傳》，附刊七十回之後以行矣。其卷首有乾隆壬子（1792）賞心居士序。

　　清初，有《後水滸傳》四十回，云是「古宋遺民著，雁宕山樵評」，蓋以續百回本。其書言宋江既死，余人尚為宋禦金，然無功，李俊遂率眾浮海，王於暹羅，結末頗似杜光庭之〈虬髯傳〉。古宋遺民者，本書卷首《論略》云「不知何許人，以時考之，當去施羅未遠，或與之同時，不相為下，亦未可知」。然實乃陳忱之託名；忱字遐心，浙江烏程人，生平著作並佚，惟此書存，為明末遺民（《兩浙輶軒錄》補遺一，《光緒嘉興府志》五十三），故雖遊戲之作，亦見避地之意矣。然至道光中，有山陰俞萬春作《結水滸傳》七十回，結子一回，亦名〈蕩寇志〉，則立意正相反，使山泊首領，非死即誅，專明「當年宋江並沒有受招安平方臘的話，只有被張叔夜擒拿正法一句話」，以結七十回本。俞萬春字仲華，別號忽來道人，嘗隨其父宦粵。瑤民之變，從征有功議敘，後行醫於杭州，晚年乃奉道釋，道光己酉（1849）卒。〈蕩寇志〉之作，始於丙戌而迄於丁未，首尾凡二十二年，「未遑修飾

而歿」，咸豐元年（1851），其子龍光始修潤而刻之（本書識語）。書中造事行文，有時幾欲摩前傳之壘，採錄景象，亦頗有施羅所未試者，在糾纏舊作之同類小說中，蓋差為佼佼者矣。

此外講史之屬，為數尚多。明已有荒古虞夏（周遊《開闢演義》，鐘惺《開闢唐虞傳》及《有夏志傳》），東西周（《東周列國志》、《西周志》、《四友傳》），兩漢（袁宏道評《兩漢演義傳》），兩晉（《西晉演義》《東晉演義）》，唐（熊鍾谷《唐書演義》），宋（尺蠖齋評釋《兩宋志傳》）諸史事平話，清以來亦不絕，且或總攬全史（《二十四史通俗演義》），或訂補舊文（兩漢兩晉隋唐等），然大抵效《三國志演義》而不及，雖其上者，亦復拘牽史實，襲用陳言，故既拙於措辭，又頗憚於敘事，蔡奡《東周列國志讀法》云，「若說是正經書，卻畢竟是小說樣子，……但要說他是小說，他卻件件從經傳上來。」本以美之，而講史之病亦在此。

至於敘一時故事而特置重於一人或數人者，據《夢粱錄》（二十）講史條下云，「有王六大夫，於咸淳年間敷衍〈復華篇〉及〈中興名將傳〉，聽者紛紛。」則亦當隸於講史。《水滸傳》即其一，後出者尤夥。較顯者有〈皇明英烈傳〉一名〈雲合奇蹤〉，武定侯郭勳家所傳，記明開國武烈，而特揚其先祖郭英之功；後有《真英烈傳》，則反其事而詈之。有《宋武穆王演義》，熊大本編，有《岳王傳演義》，余應鼇編，又有《精忠全傳》，鄒元標編，皆記宋岳飛功績及冤獄；後有《說岳全傳》，則就其事而演之。清有《女仙外史》，作者呂熊（劉廷璣《在園雜誌》云），述青州唐賽兒之亂；有《檮杌閑評》，無作者名，記魏忠賢客氏之惡。其於武勇，則有敘唐之薛家（《征東征西全傳》），宋之楊家（《楊家將全傳》）及狄青輩（《五虎平西平南傳》）者，文意並拙，然盛行於裡巷間。其他託名故實，而藉以騰謗報怨之作亦多，今不復道。

第十六篇
明之神魔小說（上）

　　奉道流羽客之隆重，極於宋宣和時，元雖歸佛，亦甚崇道，其幻惑故遍行於人間，明初稍衰，比中葉而復極顯赫，成化時有方士李孜，釋繼曉，正德時有色目人於永，皆以方伎雜流拜官，榮華熠耀，世所企羨，則妖妄之說自盛，而影響且及於文章。且歷來三教之爭，都無解決，互相容受，乃曰「同源」，所謂義利邪正善惡是非真妄諸端，皆混而又析之，統於二元，雖無專名，謂之神魔，蓋可賅括矣。其在小說，則明初之〈平妖傳〉已開其先，而繼起之作尤夥。凡所敷敘，又非宋以來道士造作之談，但為人民閭巷間意，蕪雜淺陋，率無可觀。然其力之及於人心者甚大，又或有文人起而結集潤色之，則亦為鴻篇巨制之胚胎也。

　　匯此等小說成集者，今有《四遊記》行於世，其書凡四種，著者三人，不知何人編定，惟觀刻本之狀，當在明代耳。一曰《上洞八仙傳》，亦名《八仙出處東遊記傳》，二卷五十六回，題「蘭江吳元泰著」。傳言鐵拐（姓李名玄）得道，度鐘離權，權度呂洞賓，二人又共度韓湘曹友，張果藍采和何仙姑則別成道，是為八仙。一日俱赴蟠桃大會，歸途各履寶物渡海，有龍子愛藍采和所踏玉版，攝而奪之，遂大戰，八仙「火燒東洋」，龍王敗績，請天兵來助，亦敗，後得觀音和解，乃各謝去，而「天淵迴別天下太平」之候，自此始矣。書中文言俗語間出，事亦往往不相屬，蓋雜取民間傳說作之。

　　二曰《五顯靈官大帝華光天王傳》，即《南遊記》，四卷十八回，題「三臺山人仰止余象斗編」。象斗為明末書賈，《三國志演義》刻本

上，尚見其名。書言有妙吉祥童子以殺獨火鬼忤如來，貶為馬耳娘娘子，是曰三眼靈光，具五神通，報父仇，游靈虛，緣盜金槍，為帝所殺；復生炎魔天王家，是為靈耀，師事天尊，又詐取其金刀，煉為金磚以作法寶，終鬧天宮，上界鼎沸；玄天上帝以水服之，使走人間，托生蕭氏，是為華光，仍有神通，與神魔戰，中界亦鼎沸，帝乃赦之。華光因失金磚，復欲制煉，尋求金塔，遂遇鐵扇公主，擒以為妻，又降諸妖，所向無敵，以憶其母，訪於地府，復因爭執，大鬧陰司，下界亦鼎沸。已而知生母實妖也，名吉芝陀聖母，食蕭長者妻，幻作其狀，而生華光，然仍食人，為佛所執，方在地獄，受惡報也，華光乃救以去。

> ……卻說華光三下酆都，救得母親出來，十分歡悦，那吉芝陀聖母曰，「我兒你救得我出來，道好，我要討岐娥吃。」華光問，「岐娥是什麼子，我兒媳俱不曉得。」母曰，「岐娥不曉得，可去問千里眼順風耳。」華光即問二人。二人曰。「那岐娥是人，他又思量吃人。」華光聽罷，對娘曰，「娘，你住酆都受苦，我孩兒用盡計較，救得你出來，如何又要吃人，此事萬不可為。」母曰，「我要吃！不孝子，你沒有岐娥與我吃，是誰要救我出來？」華光無奈，只推曰，「容兩日討與你吃。」……（第十七回〈華光三下酆都〉）

於是張榜求醫，有言惟仙桃可治者，華光即幻為齊天大聖狀，竊而奉之，吉芝陀乃始不思食人。然齊天被嫌，詢於佛母，知是華光，則來討，為火丹所燒，敗績；其女月孛有骷髏骨，擊之敵頭即痛，二日死。華光被術，將不起，火炎王光佛出而議和，月孛削骨上擊痕，華光始愈，終歸佛道云。

　　明謝肇淛（《五雜組》十五）以華光小說比擬《西遊記》，謂「皆五行生克之理，火之熾也，亦上天下地，莫之撲滅，而真武以水制之，始歸正道」。又於吉芝陀出獄即思食人事，則致慨於遷善之難，因知在萬歷時，此書已有。沈德符論劇曲（《野獲編》二十五），亦有「華光顯聖則太妖誕」語，是此種故事，當時且演為劇本矣。

　　其三曰《北方真武玄天上帝出身志傳》，即《北遊記》，四卷二十四回，亦余象斗編，記真武本身及成道降妖事。上帝為玄天之說，在漢已有（《周禮・大宗伯》鄭氏注），然與後來之玄帝，實又不同。此玄帝真武者，蓋起於宋代羽客之言，即《元洞玉歷記》（《三教搜神大全》一引）所謂元始說法於玉清，下見惡風彌塞，乃命周武伐紂以治陽，玄帝收魔以治陰，「上賜玄帝披髮跣足，金甲玄袍，皂纛玄旗，統領丁甲，下降凡世，與六天魔王戰於洞陰之野，是時魔王以坎離二炁，化蒼龜巨蛇，變現方成，玄帝神力攝於足下，鎖鬼眾於酆都大洞，人民治安，宇內清肅」者是也，元嘗加封，明亦崇奉。此傳所言，間符舊說，但亦時竊佛傳，雜以鄙言，盛誇感應，如村巫廟祝之見。初謂隋煬帝時，玉帝當宴會之際，而忽思凡，遂以三魂之一，為劉氏子，如來三清並來點化，乃隱蓬萊；又以凡心，生哥闍國，次生西霞，皆是王子，蒙天尊教，捨國出家，功行既完，上謁玉帝，封蕩魔天尊，令收天將；於是復生為淨洛國王子，得斗母元君點化，入武當山成道。玄帝方升天宮，忽見妖氣起於中界，知即天將，擾亂人間，乃復下凡，降龜蛇怪，服趙公明，收雷神，獲月孛及他神將，引以朝天。玉帝即封諸神為玄天部將，計三十六員。然揚子江有鍋及竹纜二妖，獨逸去不可得，真武因指一化身，復入人世，於武當山鎮守之。篇末則記永樂三年玄天助國卻敵事，而下有「至今二百餘載」之文，頗似此書流行，當在明季；然舊刻無後一語，可知有者乃後來增訂之本矣。

　　四曰《西遊記傳》，四卷四十一回，「題齊云楊志和編，天水趙景真校」，敘孫悟空得道，唐太宗入冥，玄奘應詔求經，途中遇難，終達西土，得經東歸者也。太宗之夢，庸人已言，張鷟《朝野僉載》云，「太宗至夜半奄然入定，見一人云，『陛下暫合來，還即去也。』帝問『君是何人？』對曰，『臣是生人判冥事。』太宗入見判官，問六月四日事，即令還，向見者又送迎引導出。」又有俗文，亦記斯事，有殘卷從敦煌千佛洞得之（詳見第十二篇）。至玄奘入竺，實非應詔，事具《唐書》（百九十一〈方伎傳〉），又有專傳曰《大慈恩寺三藏法師傳》，在《佛藏》中，初無諸奇詭事，而後來稗說，頗涉靈怪。《大唐三藏取經詩話》已有猴行者深沙神及諸異境；金人院本亦有《唐三藏》（陶宗儀《輟耕錄》）；元雜劇有吳昌齡《唐三藏西天取經》（鐘嗣成《錄鬼簿》），一名《西遊記》（今有日本鹽谷溫校印本），其中收孫悟空，加戒箍，沙僧，豬八戒，紅孩兒，鐵扇公主等皆已見。似取經故事，自唐末以至宋元，乃漸漸演成神異，且能有條貫，小說家因亦得取為記傳也。

　　全書之前九回為孫悟空得仙至被降故事，言有石猴，尋得水源，眾奉為王，而復出山，就師悟道，以大神通，攪亂天地，玉帝不得已，封為齊天大聖，復擾蟠桃大會，帝命灌口二郎真君討之，遂大戰，悟空為所獲，其敘當時戰鬥變化之狀云：

　　　……那小猴見真君到，急急報知猴王。猴王即掣起金箍棒，步
　　　上雲履。二人相見，各言姓名，遂排開陣勢，來往三百餘合。
　　　二人各變身萬丈，戰入雲端，離卻洞口。……大聖正在開戰，
　　　忽見本山眾猴驚散，抽身就走；真君大步趕上，急走急迫。大
　　　聖慌忙將身一變，入水中。真君道，「這猴入水必變魚蝦，待我
　　　變作魚鷹逐他。」大聖見真君趕來，又變一鴇鳥，飛在樹上，

被真君拽弓一彈，打下草坡，遍尋不見，回轉天王營中去說猴
王敗陣等事，又趕不見蹤跡。天王把照妖鏡一照，急云「妖猴
往你灌口去了」。真君回灌口；猴王急變做真君模樣，坐在中
堂，被二郎用一神槍，猴王讓過，變出本相，二人對較手段，
意欲回轉花果山，奈四面天將圍住念咒。忽然真君與菩薩在雲
端觀看，見猴王精力將疲，老君擲下金剛圈，與猴王腦上一
打。猴王跌倒在地，被真君神犬咬住胸肚子，又拖跌一交，卻
被真君兄弟等神槍刺住，把鐵索綁縛。……（第七回《真君收
捉猴王》）

然斫之無傷，煉之不死，如來乃壓之五行山下，令待取經人。次
四回即魏征斬龍，太宗入冥，劉全進瓜，及玄奘應詔西行：為求經之
所由起。十四回以下則玄奘道中收徒及遇難故事，而以見佛得經東歸
證果終。徒有三，曰孫行者，豬八戒，沙僧，並得龍馬；災難三十
餘，其大者五莊觀，平頂山，火雲洞，通天河，毒敵山，六耳獼猴，
小雷音寺等也。凡所記述，簡略者多，但亦偶雜遊詞，以增笑樂，如
寫火雲洞之戰云：

……那山前山后土地，皆來叩頭報名，「此處叫做枯松澗，澗邊
有一座山洞，叫做火雲洞，洞有一位魔王，是牛魔王的兒子，
叫做紅孩兒。他有三昧真火，甚是厲害。」行者聽說，叱退土
神，……與八戒同進洞中去尋，……那魔王分付小妖，推出五
輪小車，擺下五方，遂提槍殺出，與行者戰經數合，八戒助
陣，魔王走轉，把鼻子一捶，鼻中冒出火來，一時五輪車子，
烈火齊起。八戒道，「哥哥快走！少刻把老豬燒得圇圇，再加香
料，盡他受用。」行者雖然避得火燒，卻只怕煙，二人只得逃

轉。……（第三十二回〈唐三藏收妖過黑河〉）

復請觀世音至，化刀為蓮臺，誘而執之，既降復叛，則環以五金箍，灑以甘露，乃始兩手相合，歸落伽山雲。《西遊記》雜劇中〈鬼母皈依〉一出，即用揭缽盂救幼子故事者，其中有云，「告世尊，肯發慈悲力。我著唐三藏西遊便回，火孩兒妖怪放生了他。到前面，須得二聖郎救了你。」（卷三）而於此乃改為牛魔王子；且與參善知識之善才童子相混矣。

第十七篇

明之神魔小說（中）

　　又有一百回本《西遊記》，蓋出於四十一回本《西遊記傳》之後，而今特盛行，且以為元初道士邱處機作。處機固嘗西行，李志常記其事為《長春真人西遊記》，凡二卷，今尚存《道藏》中，惟因同名，世遂以為一書；清初刻《西遊記》小說者，又取虞集撰《長春真人西遊記》之序文冠其首，而不根之談乃愈不可拔也。

　　然至清乾隆末，錢大昕跋《長春真人西遊記》（《潛研堂文集》二十九）已云小說《西遊演義》是明人作；紀昀（《如是我聞》三）更因「其中祭賽國之錦衣衛，朱紫國之司禮監，滅法國之東城兵馬司，唐太宗之大學士翰林院中書科，皆同明制」，決為明人依託，惟尚不知作者為何人。而鄉邦文獻，尤為人所樂道，故是後山陽人如丁晏（《石亭記事續編》）、阮葵生（《茶餘客話》）等，已皆探索舊志，知《西遊記》之作者為吳承恩矣。吳玉搢（《山陽志遺》）亦云然，而尚疑是演邱處機書，猶羅貫中之演陳壽《三國志》者，當由未見二卷本，故其說如此；又謂「或云有《後西遊記》，為射陽先生撰」，則第志俗說而已。

　　吳承恩字汝忠，號射陽山人，性敏多慧，博極群書，復善諧劇，著雜記數種，名震一時，嘉靖甲辰歲貢生，後官長興縣丞，隆慶初歸山陽，萬曆初卒（約1510—1580）。雜記之一即《西遊記》（見《天啟淮安府志》一六及一九《光緒淮安府志》貢舉表），餘未詳。又能詩，其「詞微而顯，旨博而深」（陳文燭序語），為有明一代淮郡詩人之冠，而貧老乏嗣，遺稿多散佚，邱正綱收拾殘缺為《射陽存稿》四卷《續

稿》一卷，吳玉搢盡收入《山陽耆舊集》中（《山陽志遺》四）。然同
治間修《山陽縣誌》者，於《人物志》中去其「善諧劇著雜記」語，
於《藝文志》又不列《西遊記》之目，於是吳氏之性行遂失真，而知
《西遊記》之出於吳氏者亦愈少矣。

　　《西遊記》全書次第，與楊志和作四十一回本殆相等。前七回為孫
悟空得道至被降故事，當楊本之前九回；第八回記釋迦造經之事，與
佛經言阿難結集不合；第九回記玄奘父母遇難及玄奘復仇之事，亦非
事實，楊本皆無有，吳所加也。第十至十二回即魏徵斬龍至玄奘應詔
西行之事，當楊本之十至十三回；第十四回至九十九回則俱記入竺途
中遇難之事，九者究也，物極於九，九九八十一，故有八十一難；而
一百回以束返成真終。

　　惟楊志和本雖大體已立，而文詞荒率，僅能成書；吳則通才，敏
慧淹雅，其所取材，頗極廣泛，於《四遊記》中亦採〈華光傳〉及〈真
武傳〉，於西遊故事亦採〈西遊記雜劇〉及〈三藏取經詩話〉（？），翻
案挪移則用唐人傳奇（如《異聞集》、《酉陽雜俎》等），諷刺揶揄則
取當時世態，加以鋪張描寫，幾乎改觀，如灌口二郎之戰孫悟空，楊
本僅有三百餘言，而此十倍之，先記二人各現「法像」，次則大聖化
雀，化「大鷥老」，化魚，化水蛇，真君化雀鷹，化大海鶴，化魚鷹，
化灰鶴，大聖復化為鴇，真君以其賤鳥，不屑相比，即現原身，用彈
丸擊下之。

　　　……那大聖趁著機會，滾下山崖，伏在那裡又變，變一座土地
　　廟兒：大張著口，似個廟門；牙齒變作門扇；舌頭變做菩薩；
　　眼睛變做窗櫺；只有尾巴不好收拾，豎在後面，變做一根旗
　　杆。真君趕到崖下，不見打倒的鴇鳥，只有一間小廟，急睜鳳
　　眼，仔細看之，見旗杆立在後面，笑道，「是這猢猻了。他今又

在那裡哄我。我也曾見廟宇，更不曾見一個旗杆豎在後面的。斷是這畜生弄喧。他若哄我進去，他便一口咬住。我怎肯進去？等我掣拳先搗窗櫺，後踢門扇。」大聖聽得，……撲的一個虎跳，又冒在空中不見。真君前前後後亂趕，……起在半空，見那李天王高擎照妖鏡，與哪吒住立雲端。真君道，「天王，曾見那猴王麼？」天王道，「不曾上來，我這裡照著他哩。」真君把那賭變化，弄神通，拿群猴一事說畢，卻道，「他變廟宇，正打處，就走了。」李天王聞言，又把照妖鏡四方一照，呵呵的笑道，「真君，快去快去，那猴子使了個隱身法，走出營圍，往你那灌江口去也。」……卻說那大聖已至灌江口，搖身一變，變作二郎爺爺的模樣，按下雲頭，逕入廟裡。鬼判不能相認，一個個磕頭迎接。他坐在中間，點查香火：見李虎拜還的三牲，張龍許下的保福，趙甲求子的文書，錢丙告病的良願。正看處，有人報「又一個爺爺來了」。眾鬼判急急觀看，無不驚心。真君卻道，「有個甚麼齊天大聖，才來這裡否？」眾鬼判道，「不曾見什麼大聖，只有一個爺爺在裡面查點哩。」真君撞進門；大聖見了，現出本相道，「郎君，不消嚷，廟宇已姓孫了！」這真君即舉三尖兩刃神鋒，劈臉就砍。那猴王使個身法，讓過神鋒，掣出那繡花針兒，幌一幌，碗來粗細，趕到前，對面相還。兩個嚷嚷鬧鬧，打出廟門，半霧半雲，且行且戰，復打到花果山。慌得那四大天王等眾提防愈緊；這康張太尉等迎著真君，合心努力，把那美猴王圍繞不題……（第六回下〈小聖施威降大聖〉）

然作者構思之幻，則大率在八十一難中，如金山之戰（五十至五二回），二心之爭（五七及五八回），火焰山之戰（五九至六一回），

變化施為，皆極奇恣，前二事楊書已有，後一事則取雜劇〈西遊記〉及〈華光傳〉中之鐵扇公主以配〈西遊記傳〉中僅見其名之牛魔王，俾益增其神怪豔異者也。其述牛魔王既為群神所服，令羅剎女獻芭蕉扇，滅火焰山火，俾玄奘等西行情狀云：

> ……那老牛心驚膽戰，……望上便走。恰好有托塔李天王並哪吒太子領魚肚藥叉巨靈神將慢住空中。……牛王急了，依前搖身一變，還變做一隻大白牛，使兩隻鐵角去觸天王，天王使刀來砍。隨後孫行者又到，……道，「這廝神通不小，又變作這等身軀，卻怎奈何？」太子笑道，「大聖勿疑，你看我擒他。」這太子即喝一聲「變！」變得三頭六臂，飛身跳在牛王背上，使斬妖劍望頸項上一揮，不覺得把個牛頭斬下。天王丟刀，卻才與行者相見。那牛王腔子裡又鑽出一個頭來，口吐黑氣，眼放金光。被哪吒又砍一劍，頭落處，又鑽出一個頭來；一連砍了十數劍，隨即長出十數個頭。哪吒取出火輪兒，掛在老牛的角上，便吹真火，焰焰烘烘，把牛王燒得張狂哮吼，搖頭擺尾。才要變化脫身，又被托塔天王將照妖鏡照住本像，騰挪不動，無計逃生，只叫「莫傷我命，情願歸順佛家也！」哪吒道，「既惜身命，快拿扇子出來！」牛王道，「扇子在我山妻處收著哩。」哪吒見說，將縛妖索子解下，……穿在鼻孔裡，用手牽來，……回至芭蕉洞口。老牛叫道，「夫人，將扇子出來，救我性命！」羅剎聽叫，急卸了釵環，脫了色服，挽青絲如道姑，穿縞素似比丘，雙手捧那柄丈二長短的芭蕉扇子，走出門；又見金剛眾聖與天王父子，慌忙跪在地下，磕頭禮拜道，「望菩薩饒我夫妻之命，願將此扇奉承孫叔叔成功去也。」……
> ……孫大聖執著扇子，行近山邊，盡氣力揮了一扇，那火焰山

平平息焰，寂寂除光；又搧一扇，只聞得習習瀟瀟，清風微
動；第三扇，滿天雲漠漠，細雨落霏霏。有詩為證：
火焰山遐八百程，火光大地有聲名。火煎五漏丹難熟，火燎三
關道不清。特借芭蕉施雨露，幸蒙天將助神功。牽牛歸佛伏顛
劣，水火相聯性自平。（第六十一回下〈孫行者三調芭蕉扇〉）

又作者稟性，「復善諧劇」，故雖述變幻恍忽之事，亦每雜解頤之
言，使神魔皆有人情，精魅亦通世故，而玩世不恭之意寓焉（詳見胡
適《西遊記考證》）。如記孫悟空大敗於金洞兕怪，失金箍棒，因謁玉
帝，乞發兵收勦一節云：

……當時四天師傳奏靈霄，引見玉陛，行者朝上唱個大喏，
道，「老官兒，累你累你。我老孫保護唐僧往西天取經，一路凶
多吉少，也不消說。於今來在金山，金洞，有一兕怪，把唐僧
拿在洞裡，不知是要蒸，要煮，要曬。是老孫尋上他門，與他
交戰，那怪神通廣大，把我金箍棒搶去，因此難縛妖魔。那怪
說有些認得老孫，我疑是天上凶星思凡下界，為此特來啟奏，
伏乞天尊垂慈洞鑒，降旨查勘凶星，發兵收勦妖魔，老孫不勝
戰慄屏營之至。」卻又打個深躬道，「以聞。」旁有葛仙翁笑
道，「猴子是何前倨後恭？」行者道，「不敢不敢。不是甚前倨
後恭，老孫於今是沒棒弄了。」……（第五十一回上〈心猿空
用千般計〉）

評議此書者有清人山陰悟一子陳士斌《西遊真詮》（康熙丙子尤侗
序），西河張書紳《西遊正旨》（乾隆戊辰序）與悟元道人劉一明《西
游原旨》（嘉慶十五年序），或云勸學，或云談禪，或云講道，皆闡明

理法，文詞甚繁。然作者雖儒生，此書則實出於遊戲，亦非語道，故
全書僅偶見五行生克之常談，尤未學佛，故末回至有荒唐無稽之經
目，特緣混同之教，流行來久，故其著作，乃亦釋迦與老君同流，真
性與元神雜出，使三教之徒，皆得隨宜附會而已。假欲勉求大旨，則
謝肇淛（《五雜組》十五）之「《西遊記》曼衍虛誕，而其縱橫變化，
以猿為心之神，以豬為意之馳，其始之放縱，上天下地，莫能禁制，
而歸於緊箍一咒，能使心猿馴伏，至死靡他，蓋亦求放心之喻，非浪
作也」數語，已足盡之。作者所說，亦第云「眾僧們議論佛門定旨，
上西天取經的緣由，……三藏緘口不言，但以手指自心，點頭幾度，
眾僧們莫解其意，……三藏道，『心生種種魔生，心滅種種魔滅，我弟
子曾在化生寺對佛說下誓願，不由我不盡此心，這一去，定要到西天
見佛求經，使我們法輪回轉，皇圖永固』」（十三回）而已。

　　《後西遊記》六卷四十回，不題何人作。中謂花果山復生石猴，仍
得神通，稱為小聖，輔大顛和尚賜號半偈者復往西天，虔求真解。途
中收豬一戒，得沙彌，且遇諸魔，屢陷危難，顧終達靈山，得解而
返。其謂儒釋本一，亦同《西遊》，而行文造事並遜，以吳承恩詩文之
清綺推之，當非所作矣。又有《續西遊記》，未見，《西遊補》所附雜
記有云，「《續西遊》摹擬逼真，失於拘滯，添出比丘靈虛，尤為蛇足」
也。

第十八篇
明之神魔小說（下）

　　《封神傳》一百回，今本不題撰人。梁章鉅（《浪跡續談》六）云，「林樾亭（案名喬蔭）先生嘗與余談，《封神傳》一書是前明一名宿所撰，意欲與《西遊記》《水滸傳》鼎立而三，因偶讀《尚書・武成》篇『唯爾有神尚克相予』語，衍成此傳。其封神事則隱據《六韜》（《舊唐書・禮儀志》引）〈陰謀〉（《太平御覽》引）《史記・封禪書》、《唐書・禮儀志》各書，鋪張俶詭，非盡無本也。」然名宿之名未言。日本藏明刻本，乃題許仲琳編（《內閣文庫圖書第二部漢書目錄》），今未見其序，無以確定為何時作，但張無咎作《平妖傳》序，已及《封神》，是殆成於隆慶萬曆間（十六世紀後半）矣。書之開篇詩有云，「商周演義古今傳」，似志在於演史，而侈談神怪，什九虛造，實不過假商周之爭，自寫幻想，較《水滸》固失之架空，方《西遊》又遜其雄肆，故迄今未有以鼎足視之者也。

　　《史記・封禪書》云，「八神將，太公以來作之。」《六韜・金匱》中亦間記太公神術；妲己為狐精，則見於唐李瀚《蒙求》注，是商周神異之談，由來舊矣。然「封神」亦明代巷語，見《真武傳》，不必定本於《尚書》。《封神傳》即始自受辛進香女媧宮，題詩瀆神，神因命三妖惑紂以助周。第二至三十回則雜敘商紂暴虐，子牙隱顯，西伯脫禍，武成反商，以成殷周交戰之局。此後多說戰爭，神佛錯出，助周者為闡教即道釋，助殷者為截教。截教不知所謂，錢靜方（《小說叢考》上）以為《周書・克殷篇》有云，「武王遂征四方，凡憝國九十有九國，馘魔億有十萬七千七百七十有九，俘人三億萬有二百三十。」

（案，此文在〈世俘篇〉，錢偶誤記）魔與人分別言之，作者遂由此生髮為截教。然「摩羅」梵語，周代未翻，〈世俘篇〉之魔字又或作磨，當是誤字，所未詳也。其戰各逞道術，互有死傷，而截教終敗。於是以紂王自焚，周武入殷，子牙歸國封神，武王分封列國終。封國以報功臣，封神以妥功鬼，而人神之死，則委之於劫數。其間時出佛名，偶說名教，混合三教，略如《西遊》，然其根柢，則方士之見而已。在諸戰事中，惟截教之通天教主設萬仙陣，闡教群仙合破之，為最烈：

> 話說老子與元始沖入萬仙陣內，將通天教主裹住。金靈聖母被三大士圍在當中，……用玉如意招架三大士多時，不覺把頂上金冠落在塵埃，將頭髮散了。這聖母披髮大戰，正戰之間，遇著燃燈道人，祭起定海珠打來，正中頂門。可憐！正是：
>
> > 封神正位為星首，北闕香煙萬載存。
>
> 燃燈將定海珠把金靈聖母打死。廣成子祭起誅仙劍，赤精子祭起戮仙劍，道行天尊祭起陷仙劍，玉鼎真人祭起絕仙劍，數道黑氣沖空，將萬仙陣罩住。凡封神臺上有名者，就如砍瓜切菜一般，俱遭殺戮。子牙祭起打神鞭，任意施為。萬仙陣中，又被楊任用五火扇扇起烈火千丈，黑煙迷空。……哪吒現三首八臂，往來衝突。……通天教主見萬仙受此屠戮，心中大怒，急呼曰，「長耳定光仙快取六魂幡來！」定光仙因見接引道人白蓮裹體，舍利現光；又見十二代弟子玄都門人俱有瓔珞金燈，光華罩體，知道他們出身清正，截教畢竟差訛。他將六魂幡收起，輕輕的走出萬仙陣，徑往蘆蓬下隱匿。正是：
>
> > 根深原是西方客，躲在蘆蓬獻寶幡。
>
> 話說通天教主……無心戀戰，……欲要退後，又恐教下門人笑話，只得勉強相持。又被老子打了一拐，通天教主著了急，祭

起紫電錘來打老子。老子笑曰，「此物怎能近我？」只見頂上現
出玲瓏寶塔；此錘焉能下來？……只見二十八宿星官已殺得看
看殆盡；止邱引見勢不好了，借土遁就走。被陸壓看見，惟恐
追不及，急縱至空中，將葫蘆揭開，放出一道白光，上有一物
飛出；陸壓打一躬，命「寶貝轉身」，可憐邱引，頭已落地。
……且說接引道人在萬仙陣內將乾坤袋打開，盡收那三千紅氣
之客。有緣往極樂之鄉者，俱收入此袋內。准提同孔雀明王在
陣中現二十四頭，十八隻手，執定瓔珞，傘蓋，花貫，魚腸，
金弓，銀戟，白鉞，幡，幢，加持神杵，寶銼，銀瓶等物，來
戰通天教主。通天教主看見准提，頓起三昧真火，大罵曰，「好
潑道！焉敢欺吾太甚，又來攪吾此陣也！」縱奎牛沖來，仗劍
直取，准提將七寶妙樹架開。正是：

　　西方極樂無窮法，俱是蓮花一化身。（第八十四回）

　　《三寶太監西洋記通俗演義》亦一百回，題「二南裡人編次」。前
有萬曆丁酉（1597）菊秋之吉羅懋登敘，羅即撰人。書敘永樂中太監
鄭和王景宏服外夷三十九國，咸使朝貢事。鄭和者，《明史》（三百四
〈宦官傳〉）云，「雲南人，世所謂三保太監者也。永樂三年，命和及
其儕王景宏等通使西洋，將士卒二萬七千八百餘人，多齎金帛，造大
舶，……自蘇州劉家河泛海至福建，復自福建五虎門揚帆，首達占
城，以次遍歷諸國，宣天子詔，因給賜其君長，不服則以武懾之。 先
後七奉使，所歷凡三十余國，所取無名寶物不可勝計，而中國耗費亦
不貲。自和後，凡將命海表者，莫不盛稱和以誇外蕃，故俗傳『三保
太監下西洋』為明初盛事云。」蓋鄭和之在明代，名聲赫然，為世人所
樂道，而嘉靖以後，倭患甚殷，民間傷今之弱，又為故事所囿，遂不
思將帥而思黃門，集俚俗傳聞以成此作，故自序云，「今者東事倥傯，

何如西戎即序，不得比西戎即序，何可令王鄭二公見」也。惟書則侈談怪異，專尚荒唐，頗與序言之慷慨不相應，其第一至七回為碧峰長老下生，出家及降魔之事；第八至十四回為碧峰與張天師鬥法之事；第十五回以下則鄭和掛印，招兵西征，天師及碧峰助之，斬除妖孽，諸國入貢，鄭和建祠之事也。所述戰事，雜竊《西遊記》《封神傳》，而文詞不工，更增支蔓，特頗有裡巷傳說，如「五鬼鬧判」「五鼠鬧東京」故事，皆於此可考見，則亦其所長矣。五鼠事似脫胎於《西遊記》二心之爭；五鬼事記外夷與明戰後，國殤在冥中受讞，多獲惡報，遂大哄，縱擊判官，其往復辯難之詞如下：

> ……五鬼道，「縱不是受私賣法，卻是查理不清。」閻羅王道，「那一個查理不清？你說來我聽著。」劈頭就是姜老星說道，「小的是金蓮象國一個總兵官，為國忘家，臣子之職，怎麼又說道我該送罰惡分司去？以此說來，卻不是錯為國家出力了麼？」崔判官道，「國家苦無大難，怎叫做為國家出力？」姜老星道，「南人寶船千號，戰將千員，雄兵百萬，勢如累卵之危，還說是國家苦無大難？」崔判官道，「南人何曾滅人社稷，吞人土地，貪人財貨，怎見得勢如累卵之危？」姜老星道，「既是國勢不危，我怎肯殺人無厭？」判官道，「南人之來，不過一紙降書，便自足矣，他何曾威逼於人，都是你們偏然強戰，這不是殺人無厭麼？」咬海幹道，「判官大王差矣。我爪哇國五百名魚眼軍一刀兩段，三千名步卒煮做一鍋，這也是我們強戰麼？」判官道，「都是你們自取的。」圓眼帖木兒說道，「我們一個人劈作四架，這也是我們強戰麼？」判官道，「也是你們自取的。」盤龍三太子說道，「我舉刀自刎，豈不是他的威逼麼？」判官道，「也是你們自取的。」百里雁說道，「我們燒做一個柴頭鬼兒，

豈不是他的威逼麼？」判官道，「也是你們自取的。」五個鬼一
齊吆喝起來，說道，「你說什麼自取，自古道『殺人的償命，欠
債的還錢』，他枉刀殺了我們，你怎麼替他們曲斷？」判官道，
「我這裡執法無私，怎叫做曲斷？」五鬼說道，「既是執法無
私，怎麼不斷他填還我們人命？」判官道，「不該填還你們！」
五鬼說道，「但只『不該』兩個字，就是私弊。」這五個鬼人多
口多，亂吆亂喝，嚷做一馱，鬧做一塊。判官看見他們來得
凶，也沒奈何，只得站起來喝聲道，「唗，甚麼人敢在這裡胡
說！我有私，我這管筆可是容私的？」五個鬼齊齊的走上前
去，照手一搶，把管筆奪將下來，說道，「鐵筆無私。你這蜘蛛
須兒紮的筆，牙齒縫裡都是私（絲），敢說得個不容私？」……
（第九十回〈靈曜府五鬼鬧判〉）

　　《西遊補》十六回，天目山樵序雲南潛作；南潛者，烏程董說出家
後之法名也。說字若雨，生於萬曆庚申（1620），幼即穎悟，自願先誦
《圓覺經》，次乃讀四書及五經，十歲能文，十三入泮，逮見中原流寇
之亂，遂絕意進取。明亡，祝髮於靈岩，名曰南潛，號月函，其他別
字尚甚夥，三十餘年不履城市，惟友漁樵，世推為佛門尊宿，有《上
堂晚參唱酬語錄》（鈕琇《觚賸續編》之江抱陽生《甲申朝事小記》），
及《豐草庵雜著》十種詩文集若干卷。《西遊補》云以入「三調芭蕉扇」
之後，敘悟空化齋，為鯖魚精所迷，漸入夢境，擬尋秦始皇借驅山
鐸，驅火焰山，徘徊之間，進萬鏡樓，乃大顛倒，或見過去，或求未
來，忽化美人，忽化閻羅，得虛空主人一呼，始離夢境，知鯖魚本與
悟空同時出世，住於「幻部」，自號「青青世界」，一切境界，皆彼所
造，而實無有，即「行者情」，故「悟通大道，必先空破情根，破情根
必先走入情內，走入情內見得世界情根之虛，然後走出情外認得道根

之實」（本書卷首〈答問〉）。其雲鯖魚精，雲青青世界，雲小月王者；
即皆謂情矣。或以中有「殺青大將軍」「倒置曆日」諸語，因謂是鼎革
之後，所寓微言，然全書實於譏彈明季世風之意多，於宗社之痛之跡
少，因疑成書之日，尚當在明亡以前，故但有邊事之憂，亦未入釋家
之奧，主眼所在，僅如時流；謂行者有三個師父，一是祖師，二是唐
僧，三是穆王（岳飛）：「湊成三教全身」（第九回）而已。惟其造事遣
辭，則豐贍多姿，恍忽善幻，奇突之處，時足驚人，間以俳諧，亦常
俊絕，殊非同時作手所敢望也。

> 行者（時化為虞美人與綠珠輩宴後辭出）即時現出原身，抬頭
> 看看，原來正是女媧門前。行者大喜道，「我家的天，被小月王
> 差一班踏空使者碎碎鑿開，昨日反拖罪名在我身上。……聞得
> 女媧久慣補天，我今日竟央女媧替我補好，方才哭上靈霄，洗
> 個明白，這機會甚妙。」走近門邊細細觀看，只見兩扇黑漆門
> 緊閉，門上貼一紙頭，寫著「二十日到軒轅家閒話，十日乃
> 歸，有慢尊客，先此布罪」。行者看罷，回頭就走，耳朵中只聽
> 得雞唱三聲，天已將明，走了數百萬里，秦始皇只是不見。（第
> 五回）
> 忽見一個黑人坐在高閣之上，行者笑道，「古人世界也有賊哩，
> 滿面塗了烏煤在此示眾。」走了幾步，又道，「不是逆賊。原來
> 倒是張飛廟。」又想想道，「既是張飛廟，該帶一頂包巾。……
> 帶了皇帝帽，又是玄色面孔，此人決是大禹玄帝。我便上前見
> 他，討些治妖斬魔秘訣，我也不消尋著秦始皇了。」看看走到
> 面前，只見台下立一石竿，竿上插一首飛白旗，旗上寫六個紫
> 色字：
>> 「先漢名士項羽。」

行者看罷，大笑一場，道，「真個是『事未來時休去想，想來到底不如心』。老孫疑來疑去，……誰想一些不是，倒是我綠珠樓上的遙丈夫。」當時又轉一念道，「哎喲，吾老孫專為尋秦始皇，替他借個驅山鐸子，所以鑽入古人世界來，楚伯王在他後頭，如今已見了，他卻為何不見？我有一個道理：徑到臺上見了項羽，把始皇消息問他，倒是個著腳信。」行者即時跳起細看，只見高閣之下，……坐著一個美人，耳朵邊只聽得叫「虞美人虞美人」。……行者登時把身子一搖，仍前變做美人模樣，竟上高閣，袖中取出一尺冰羅，不住的掩淚，單單露出半面，望著項羽，似怨似怒。項羽大驚，慌忙跪下，行者背轉，項羽又飛趨跪在行者面前，叫「美人，可憐你枕席之人，聊開笑面」。行者也不做聲；項羽無奈，只得陪哭。行者方才紅著桃花臉兒，指著項羽道，「頑賊！你為赫赫將軍，不能庇一女子，有何顏面坐此高臺？」項羽只是哭，也不敢答應。行者微露不忍之態，用手扶起道，「常言道，『男兒兩膝有黃金』。你今後不可亂跪！」……（第六回）

第十九篇
明之人情小說（上）

　　當神魔小說盛行時，記人事者亦突起，其取材猶宋市人小說之「銀字兒」，大率為離合悲歡及發跡變態之事，間雜因果報應，而不甚言靈怪，又緣描摹世態，見其炎涼，故或亦謂之「世情書」也。

　　諸「世情書」中，《金瓶梅》最有名。初惟鈔本流傳，袁宏道見數卷，即以配《水滸傳》為「外典」（〈觴政〉），故聲譽頓盛；世又益以《西遊記》，稱三大奇書。萬曆庚戌（1610），吳中始有刻本，計一百回，其五十三至五十七回原闕，刻時所補也（見《野獲編》二十五）。作者不知何人，沈德符云是嘉靖間大名士（亦見《野獲編》），世因以擬太倉王世貞，或云其門人（康熙乙亥謝頤序云）。由此復生讕言，謂世貞造作此書，乃置毒於紙，以殺其仇嚴世蕃，或云唐順之者，故清康熙中彭城張竹坡評刻本，遂有〈苦孝說〉冠其首。

　　《金瓶梅》全書假《水滸傳》之西門慶為線索，謂慶號四泉，清河人，「不甚讀書，終日閒遊浪蕩」，有一妻三妾，又交「幫閒抹嘴不守本分的人」，結為十弟兄，復悅潘金蓮，鴆其夫武大，納以為妾，武松來報仇，尋之不獲，誤殺李外傅，刺配孟州。而西門慶故無恙，於是日益放恣，通金蓮婢春梅，復私李瓶兒，亦納為妾，「又得兩三場橫財，家道營盛」。已而李瓶兒生子；慶則因賂蔡京得金吾衛副千戶，乃愈肆，求藥縱欲受賕枉法無不為。然潘金蓮妒李有子，屢設計使受驚，子終以瘈疭死；李痛子亦亡。潘則力媚西門慶，慶一夕飲藥逾量，亦暴死。金蓮春梅復通於慶婿陳敬濟，事發被斥賣，金蓮遂出居王婆家待嫁，而武松適遇赦歸，因見殺；春梅則賣為周守備妾，有

籠，又生子，竟冊為夫人。會孫雪娥以遇拐復獲發官賣，春梅憾其嘗
「唆打陳敬濟」，則買而折辱之，旋賣於酒家為娼；又稱敬濟為弟，羅
致府中，仍與通。已而守備征宋江有功，擢濟南兵馬制置，敬濟亦列
名軍門，升為參謀。後金人入寇，守備陣亡，春梅夙通其前妻之子，
因亦以淫縱暴卒。比金兵將至清河，慶妻攜其遺腹子孝哥欲奔濟南，
途遇普淨和尚，引至永福寺，以因果現夢化之，孝哥遂出家，法名明
悟。

　　作者之於世情，蓋誠極洞達，凡所形容，或條暢，或曲折，或刻
露而盡相，或幽伏而含譏，或一時並寫兩面，使之相形，變幻之情，
隨在顯見，同時說部，無以上之，故世以為非王世貞不能作。至謂此
書之作，專以寫市井間淫夫蕩婦，則與本文殊不符，緣西門慶故稱世
家，為搢紳，不惟交通權貴，即士類亦與周旋，著此一家，即罵盡諸
色，蓋非獨描摹下流言行，加以筆伐而已。

　　　　……婦人（潘金蓮）道，「怪奴才，可哥兒的來，想起一件事
　　　來，我要說又忘了。」因令春梅，「你取那只鞋來與他瞧。」「你
　　　認的這鞋是誰的鞋？」西門慶道，「我不知是誰的鞋。」婦人
　　　道，「你看他還打張雞兒哩。瞞著我黃貓黑尾，你幹的好蘭兒。
　　　來旺媳婦子的一隻臭蹄子，寶上珠也一般收藏在藏春塢雪洞兒
　　　裡拜帖匣子內，攬著些字紙和香兒，一處放著。甚麼罕稀物
　　　件，也不當家化化的，怪不的那賊淫婦死了墮阿鼻地獄。」又
　　　指著秋菊罵道，「這奴才當我的鞋，又翻出來，教我打了幾
　　　下。」分付春梅，「趁早與我掠出去。」春梅把鞋掠在地下，看
　　　著秋菊說道，「賞與你穿了罷。」那秋菊拾著鞋兒說道，「娘這
　　　個鞋，只好盛我一個腳指頭兒罷。」那婦人罵道，「賊奴才，還
　　　叫甚麼□娘哩。他是你家主子前世的娘！不然，怎的把他的鞋

這等收藏的嬌貴？到明日好傳代。沒廉恥的貨！」秋菊拿著鞋就往外走，被婦人又叫回來，分付「取刀來，等我把淫婦鞋剁作幾截子，掠到茅廁裡去，叫賊淫婦陰山背後永世不得超生」。因向西門慶道，「你看著越心疼，我越發偏剁個樣兒你瞧。」西門慶笑道，「怪奴才，丟開手罷了，我哪裡有這個心。」……（第二十八回）

……掌燈時分，蔡御史便說，「深擾一日，酒告止了罷。」因起身出席。左右便欲掌燈，西門慶道，「且休掌燈。請老先生後邊更衣。」於是……讓至翡翠軒，……關上角門，只見兩個唱的，盛妝打扮，立於階下，向前插燭也似磕了四個頭。……蔡御史看見，欲進不能，欲退不捨，便說道，「四泉，你如何這等愛厚？恐使不得。」西門慶笑道，「與昔日東山之游，又何異乎？」蔡御史道，「恐我不如安石之才，而君有王右軍之高致矣。」……因進入軒內，見文物依然，因索紙筆，就欲留題相贈。西門慶即令書童將端溪硯研的墨濃濃的，拂下錦箋。這蔡御史終是狀元之才，拈筆在手，文不加點，字走龍蛇，燈下一揮而就，作詩一首。……（第四十九回）

　　明小說之宣揚穢德者，人物每有所指，蓋借文字以報夙仇，而其是非，則殊難揣測。沈德符謂《金瓶梅》亦斥時事，「蔡京父子則指分宜，林靈素則指陶仲文，朱勔則指陸炳，其他亦各有所屬。」則主要如西門慶，自當別有主名，即開篇所謂「有一處人家，先前怎地富貴，到後來煞甚淒涼，權謀術智，一毫也用不著，親友兄弟，一個也靠不著，享不過幾年的榮華，倒做了許多的話靶。內中又有幾個鬥寵爭強迎奸賣俏的，起先好不妖嬈嫵媚，到後來也免不得屍橫燈影，血染空房」（第一回）者是矣。結末稍進，用釋家言，謂西門慶遺腹子孝哥方

睡在永福寺方丈，普淨引其母及眾往，指以禪杖，孝哥「翻過身來，卻是西門慶，項帶沉枷，腰系鐵索。復用禪杖只一點，依舊還是孝哥兒睡在床上。……原來孝哥兒即是西門慶托生」（第一百回）。此之事狀，固若瑋奇，然亦第謂種業留遺，累世如一，出離之道，惟在「明悟」而已。若云孝子銜酷，用此復仇，雖奇謀至行，足為此書生色，而證佐蓋闕，不能信也。

故就文辭與意像以觀《金瓶梅》，則不外描寫世情，盡其情偽，又緣衰世，萬事不綱，爰發苦言，每極峻急，然亦時涉隱曲，猥黷者多。後或略其他文，專注此點，因予惡諡，謂之「淫書」；而在當時，實亦時尚。成化時，方士李孜僧繼曉已以獻房中術驟貴，至嘉靖間而陶仲文以進紅鉛得幸於世宗，官至特進光祿大夫柱國少師少傅少保禮部尚書恭誠伯。於是頹風漸及士流，都御史盛端明布政使參議顧可學皆以進士起家，而俱借「秋石方」致大位。瞬息顯榮，世俗所企羨，僥倖者多竭智力以求奇方，世間乃漸不以縱談閨幃方藥之事為恥。風氣既變，並及文林，故自方士進用以來，方藥盛，妖心興，而小說亦多神魔之談，且每敘床之事也。

然《金瓶梅》作者能文，故雖間雜猥詞，而其他佳處自在，至於末流，則著意所寫，專在性交，又越常情，如有狂疾，惟《肉蒲團》意想頗似李漁，較為出類而已。其尤下者則意欲媟語，而未能文，乃作小書，刊佈於世，中經禁斷，今多不傳。

萬曆時又有名《玉嬌李》者，云亦出《金瓶梅》作者之手。袁宏道曾聞大略，謂「與前書各設報應因果，武大後世化為淫夫，上蒸下報；潘金蓮亦作河間婦，終以極刑；西門慶則一憨男子，坐視妻妾外遇，以見輪回不爽」。後沈德符見首卷，以為「穢黷百端，背倫蔑理，……其帝則稱完顏大定，而貴溪（夏言）分宜（嚴嵩）相構，亦暗寓焉。至嘉靖辛丑庶常諸公，則直書姓名，尤可駭怪。……然筆鋒

恣橫酣暢，似尤勝《金瓶梅》」（皆見《野獲編》二十五）。今其書已
佚，雖或偶有見者，而文章事蹟，皆與袁沈之言不類，蓋後人影撰，
非當時所見本也。

　　《續金瓶梅》前後集共六十四回，題「紫陽道人編」。自言東漢時
遼東三韓有仙人丁令威；後五百年而臨安西湖有仙人丁野鶴，臨化遺
言，「說『五百年後又有一人名丁野鶴，是我後身，來此相訪』。後至
明末，果有東海一人，名姓相同，來此罷官而去，自稱紫陽道人。」
（六十二回）卷首有〈太上感應篇陰陽無字解〉，署「魯諸邑丁耀亢參
解」，序有云，「自奸杞焚予《天史》於南都，海桑既變，不復講因果
事，今見聖天子欽頒〈感應篇〉，自製御序，戒諭臣工。」則《續金瓶
梅》當成於清初，而丁耀亢即其撰人矣。耀亢字西生，號野鶴，山東
諸城人，弱冠為諸生，走江南與諸名士聯文社，既歸，鬱鬱不得志，
作《天史》十卷。清順治四年入京，由順天籍拔貢，充鑲白旗教習，
詩名甚盛。後為容城教諭，遷惠安知縣，不赴，六十後病目，自稱木
雞道人，年七十二卒（約1620—1691），所著有詩集十餘卷，傳奇四種
（乾隆《諸城志》十三及三六）。《天史》者，類歷代吉凶諸事而成，
焚於南都，未詳其實，《諸城志》但云「以獻益都鐘羽正，羽正奇之」
而已。

　　《續金瓶梅》主意殊單簡，前集謂普淨是地藏菩薩化身，一日施
食，以輪回大簿指點眾鬼，俾知將來惡報，後悉如言。西門慶為汴京
富室沈越子，名曰金哥，越之妻弟袁指揮居對門，有女常姐，則李瓶
兒後身，嘗在沈氏宅打秋千，為李師師所見，豔其美，矯旨取之，改
名銀瓶。金人陷汴，民眾流離，金哥遂淪為乞丐；銀瓶則為娼，通鄭
玉卿，後嫁為翟員外妾，又與鄭偕遁至揚州，為苗青所賺，乃自經
死。後集則敘東京孔千戶女名梅玉者，以豔羨富貴，自甘為金人金哈
木兒妾，而大婦「凶妒」，篡取虐使之，梅玉欲自裁，因夢自知是春梅

後身，大婦則孫雪娥再世，遂長齋念佛，不生嗔恨，竟得脫離。至潘金蓮則轉生為山東黎指揮女，名金桂，夫曰劉癩子，其前生實為陳敬濟，以夙業故，體貌不全，金桂怨憤，因招妖，又緣受驚，終成痼疾也。

　　餘文俱述他人牽纏孽報，而以國家大事，穿插其間，又雜引佛典道經儒理，詳加解釋，動輒數百言，顧什九以〈感應篇〉為歸宿，所謂「要說佛說道說理學，先從因果說起，因果無憑，又從《金瓶梅》說起」（第一回）也。明之「淫書」作者，本好以闡明因果自解，至於此書，則因見「只有夫婦一倫，變故極多，……造出許多冤業，世世償還，真是愛河自溺，欲火自煎，一部《金瓶梅》說了個色字，一部《續金瓶梅》說了個空字，從色還空，即空是色，乃自果報，轉入佛法」（四十三回）矣。然所謂佛法，復甚不純，仍混儒道，與神魔小說諸作家意想無甚異，惟似較重力行，又欲無所執著，故亦頗譏當時空談三教一致及妄分三教等差者之弊，如述李師師舊宅收沒入官，立為大覺尼寺，儒道又出而紛爭，即其例也：

　　……這裡大覺寺興隆佛事不題。後因天壇道官並闒學生員爭這塊地，上司斷決不開，各在兀術太子營裡上了一本，說道「這李師師府地寬大，僧妓雜居，單給尼姑蓋寺，恐久生事端，宜作公所。其後半花園，應分割一半，作三教堂，為儒釋道三教講堂。」王爺准了，才息了三處爭訟。那道官見自己不獨得，又是三分四裂的，不來照管。這開封府秀才吳蹈理卜守分兩個無恥生員，借此為名，也就貼了公帖，每人三錢，倒斂了三四百兩分資。不日蓋起三間大殿，原是釋迦佛居中，老子居左，孔子居右，只因不肯倒了自家門面，便把孔夫子居中，佛老分為左右，以見貶黜異端外道的意思。把那園中臺榭池塘，

和那兩間妝閣，當日銀瓶做過臥房的，改作書房。……這些風
流秀士，有趣文人，和那浮浪子弟們，也不講禪，也不講道，
每日在三教堂飲酒賦詩，倒講了個色字，好個快活所在。題曰
三空書院，無非說三教俱空之意。……（第三十七回上〈三教
堂青樓成淨土〉）

　　又有《隔簾花影》四十八回，世亦以為《金瓶梅》後本，而實乃
改易《續金瓶梅》中人名（如以西門慶為南宮吉之類）及回目，並刪
略其絮說因果語而成，書末不完，蓋將續作，然未出。一名《三世
報》，殆包舉將來擬續之事；或並以武大被鴆，亦為夙業，合數之得三
世也。

第二十篇
明之人情小說（下）

《金瓶梅》、《玉嬌李》等既為世所艷稱，學步者紛起，而一面又生異流，人物事狀皆不同，惟書名尚多蹈襲，如《玉嬌梨》、《平山冷燕》等皆是也。至所敘述，則大率才子佳人之事，而以文雅風流綴其間，功名遇合為之主，始或乖違，終多如意，故當時或亦稱為「佳話」。察其意旨，每有與唐人傳奇近似者，而又不相關，蓋緣所述人物，多為才人，故時代雖殊，事蹟輒類，因而偶合，非必出於仿效矣。《玉嬌梨》、《平山冷燕》有法文譯本，又有名《好逑傳》者則有德、法文譯本，故在外國特有名，遠過於其在中國。

《玉嬌梨》今或改題《雙美奇緣》，無撰人名氏。全書僅二十回，敘明正統間有太常卿白玄者，無子，晚年得一女曰紅玉，甚有文才，以代父作菊花詩為客所知，御史楊廷詔因求為子楊芳婦，玄招芳至家，屬妻弟翰林吳珪試之。

> ……吳翰林陪楊芳在軒子邊立著。楊芳抬頭，忽見上面橫著一個扁額，題的是「弗告軒」三字。楊芳自恃認得這三個字，便只管注目而視。吳翰林見楊芳細看，便說道，「此三字乃是聘君吳與弼所書，點畫道勁，可稱名筆。」楊芳要賣弄識字，因答道，「果是名筆，這軒字也還平常，這弗告二字寫得入神。」卻將告字讀了去聲，不知弗告二字，蓋取《詩經》上「弗諼弗告」之義，這「告」字當讀與「谷」字同音。吳翰林聽了，心下明白，便模糊答應。……（第二回）

白玄遂不允。楊以為怨，乃薦玄赴乜先營中迎上皇，玄托其女於吳翰林而去。吳珪即挈紅玉歸金陵，偶見蘇友白題壁詩，愛其才，欲以紅玉嫁之。友白誤相新婦，竟不從。珪怒，囑學官革友白秀才，學官方躊躕，而白玄還朝加官歸鄉之報適至，即依黜之。友白被革，將入京就其叔，於道中見數少年苦吟，乃方和白紅玉新柳詩；謂有能步韻者，即嫁之也。友白亦和兩首，而張軌如邊竊以獻白玄，玄留之為西賓。已而有蘇有德者又冒為友白，請婚於白氏，席上見張，互相攻訐，俱敗。友白見紅玉新柳詩，慕之，遂渡江而北，欲托吳珪求婚；途次遇盜，暫舍於李氏，偶遇一少年曰盧夢梨，甚服友白之才，因以其妹之終身相托。友白遂入京以監生應試，中第二名；再訪盧，則已以避禍遠徙，乃大失望。不知盧實白紅玉之中表，已先赴金陵依白氏也。白玄難於得婿，易姓名游山陰，於禹跡寺見一少年姓柳，才識非常，次日往訪，即字以己女及甥女，歸而說其故云：

> ……「……忽遇一個少年，姓柳，也是金陵人。他人物風流，真個是『謝家玉樹』。……我看他神清骨秀，學博才高，旦暮間便當飛騰翰苑。……意欲將紅玉嫁他，又恐甥女說我偏心；欲要配了甥女，又恐紅玉說我矯情。除了柳生，若要再尋一個，卻萬萬不能。我想娥皇女英同事一舜，古聖人已有行之者；我又見你姊妹二人互相愛慕，不啻良友，我也不忍分開：故當面一口就都許他了。這件事我做得甚是快意。」……（第十九回）

而二女皆慕友白，聞之甚怏怏。已而柳至白氏，自言實蘇友白，蓋爾時亦變姓名游山陰也。玄亦告以真姓名，皆大驚喜出意外，遂成婚。而盧夢梨實女子，其先乃改裝自托於友白者云。

《平山冷燕》亦二十回，題云「荻岸山人編次」。清盛百二（《柚

堂續筆談》）以為嘉興張博山十四五時作，其父執某續成之。博山名
劭，清康熙時人，「少有成童之目，九齡作〈梅花賦〉驚其師。」（阮
元《兩浙輶軒錄》七引李方湛語）蓋早慧，故世人並以此書附著於彼，
然文意陳腐，殊不類童子所為。書敘「先朝」隆盛時事，而又不云何
時作，故亦莫詳「先朝」為何帝也。其時欽天監正堂官奏奎壁流光，
散滿天下，天子則大悅，詔求真才，又適見白燕盤旋，乃命百官賦白
燕詩，眾謝不能，大學士山顯仁乃獻其女山黛之作，詩云：

> 夕陽憑弔素心稀，遁入梨花無是非，淡去羞從鴉借色，瘦來隻
> 許雪添肥，飛回夜黑還留影，銜盡春紅不浣衣，多少朱門誇富
> 貴，終能容我潔身歸。（第一回）

　　天子即召見，令獻策，稱旨，賜玉尺一條，「以此量天下之才」；
金如意一執，「文可以指揮翰墨，武可以扞禦強暴，長成擇婿，有妄人
強求，即以此擊其首，擊死勿論」；又賜御書扁額一方曰「弘文才女」。
時黛方十歲；其父築樓以貯玉尺，謂之玉尺樓，亦即為黛讀書之所，
於是才女之名大著，求詩文者雲集矣。後黛以詩嘲一貴介子弟，被
怨，托人誣以詩文皆非己出，又奉旨令文臣赴玉尺樓與黛較試，文臣
不能及，誣者獲罪而黛之名益揚。其時又有村女冷絳雪者，亦幼即能
詩，忤山人宋信，信以計陷之，俾官買送山氏為侍婢。絳雪於道中題
詩而遇洛陽才人平如衡，然指顧間又相失；既至山氏，自顯其才，則
大得敬愛，且亦以題詩為天子所知也。平如衡至雲間訪才士，得燕白
頷，家世富貴而有大才，能詩。長官俱薦於朝，二人不欲以薦舉出
身，乃皆入都應試，且改姓名求見山黛。黛早見其譏刺詩，因與絳雪
易裝為青衣，試以詩，唱和再三，二人竟屈，辭去。又有張寅者，亦
以求婚至山氏，受試於玉尺樓下，張不能文，大受愚弄，復因奔突登

樓，幾被如意擊死，至拜禱始免。張乃囑禮官奏於朝，謂黛與少年唱
和調笑，有傷風化。天子即拘訊；張又告發二人實平燕託名，而適榜
發，平中會元，燕會魁。於是天子大喜，諭山顯仁擇之為婿，遂以山
黛嫁燕白頷，冷絳雪嫁平如衡。成婚之日，凡事無不美滿：

> ……二女上轎，隨妝侍妾足有上百，一路火炮與鼓樂喧天，彩
> 旗共花燈奪目，真個是天子賜婚，宰相嫁女，狀元探花娶妻：
> 一時富貴，占盡人間之盛。……若非真正有才，安能如此？至
> 今京城中俱傳平山冷燕為四才子；閑窗閱史，不勝欣慕而為之
> 立傳云。（第二十回）

　　二書大旨，皆顯揚女子，頌其異能，又頗薄制藝而尚詞華，重俊
髦而嗤俗士，然所謂才者，惟在能詩，所舉佳篇，復多鄙倍，如鄉曲
學究之為；又凡求偶必經考試，成婚待於詔旨，則當時科舉思想之所
牢籠，倘作者無不羈之才，固不能沖決而高翥矣。
　　《好逑傳》十八回，一名〈俠義風月傳〉，題云「名教中人編次」。
其立意亦略如前二書，惟文辭較佳，人物之性格亦稍異，所謂「既美
且才，美而又俠」者也。書言有秀才鐵中玉者，北直隸大名府人，

> ……生得豐姿俊秀，就像一個美人，因此裡中起個諢名，叫做
> 「鐵美人」。若論他人品秀美，性格就該溫存。不料他人雖生得
> 秀美，性子就似生鐵一般，十分執拗；又有幾分膂力，動不動
> 就要使氣動粗；等閒也不輕易見他言笑。……更有一段好處，
> 人若緩急求他，……慨然周濟；若是諛言諂媚，指望邀惠，他
> 卻只當不曾聽見：所以人都感激他，又都不敢無故親近
> 他。……（第一回）

其父鐵英為御史，中玉慮以鯁直得禍，入都諫之。會大夬侯沙利奪韓願妻，即施智計奪以還願，大得義俠之稱。然中玉亦懼禍，不敢留都，乃至山東遊學。歷城退職兵部侍郎水居一有一女曰冰心，甚美，而才識勝男子。同縣有過其祖者，大學士之子，強來求婚，水居一不敢拒，然以侄女易冰心嫁之，婚後始覺，其祖大恨，計陷居一，復百方圖女，而冰心皆以智免。過其祖又托縣令假傳朝旨逼冰心，而中玉適在歷城，遇之，斥其偽，計又敗。冰心因此甚服鐵中玉，當中玉暴病，乃邀寓其家護視，歷五日始去。此後過其祖仍再三圖娶冰心，皆不得。而中玉卒與冰心成婚，然不合巹，已而過學士托御史萬諤奏二氏婚媾，先以「孤男寡女，共處一室，不無曖昧之情，今父母循私，招搖道路而縱成之，實有傷於名教」。有旨查復。後皇帝知二人雖成禮而未同居，乃召冰心令皇后驗試，果為貞女，於是誣衊者皆被詰責，而譽水鐵為「真好逑中出類拔萃者」，令重結花燭，以光名教，且云「汝歸宜益懋後德以彰風化」也。

又有《鐵花仙史》二十六回。題「雲封山人編次」。言錢塘蔡其志與好友王悅共游於祖遺之埋劍園，賞芙蓉，至花落方別。後入都又相遇，已各有兒女在襁褓，乃約為婚姻，往來愈密。王悅子曰儒珍，七歲能詩，與同窗陳秋麟皆十三四入泮，嘗借寓埋劍園，邀友賞花賦詩。秋麟夜遇女子，自稱符劍花，後屢至，一夕暴風雨拔去玉芙蓉，乃絕。後王氏衰落，儒珍又不第，蔡嫌其窮困，欲以女改適夏元虛，時秋麟已中解元，急謀於密友蘇紫宸，托媒得之，擬臨時歸儒珍，而蔡女若蘭竟逸去，為紫宸之叔誠齋所收養。夏元虛為世家子而無行，怒其妹瑤枝時加譏訕，因薦之應點選；瑤枝被徵入都，中途舟破，亦為誠齋所救。誠齋又招儒珍為西賓，而蔡其志晚年孤寂，亦屢來迎王，養以為子，亦發解，娶誠齋之女馨如。秋麟求婚夏瑤枝，誠齋未許，一夕女自來，乃偕遁。時紫宸已平海寇，成神仙，忽遺王陳二人

書，言真瑤枝故在蘇氏，偕遁者實花妖，教二人以五雷法治之，妖即逸去，誠齋亦終以真瑤枝許之。一日儒珍至蘇氏，忽睹若蘭舊婢，甚驚；誠齋乃確知所收蔡女，故為儒珍聘婦，亦以歸儒珍。後來兩家夫婦皆年逾八十，以服紫宸所贈金丹，一夕無疾而終，世以為屍解云。

　　《鐵花仙史》較後出，似欲脫舊來窠臼，故設事力求其奇。作者亦頗自負，序言有云，「傳奇家摹繪才子佳人之悲歡離合，以供人娛目悅心者也。然其成書而命之名也，往往略不加意。如《平山冷燕》則皆才子佳人之姓為顏，而《玉嬌梨》者又至各摘其人名之一字以傳之，草率若此，非真有心唐突才子佳人，實圖便於隨意扭捏成書而無所難耳。此書則有特異焉者，……令人以為鐵為花為仙者讀之，而才子佳人之事掩映乎其間。」然文筆拙澀，事狀紛繁，又混入戰爭及神仙妖異事，已軼出於人情小說範圍之外矣。

第二十一篇
明之擬宋市人小說及後來選本

　　宋人說話之影響於後來者，最大莫如講史，著作迭出，如第十四十五篇所言。明之說話人亦大率以講史事得名，間亦說經諢經，而講小說者殊稀有。惟至明末，則宋市人小說之流復起，或存舊文，或出新制，頓又廣行世間，但舊名湮昧，不復稱市人小說也。

　　此等書之繁富者，最先有《全像古今小說》四十卷，書肆天許齋告白云，「本齋購得古今名人演義一百二十種，先以三之一為初刻」，綠天館主人序則謂「茂苑野史家藏古今通俗小說甚富，因賈人之請，抽其可以嘉惠裡耳者，凡四十種，俾為一刻」，而續刻無聞。已而有「三言」，「三言」云者，一曰《喻世明言》，二曰《警世通言》，今皆未見，僅知其序目。《明言》二十四卷，其二十一篇出《古今小說》，三篇亦見於《通言》及《醒世恆言》中，似即取《古今小說》殘本作之。《通言》則四十卷，有天啟甲子（1624）豫章無礙居士序，內收《京本通俗小說》七篇（見鹽谷溫〈關於明的小說「三言」〉及〈宋明通俗小說流傳表〉），因知此等匯刻，蓋亦兼採故書，不盡為擬作。三即《醒世恆言》，亦四十卷，天啟丁卯（1627）隴西可一居士序云，「六經國史而外，凡著述，皆小說也，而尚理或病於艱深，修詞或傷於藻繪，則不足以觸裡耳而振恆心，此《醒世恆言》所以繼《明言》《通言》而作也。」是知《恆言》之出，在「三言」中為最後，中有〈十五貫戲言成巧禍〉一事，即《京本通俗小說》卷十五之〈錯斬崔寧〉，則此亦兼存舊作，為例蓋同於《通言》矣。

　　松禪老人序《今古奇觀》云，「墨憨齋增補《平妖》。窮工極變，

不失本來，……至所纂《喻世》、《醒世》、《警世》『三言』，極摹世態
人情之岐，備寫悲歡離合之致。」《平妖傳》有張無咎序，云「蓋吾友
龍子猶所補也」，首葉有題名，則曰「馮猶龍先生增定」，因知「三言」
亦馮猶龍作，其曰龍子猶者，即錯綜「猶龍」字作之。猶龍名夢龍，
長洲人（《曲品》作吳縣人，《頑潭詩話》作常熟人），故綠天館主人
稱之曰茂苑野史，崇禎中，由貢生選授壽甯知縣，於詩有《七樂齋
稿》，而「善為啟顏之辭，間入打油之調，不得為詩家」（朱彝尊《明
詩綜》七十一云）。然擅詞曲，有《雙雄記傳奇》，又刻《墨憨齋傳奇
定本十種》，頗為當時所稱，其中之《萬事足》《風流夢》《新灌園》皆
己作；亦嗜小說，既補《平妖傳》，復纂「三言」，又嘗勸沈德符以《金
瓶梅》鈔付書坊板行，然不果（《野獲編》二十五）。

　　《京本通俗小說》所錄七篇，其五為高宗時事，最遠者神宗時，耳
目甚近，故鋪敘易於逼真。《醒世恆言》乃變其例，雜以漢事二，隋唐
事十一，多取材晉唐小說（《續齊諧記》《博異志》《酉陽雜俎》《隋遺錄》
等），而古今風俗，遷變已多，演以虛詞，轉失生氣。宋事十一篇頗生
動，疑〈錯斬崔寧〉而外，或尚有采自宋人話本者，然未詳。明事
十五篇則所寫皆近聞，世態物情，不待虛構，故較高談漢唐之作為
佳。第九卷〈陳多壽生死夫妻〉一篇，敘朱陳二人以棋友成兒女親家，
陳氏子後病癩，朱欲悔婚，女不允，終歸陳氏侍疾，閱三年，夫婦皆
仰藥卒。其述二人訂婚及女母抱怨諸節，皆不務裝點，而情態反如畫：

　　……王三老和朱世遠見那小學生行步舒徐，語音清亮，且作揖
　　次第甚有禮數，口中誇獎不絕。王三老便問，「令郎幾歲了？」
　　陳青答應道，「是九歲。」王三老道，「想著昔年湯餅會時，宛
　　如昨日，倏忽之間，已是九年，真個光陰似箭，爭教我們不
　　老？」又問朱世遠道，「老漢記得宅上令愛也是這年生的。」朱

世遠道，「果然，小女多福，如今也是九歲了。」王三老道，「莫怪老漢多口，你二人做了一世的棋友，何不扳做兒女親家。古時有個朱陳村，一村中只有二姓，世為婚姻，如今你二人之姓適然相符，應是天緣。況且好男好女，你知我見，有何不美？」朱世遠已自看上了小學生，不等陳青開口，先答應道，「此事最好，只怕陳兄不願，若肯俯就，小子再無別言。」陳青道，「既蒙朱兄不棄寒微，小子是男家，有何推託？就請三老作伐。」王三老道，「明日是重陽日，陽九不利；後日大好個日子，老夫便當登門。今日一言為定，出自二位本心；老漢只圖吃幾杯見成喜酒，不用謝媒。」陳青道，「我說個笑話你聽：玉皇大帝要與人皇對親，商量道，『兩親家都是皇帝，也須得個皇帝為媒才好。』乃請灶君皇帝往下界去說親。人皇見了灶君，大驚道，『那個做媒的怎的這般樣黑？』灶君道，『從來媒人，那有白做的？』」王三老同朱世遠都笑起來。朱陳二人又下棋至晚方散。

　　只因一局輸贏子，定下三生男女緣。

……

……朱世遠的渾家柳氏，聞知女婿得個恁般的病症，在家裡哭哭啼啼。抱怨丈夫道，「我女兒又不臭起來，為甚忙忙的九歲上就許了人家？如今卻怎麼好？索性那癩蝦蟆死了，也出脫了我女兒，如今死不死，活不活，女孩兒看看年紀長成，嫁又嫁他的不得，賴又賴他的不得。終不然，看著那癩子守活孤孀不成？這都是王三若那老烏龜一力竄掇，害了我女兒終身。」……朱世遠原有怕婆之病，憑他夾七夾八，自罵自止，並不插言，心中納悶。一日，柳氏偶然收拾廚櫃子，看見了像棋盤和那棋子，不覺勃然發怒，又罵起丈夫來道，「你兩個只為這幾著象棋上說得著，對了親，賺了我女兒。還要留這禍胎怎的？」一頭

說，一頭走到門前，將那象棋子亂撒在街上，棋盤也摜做幾
片。朱世遠是本分之人，見渾家發性，攔他不住，洋洋的躲開
去了，女兒多福又怕羞，不好來勸。任他絮聒個不耐煩，方才
甘休。……

時又有《拍案驚奇》三十六卷，卷為一篇，凡唐六，宋六，元
四，明二十，亦兼收古事，與「三言」同。首有即空觀主人序云，「龍
子猶氏所輯《喻世》等諸言，頗存雅道，時著良規，一破今時陋習，
如宋元舊種，亦被搜括殆盡。…… 因取古今來雜碎事，可新聽睹，佐
談諧者，演而暢之，得如干卷。」既而有《二刻》三十九卷，凡春秋
一，宋十四，元三，明十六，不明者（明？）五，附《宋公明鬧元宵
雜劇》一卷，於崇禎壬申（1632）自序，略云「丁卯之秋……偶戲取
古今所聞，一二奇局可紀者，演而成說，……得四十種。……其為柏
梁餘材，武昌剩竹，頗亦不少，意不能恝，聊復綴為四十則。……」
丁卯為天啟七年，即《醒世恆言》版行之際，此適出而爭奇，然敘述
平板，引證貧辛，不能及也。即空觀主人為凌濛初別號，濛初，字初
成，烏程人，著有《言詩翼》、《詩逆》、《國門集》，雜劇《虯髯翁》
等（《明的小說「三言」》）。

《西湖二集》三十四卷附《西湖秋色》一百韻，題「武林濟川子清
原甫纂」。每卷一篇，亦雜演古今事，而必與西湖相關。觀其書名，當
有初集，然未見。前有湖海士序，稱清原為周子，嘗作《西湖說》，餘
事未詳。清康熙時有太學生周清原字浣初，然為武進人（《國子監志》
八十二《鶴征錄》一）；乾隆時有周昱字清原，錢塘人（《兩浙輶軒錄》
二十三），而時代不相及，皆別一人也。其書亦以他事引出本文，自名
為「引子」。引子或多至三四，與他書稍不同；文亦流利，然好頌帝
德，垂教訓，又多憤言，則殆所謂「司命之厄我過甚而狐鼠之侮我無

端」（序述清原語）之所致矣。其假唐詩人戎昱而發揮文士不得志之恨
者如下：

> ……且說韓公部下一個官，姓戎名昱，為浙西刺史。這戎昱有
> 潘安之貌，子建之才，下筆驚人，千言立就，自恃有才，生性
> 極是傲睨，看人不在眼裡。但那時是離亂之世，重武不重文，
> 若是有數百斤力氣，……不要說十八般武藝件件精通，就是曉
> 得一兩件的，……少不得也摸頂紗帽在頭上戴戴。……馬前喝
> 道，前呼後擁，好不威風氣勢，耀武揚威，何消得曉得「天地
> 玄黃」四字。那戎昱自負才華，到這時節重武之時，卻不道是
> 大市里賣平天冠兼挑虎刺，這一種生意，誰人來買，眼見得別
> 人不作興你了。你自負才華，卻去嚇誰？就是寫得千百篇詩
> 出，上不得陣，殺不得戰，退不得虜，壓不得賊，要他何用？
> 戎昱負了這個詩袋子，沒處發賣，卻被一個妓者收得。這妓者
> 是誰？姓金名鳳，年方一十九歲，容貌無雙，善於歌舞，體性
> 幽閒，再不喜那喧嘩之事，一心只愛的是那詩賦二字。他見了
> 戎昱這個詩袋子，好生歡喜。戎昱正沒處發賣，見金鳳喜歡他
> 這個詩袋子，便把這袋子抖將開來，就像個開雜貨店的，件件
> 搬出。兩個甚是相得，你貪我愛，再不相捨；從此金鳳更不接
> 客。正是：
> 　　悲莫悲分生別離，樂莫樂分新相知。
> 自此戎昱政事之暇，游於西湖之上，每每與金鳳盤桓行
> 樂。……（卷九《韓晉公人奩兩贈》）

　　《醉醒石》十五回，題「東魯古狂生編輯」。所記惟李微化虎事在
唐時，餘悉明代，且及崇禎朝事，蓋其時之作也。文筆頗刻露，然以

過於簡練，故平話習氣，時復逼人；至於垂教誡，好評議，則尤甚於
《西湖二集》。宋市人小說，雖亦間參訓喻，然主意則在述市井間事，
用以娛心；及明人擬作末流，乃誥誡連篇，喧而奪主，且多艷稱榮
遇，回護士人，故形式僅存而精神與宋迥異矣。如第十四回記淮南莫
翁以女嫁蘇秀才，久而女嫌蘇貧，自求去，再醮為酒家婦。而蘇即聯
捷成進士，榮歸過酒家前，見女當壚，下轎揖之，女貌不動而心甚
苦，又不堪眾人笑罵，遂自經死，即所謂大為寒士吐氣者也。

> ……見櫃邊坐著一個端端正正嫋嫋婷婷婦人，卻正是莫氏。蘇
> 進士見了道，「我且去見他一見，看他怎生待我。」叫住了轎，
> 打著傘，穿著公服，竟到店中。那店主人正在那廂數錢，穿著
> 兩截衣服，見個官來，躲了。那莫氏見下轎，已認得是蘇進士
> 了，卻也不羞不惱，打著臉。蘇進士向前，恭恭敬敬的作上一
> 揖。他道，「你做你的官，我賣我的酒。」身也不動。蘇進士一
> 笑而去。
>
> 　　覆水無收日，去婦無還時，
>
> 　　相逢但一笑，且為立遲遲。
>
> 我想莫氏之心豈能無動，但做了這絕性絕義的事，便做到滿面
> 歡容，欣然相接，討不得個喜而復合；更做到含悲飲泣，牽衣
> 自咎，料討不得個憐而復收，倒不如硬著，一束兩開，倒也乾
> 淨。他那心裡，未嘗不悔當時造次，總是無可奈何：
>
> 　　心裡悲酸暗自嗟，幾回悔是昔時差，
>
> 　　移將上苑琳琅樹，卻作門前桃李花。

　　結末有論，以為「生前貽譏死後貽臭」，「是朱買臣妻子之後一
人」。引論稍恕，科罪似在男子之「不安貧賤」者之下，然亦終不可宥

云：

> 若論婦人，讀文字，達道理甚少，如何能有大見解，大矜持？
> 況且或至饑寒相逼，彼此相形，旁觀嘲笑難堪，親族炎涼難
> 耐，抓不來榜上一個名字，灑不去身上一件藍皮，激不起一個
> 慣淹蹇不遭際的夫婿，盡堪痛哭，如何叫他不要怨嗟。但「餓
> 死事小失節事大」，眼睜睜這個窮秀才尚活在，更去抱了一人，
> 難道沒有旦夕恩情？忒殺蔑去倫理！這朱買臣妻，所以貽笑千
> 古。

　　《喻世》等三言在清初蓋尚通行，王士禎（《香祖筆記》十）云
「《警世通言》有〈拗相公〉一篇，述王安石罷相歸金陵事，極快人
意，乃因盧多遜謫嶺南事而稍附益之」。其非異書可知。後乃漸晦，然
其小分，則又由選本流傳至今。其本曰《今古奇觀》，凡四十卷四十
回，序謂「三言」與《拍案驚奇》合之共二百事，觀覽難周，故抱甕
老人選刻為此本。據《宋明通俗小說流傳表》，則取《古今小說》者
十八篇，取《醒世恆言》者十一篇（第一，二，七，八，十五至
十七，二十五至二十八回），取《拍案驚奇》者七篇（第九，十，
十八，二十九，三十七，三十九，四十回），二刻三篇。三言二拍，印
本今頗難覯，可借此窺見其大略也。至成書之頃，當在崇禎時，其與
三言二拍之時代關係，鹽谷溫曾為之立表（《明的小說「三言」》）如
下：

天啟 1 辛		⎰西古今小說 ⎱喻世明言 警世通言		
4 甲子				
5				
6				
7 丁卯	警世通言	拍案驚奇（初）		
崇禎 1				
2				
3				
4				
5 壬申		拍案驚奇（二）		
			⎰今古奇觀	
17				

　　《今古奇聞》二十二卷，卷一事，題「東壁山房主人編次」。其所
錄頗陵雜，有《醒世恆言》之文四篇（〈十五貫戲言成大禍〉、〈陳多
壽生死夫妻〉、〈張淑兒巧智脫楊生〉、〈劉小官雌雄兄弟〉），別一篇
為《西湖佳話》之〈梅嶼恨跡〉，餘未詳所從出。文中有「發逆」字，
故當為清咸豐同治時書。

　　《續今古奇觀》三十卷，亦一卷一事，無撰人名。其書全收《今古
奇觀》選餘之《拍案驚奇》二十九篇。而以《今古奇聞》一篇（〈康友
仁輕財重義得科名〉）足卷數，殆不足稱選本，同治七年（1868），江
蘇巡撫丁日昌嘗嚴禁淫詞小說，《拍案驚奇》亦在禁列，疑此書即書賈
於禁後作之。

第二十二篇
清之擬晉唐小說及其支流

　　唐人小說單本，至明什九散亡；宋修《太平廣記》成，又置不頒佈，絕少流傳，故後來偶見其本，仿以為文，世人輒大聳異，以為奇絕矣。明初，有錢塘瞿佑字宗吉，有詩名，又作小說曰《剪燈新話》，文題意境，並撫唐人，而文筆殊冗弱不相副，然以粉飾閨情，拈掇豔語，故特為時流所喜，仿效者紛起，至於禁止，其風始衰。迨嘉靖間，唐人小說乃復出，書估往往刺取《太平廣記》中文，雜以他書，刻為叢集，真偽錯雜，而頗盛行。文人雖素與小說無緣者，亦每為異人俠客童奴以至虎狗蟲蟻作傳，置之集中。蓋傳奇風韻，明末實彌漫天下，至易代不改也。

　　而專集之最有名者為蒲松齡之《聊齋志異》。松齡字留仙，號柳泉，山東淄川人，幼有軼才，老而不達，以諸生授徒於家，至康熙辛卯始成歲貢生（《聊齋志異》序跋），越四年遂卒，年八十六（1630—1715），所著有《文集》四卷，《詩集》六卷，《聊齋志異》八卷（文集附錄張元撰墓表），及《省身錄》《懷刑錄》《歷字文》《日用俗字》《農桑經》等（李桓《耆獻類征》四百三十一）。其《志異》或析為十六卷，凡四百三十一篇，年五十始寫定，自有題辭，言「才非干寶，雅愛搜神，情同黃州，喜人談鬼，閑則命筆，因以成編。久之，四方同人又以郵筒相寄，因而物以好聚，所積益夥」。是其儲蓄收羅者久矣。然書中事蹟，亦頗有從唐人傳奇轉化而出者（如《鳳陽士人》《續黃粱》等），此不自白，殆撫古而又諱之也。至謂作者搜採異聞，乃設煙茗於門前，邀田夫野老，強之談說以為粉本，則不過委巷之談而已。

　　《聊齋志異》雖亦如當時同類之書，不外記神仙狐鬼精魅故事，然描寫委曲，敘次井然，用傳奇法，而以志怪，變幻之狀，如在目前；又或易調改弦，別敘畸人異行，出於幻域，頓入人間；偶述瑣聞，亦多簡潔，故讀者耳目，為之一新。又相傳漁洋山人（王士禎）激賞其書，欲市之而不得，故聲名益振，競相傳鈔。然終著者之世，竟未刻，至乾隆末始刊於嚴州；後但明倫呂湛恩皆有注。

　　明末志怪群書，大抵簡略，又多荒怪，誕而不情，《聊齋志異》獨於詳盡之外，示以平常，使花妖狐魅，多具人情，和易可親，忘為異類，而又偶見鶻突，知復非人。如〈狐諧〉言博興萬福於濟南娶狐女，而女雅善談諧，傾倒一坐，後忽別去，悉如常人；〈黃英〉記馬子才得陶氏黃英為婦，實乃菊精，居積取盈，與人無異，然其弟醉倒，忽化菊花，則變怪即驟現也。

> ……一日，置酒高會，萬居主人位，孫與二客分左右座，下設一榻屈狐。狐辭不善酒，咸請坐談，許之。酒數行，眾擲骰為瓜蔓之令；客值瓜色，會當飲，戲以觥移上座曰，「狐娘子大清醒，暫借一觴。」狐笑曰，「我故不飲，願陳一典以佐諸公飲。」……客皆言曰，「罵人者當罰。」狐笑曰，「我罵狐何如？」眾曰，「可。」於是傾耳共聽。狐曰，「昔一大臣，出使紅毛國，著狐腋冠見國王，國王視而異之，問：『何皮毛，溫厚乃爾？』大臣以『狐』對。王言『此物生平未嘗得聞。狐字字畫何等？』使臣書空而奏曰，『右邊是一大瓜，左邊是一小犬。』」主客又復哄堂。……居數月，與萬偕歸。……逾年，萬復事於濟，狐又與俱。忽有數人來，狐從與語，備極寒暄；乃語萬曰，「我本陝中人，與君有夙因，遂從爾許時，今我兄弟至，將從以歸，不能周事。」留之，不可，竟去。（卷五）

……陶飲素豪，從不見其沉醉。有友人曾生，量亦無對，適過馬，馬使與陶較飲，二人……自辰以訖四漏，計各盡百壺，曾爛醉如泥，沉睡坐間，陶起歸寢，出門踐菊畦，玉山傾倒，委衣於側，即地化為菊：高如人，花十餘朵皆大於拳。馬駭絕，告黃英；英急往，拔置地上，曰，「胡醉至此？」復以衣，要馬俱去，戒勿視。既明而往，則陶臥畦邊，馬乃悟姊弟菊精也，益愛敬之。而陶自露跡，飲益放，……值花朝，曾來造訪，以兩僕舁藥浸白酒一壇，約與共盡。……曾醉已憊，諸僕負之去。陶臥地又化為菊；馬見慣不驚，如法拔之，守其旁以觀其變，久之，葉益憔悴，大懼，始告黃英。英聞，駭曰，「殺吾弟矣！」奔視之，根株已枯；痛絕，掐其梗埋盆中，攜入閨中，日灌溉之。馬悔恨欲絕，甚惡曾。越數日，聞曾已醉死矣，盆中花漸萌，九月，既開，短乾粉朵，嗅之有酒香，名之「醉陶」，澆以酒則茂。……黃英終老，亦無他異。（卷四）

又其敘人間事，亦尚不過為形容，致失常度，如〈馬介甫〉一篇述楊氏有悍婦，虐遇其翁，又慢客，而兄弟衹畏，至對客皆失措云：

……約半載，馬忽攜僮僕過楊，直楊翁在門外曝陽捫蝨，疑為傭僕，通姓氏使達主人；翁被絮去，或告馬，「此即其翁也。」馬方驚訝，楊兄弟岸幘出迎，登堂一揖，便請朝父，萬石辭以偶恙，捉坐笑語，不覺向夕。萬石屢言具食，而終不見至，兄弟迭互出入，始有瘦奴持壺酒來，俄頃引盡，坐伺良久，萬石頻起催呼，額頰間熱汗蒸騰。俄瘦奴以饌具出，脫粟失飪，殊不甘旨。食已，萬石草草便去；萬鐘襆被來伴客寢。……（卷十）

　　至於每卷之末，常綴小文，則緣事極簡短，不合於傳奇之筆，故數行即盡，與六朝之志怪近矣。又有《聊齋志異拾遺》一卷二十七篇，出後人掇拾；而其中殊無佳構，疑本作者所自刪棄，或他人擬作之。

　　乾隆末，錢塘袁枚撰《新齊諧》二十四卷，續十卷，初名《子不語》，後見元人說部有同名者，乃改今稱；序云「妄言妄聽，記而存之，非有所感也」，其文屏去雕飾，反近自然，然過於率意，亦多蕪穢，自題「戲編」，得其實矣。若純法《聊齋》者，時則有吳門沈起鳳作《諧鐸》十卷（乾隆五十六年序），而意過俳，文亦纖仄；滿洲和邦額作《夜譚隨錄》十二卷（亦五十六年序），頗借材他書（如《佟觭角》《夜星子》《瘍醫》皆本《新齊諧》），不盡己出，詞氣亦時失之粗暴，然記朔方景物及市井情形者特可觀。他如長白浩歌子之《螢窗異草》三編十二卷（似乾隆中作，別有四編四卷，乃書估偽造）。海昌管世灝之《影談》四卷（嘉慶六年序），平湖馮起鳳之《昔柳摭談》八卷（嘉慶中作），近至金匱鄒弢之《澆愁集》八卷（光緒三年序），皆志異，亦俱不脫《聊齋》窠臼。惟黍余裔孫《六合內外瑣言》二十卷（似嘉慶初作）一名《璅蛣雜記》者，故作奇崛奧衍之辭，伏藏諷喻，其體式為在先作家所未嘗試，而意淺薄；據金武祥（《江陰藝文志》下）說，則江陰屠紳字賢書之所作也。紳又有《鶚亭詩話》一卷，文詞較簡，亦不盡記異聞，然審其風格，實亦此類。

　　《聊齋志異》風行逾百年，摹仿讚頌者眾，顧至紀昀而有微辭。盛時彥（《姑妄聽之》跋）述其語曰，「《聊齋志異》盛行一時，然才子之筆，非著書者之筆也。虞初以下天寶以上古書多佚矣；其可見完帙者，劉敬叔《異苑》，陶潛《續搜神記》，小說類也，〈飛燕外傳〉、〈會真記〉，傳記類也。《太平廣記》事以類聚，故可並收；今一書而兼二體，所未解也。小說既述見聞，即屬敘事，不比戲場關目，隨意裝點；⋯⋯今燕昵之詞，媟狎之態，細微曲折，摹繪如生，使出自言，

似無此理，使出作者代言，則何從而聞見之，又所未解也。」蓋即訾其
有唐人傳奇之詳，又雜以六朝志怪者之簡，既非自敘之文，而盡描寫
之致而已。昀字曉嵐，直隸獻縣人；父容舒，官姚安知府。昀少即穎
異，年二十四領順天鄉試解額，然三十一始成進士，由編修官至侍讀
學士，坐泄機事謫戍烏魯木齊，越三年召還，授編修，又三年擢侍
讀，總纂四庫全書，綰書局者十三年，一生精力，悉注於《四庫提要》
及《目錄》中，故他撰著甚少。後累遷至禮部尚書，充經筵講官，自
是又為總憲者五，長禮部者三（李元度《國朝先正事略》二十）。乾隆
五十四年，以編排秘笈至熱河，「時校理久竟，特督視官吏題籤皮架而
已，晝長無事」，乃追錄見聞，作稗說六卷，曰《灤陽消夏錄》。越二
年，作《如是我聞》，次年又作《槐西雜誌》，次年又作《姑妄聽之》，
皆四卷；嘉慶三年夏復至熱河，又成《灤陽續錄》六卷，時年已
七十五。後二年，其門人盛時彥合刊之，名《閱微草堂筆記五種》（本
書）。十年正月，復調禮部，拜協辦大學士，加太子少保，管國子監
事；二月十四日卒於位，年八十二（1724—1805），諡「文達」（《事
略》）。

　　《閱微草堂筆記》雖「聊以遣日」之書，而立法甚嚴，舉其體要，
則在尚質黜華，追蹤晉宋；自序云，「緬昔作者如王仲任應仲遠引經據
古，博辨宏通，陶淵明劉敬叔劉義慶簡淡數言，自然妙遠，誠不敢妄
擬前修，然大旨期不乖於風教」者，即此之謂。其軌范如是，故與《聊
齋》之取法傳奇者途徑自殊，然較以晉宋人書，則《閱微》又過偏於
論議。蓋不安於僅為小說，更欲有益人心，即與晉宋志怪精神，自然
違隔；且末流加厲，易墮為報應因果之談也。

　　惟紀昀本長文筆，多見秘書，又襟懷夷曠，故凡測鬼神之情狀，
發人間之幽微，托狐鬼以抒己見者，雋思妙語，時足解頤；間雜考
辨，亦有灼見。敘述復雍容淡雅，天趣盎然，故後來無人能奪其席，

固非僅借位高望重以傳者矣。今舉其較簡者三則於下：

> 劉乙齋廷尉為御史時，嘗租西河沿一宅，每夜有數人擊柝，聲
> 琅琅徹曉，……視之則無形，聒耳至不得片刻睡。乙齋故強
> 項，乃自撰一文，指陳其罪，大書粘壁以驅之，是夕遂寂。乙
> 齋自詫不減昌黎之驅鱷也。余謂「君文章道德，似尚未敵昌
> 黎，然性剛氣盛，平生尚不作曖昧事，故敢悍然不畏鬼；又拮
> 据遷此宅，力竭不能再徙，計無復之，惟有與鬼以死相持：此
> 在君為『困獸猶鬥』，在鬼為『窮寇勿追』耳。……」乙齋笑擊
> 餘背曰，「魏收輕薄哉！然君知我者。」（《灤陽消夏錄》六）
> 田白岩言，「嘗與諸友扶乩，其仙自稱真山民，宋末隱君子也，
> 倡和方洽，外報某客某客來，乩忽不動。他日復降，眾叩昨遽
> 去之故，乩判曰，『此二君者，其一世故太深，酬酢太熟，相見
> 必有諛詞數百句，雲水散人拙於應對，不如避之為佳；其一心
> 思太密，禮數太明，其與人語，恆字字推敲，責備無已，閑雲
> 野鶴豈能耐此苛求，故逋逃尤恐不速耳。』」後先姚安公聞之
> 曰，「此仙究狷介之士，器量未宏。」（《槐西雜誌》一）
> 李義山詩「空聞子夜鬼悲歌」，用晉時鬼歌《子夜》事也；李昌
> 穀詩「秋墳鬼唱鮑家詩」，則以鮑參軍有〈蒿里行〉，幻宵其詞
> 耳。然世間固往往有是事。田香沁言，「嘗讀書別業，一夕風靜
> 月明，聞有度昆曲者，亮折清圓，淒心動魄，諦審之，乃《牡
> 丹亭·叫畫》一出也。忘其所以，傾聽至終。忽省牆外皆斷港
> 荒陂，人跡罕至，此曲自何而來？開戶視之，惟蘆荻瑟瑟而
> 已。」（《姑妄聽之》三）

昀又「天性孤直，不喜以心性空談，標榜門戶」（盛序語），其處

事貴寬，論人欲恕，故於宋儒之苛察，特有違言，書中有觸即發，與見於《四庫總目提要》中者正等。且於不情之論，世間習而不察者，亦每設疑難，揭其拘迂，此先後諸作家所未有者也，而世人不喻，曉曉然競以勸懲之佳作譽之。

吳惠叔言，「醫者某生素謹厚，一夜，有老嫗持金釧一雙就買墮胎藥，醫者大駭，峻拒之；次夕，又添持珠花兩枝來，醫者益駭，力揮去。越半載餘，忽夢為冥司所拘，言有訴其殺人者。至，則一披髮女子，項勒紅巾，泣陳乞藥不與狀。醫者曰，『藥以活人，豈敢殺人以漁利。汝自以奸敗，於我何尤！』女子曰，『我乞藥時，孕未成形，倘得墮之，我可不死：是破一無知之血塊，而全一待盡之命也。既不得藥，不能不產，以致子遭扼殺，受諸痛苦，我亦見逼而就縊：是汝欲全一命，反戕兩命矣。罪不歸汝，反誰歸乎？』冥官喟然曰，『汝之所言，酌乎事勢；彼之所執者則理也。宋以來固執一理而不揆事勢之利害者，獨此人也哉？汝且休矣！』拊幾有聲，醫者悚然而寤。」（《如是我聞》三）

東光有王莽河，即胡蘇河也，旱則涸，水則漲，每病涉焉。外舅馬公周籙言，「雍正末有丐婦一手抱兒一手扶病姑涉此水，至中流，姑蹶而僕，婦棄兒於水，努力負姑出。姑大詬曰，『我七十老嫗，死何害？張氏數世待此兒延香火，爾胡棄兒以拯我？斬祖宗之祀者，爾也！』婦泣不敢語，長跪而已。越兩日，姑竟以哭孫不食死；婦嗚咽不成聲，癡坐數日，亦立槁。……有著論者，謂兒與姑較則姑重，姑與祖宗較則祖宗重。使婦或有夫，或尚有兄弟，則棄兒是；既兩世窮嫠，止一線之孤子，則姑所責者是：婦雖死，有餘悔焉。姚安公曰，『講

學家責人無已時。夫急流洶湧，少縱即逝，此豈能深思長計時
哉？勢不兩全，棄兒救姑，此天理之正而人心之所安也。使姑
死而兒存，……不又有責以愛兒棄姑世耶？且兒方提抱，育不
育未可知，使姑死而兒又不育，悔更何如耶？此婦所為，超出
恆情已萬萬，不幸而其姑自殞，以死殉之，亦可哀矣。猶沾沾
焉而動其喙，以為精義之學，毋乃白骨銜冤，黃泉齎恨乎？孫
復作〈春秋尊王發微〉，二百四十年內有貶無襃；胡致堂作《讀
史管見》，三代以下無完人，辨則辨矣，非吾之所欲聞也。』」
（《槐西雜誌》二）

　　《灤陽消夏錄》方脫稿，即為書肆刊行，旋與《聊齋志異》峙立；
《如是我聞》等繼之，行益廣。其影響所及，則使文人擬作，雖尚有
《聊齋》遺風，而摹繪之筆頓減，終乃類於宋明人談異之書。如同時之
臨川樂鈞《耳食錄》十二卷（乾隆五十七年序）《二錄》八卷（五十九
年序），後出之海昌許秋垞《聞見異辭》二卷（道光二十六年序），武
進湯用中《翼駉稗編》八卷（二十八年序）等，皆其類也。迨長洲王
韜作《遁窟讕言》（同治元年成）《淞隱漫錄》（光緒初成）《淞濱瑣話》
（光緒十三年序）各十二卷，天長宣鼎作《夜雨秋燈錄》十六卷（光緒
二十一年序），其筆致又純為《聊齋》者流，一時傳佈頗廣遠，然所記
載，則已狐鬼漸稀，而煙花粉黛之事盛矣。
　　體式較近於紀氏五書者，有云間許元仲《三異筆談》四卷（道光
七年序），德清俞鴻漸《印雪軒隨筆》四卷（道光二十五年序），後者
甚推《閱微》，而云「微嫌其中排擊宋儒語過多」（卷二），則旨趣實
異。光緒中，德清俞樾作《右台仙館筆記》十六卷，止述異聞，不涉
因果；又有羊朱翁（亦俞樾）作《耳郵》四卷，自署「戲編」，序謂「用
意措辭，亦似有善惡報應之說，實則聊以遣日，非敢雲意在勸懲」。頗

似以《新齊諧》為法，而記敘簡雅，乃類《閱微》，但內容殊異，鬼事
不過什一而已。他如江陰金捧閶之《客窗偶筆》四卷（嘉慶元年序），
福州梁恭辰之《池上草堂筆記》二十四卷（道光二十八年序），桐城許
奉恩之《里乘》十卷（似亦道光中作），亦記異事，貌如志怪者流，而
盛陳禍福，專主勸懲，已不足以稱小說。

第二十三篇
清之諷刺小說

　　寓譏彈於稗史者，晉唐已有，而明為盛，尤在人情小說中。然此類小說，大抵設一庸人，極形其陋劣之態，藉以襯托俊士，顯其才華，故往往大不近情，其用才比於「打諢」。若較勝之作，描寫時亦刻深，譏刺之切，或逾鋒刃，而《西遊補》之外，每似集中於一人或一家，則又疑私懷怨毒，乃逞惡言，非於世事有不平，因抽毫而抨擊矣。其近於呵斥全群者，則有《鍾馗捉鬼傳》十回，疑尚是明人作，取諸色人，比之群鬼，一一抉剔，發其隱情，然詞意淺露，已同謾罵，所謂「婉曲」，實非所知。迨吳敬梓《儒林外史》出，乃秉持公心，指摘時弊，機鋒所向，尤在士林；其文又戚而能諧，婉而多諷：於是說部中乃始有足稱諷刺之書。

　　吳敬梓字敏軒，安徽全椒人，幼即穎異，善記誦，稍長補官學弟子員，尤精《文選》，詩賦援筆立成。然不善治生，性又豪，不數年揮舊產俱盡，時或至於絕糧，雍正乙卯，安徽巡撫趙國麟舉以應博學鴻詞科，不赴，移家金陵，為文壇盟主，又集同志建先賢祠於雨花山麓，祀泰伯以下二百三十人，資不足，售所居屋以成之，而家益貧。晚年自號文木老人，客揚州，尤落拓縱酒，乾隆十九年卒於客中，年五十四（1701—1754）。所著有《詩說》七卷，《文木山房集》五卷，詩七卷，皆不甚傳（詳見新標點本《儒林外史》卷首）。

　　吳敬梓著作皆奇數，故《儒林外史》亦一例，為五十五回；其成殆在雍正末，著者方僑居於金陵也。時距明亡未百年，士流蓋尚有明季遺風，制藝而外，百不經意，但為矯飾，雲希聖賢。敬梓之所描寫

者即是此曹，既多據自所聞見，而筆又足以達之，故能燭幽索隱，物無遁形，凡官師，儒者，名士，山人，間亦有市井細民，皆現身紙上，聲態並作，使彼世相，如在目前，惟全書無主幹，僅驅使各種人物，行列而來，事與其來俱起，亦與其去俱訖，雖云長篇，頗同短制；但如集諸碎錦，合為帖子，雖非巨幅，而時見珍異，因亦娛心，使人刮目矣。敬梓又愛才士，「汲引如不及，獨嫉『時文士』如仇，其尤工者，則尤嫉之。」（程晉芳所作傳云）故書中攻難制藝及以制藝出身者亦甚烈，如令選家馬二先生自述制藝之所以可貴云：

> 「……『舉業』二字，是從古及今，人人必要做的。就如孔子生在春秋時候，那時用『言揚行舉』做官，故孔子只講得個『言寡尤，行寡悔，祿在其中』：這便是孔子的舉業。到漢朝，用賢良方正開科，所以公孫弘董仲舒舉賢良方正：這便是漢人的舉業。到唐朝，用詩賦取士；他們若講孔孟的話，就沒有官做了，所以唐人都會做幾句詩：這便是唐人的舉業。到宋朝，又好了，都用的是些理學的人做官，所以程朱就講理學：這便是宋人的舉業。到本朝，用文章取士，這是極好的法則。就是夫子在而今，也要念文章，做舉業，斷不講那『言寡尤，行寡悔』的話。何也？就日日講究『言寡尤，行寡悔』，那個給你官做？孔子的道，也就不行了。」（第十三回）

《儒林外史》所傳人物，大都實有其人，而以象形諧聲或廋詞隱語寓其姓名，若參以雍乾間諸家文集，往往十得八九（詳見本書上元金和跋）。此馬二先生字純上，處州人，實即全椒馮粹中，為著者摯友，其言真率，又尚上知春秋漢唐，在「時文士」中實猶屬誠篤博通之士，但其議論，則不特盡揭當時對於學問之見解，且洞見所謂儒者之心肝

者也。至於性行，乃亦君子，例如西湖之游，雖全無會心，頗殺風景，而茫茫然大嚼而歸，迂儒之本色固在：

馬二先生獨自一個，帶了幾個錢，步出錢塘門，在茶亭裡吃了幾碗茶，到西湖沿上牌樓跟前坐下，見那一船一船鄉下婦女來燒香的，……後面都跟著自己的漢子，……上了岸，散往各廟裡去了。馬二先生看了一遍，不在意裡。起來又走了里把多路，望著湖沿上接連著幾個酒店，……馬二先生沒有錢買了吃，……只得走進一個麵店，十六個錢吃了一碗麵，肚裡不飽，又走到間壁一個茶室吃了一碗茶，買了兩個錢「處片」嚼嚼，倒覺有些滋味。吃完了出來，……往前走，過了六橋。轉個彎，便像些村莊地方。又有人家的棺材，厝基中間，走也走不清，甚是可厭。馬二先生欲待回去，遇著一個走路的，問道「前面可還有好頑的所在？」那人道，「轉過去便是淨慈，雷峰。怎麼不好頑？」馬二先生於是又往前走。…… 過了雷峰，遠遠望見高高下下許多房子蓋著琉璃瓦，……馬二先生走到跟前，看見一個極高的山門，一個金字直匾，上寫「敕賜淨慈禪寺」；山門旁邊一個小門。馬二先生走了進去；……那些富貴人家女客，成群結隊，裡裡外外，來往不絕。……馬二先生身子又長，戴一頂高方巾，一副烏黑的臉，腆著個肚子，穿著一雙厚底破靴，橫著身子亂跑，只管在人窩子裡撞。女人也不看他，他也不看女人。前前後後跑了一交，又出來坐在那茶亭內，……吃了一碗茶。櫃上擺著許多碟子：橘餅，芝麻糖，粽子，燒餅，處片，黑棗，煮栗子，馬二先生每樣買了幾個錢，不論好歹，吃了一飽。馬二先生覺得倦了，直著腳跑進清波門；到了下處，關門睡了。因為多走了路，在下處睡了一天；

第三日起來，要到城隍山走走。……（第十四回）

至敘范進家本寒微，以鄉試中式暴發，旋丁母憂，翼翼盡禮，則無一貶詞，而情偽畢露，誠微辭之妙選，亦狙擊之辣手矣：

> ……兩人（張靜齋及范進）進來，先是靜齋謁過，范進上來敘師生之禮。湯知縣再三謙讓，奉坐吃茶。同靜齋敘了些闊別的話；又把范進的文章稱讚了一番，問道「因何不去會試？」范進方才說道，「先母見背，遵制丁憂。」湯知縣大驚，忙叫換去了吉服。拱進後堂，擺上酒來。……知縣安了席坐下，用的都是銀鑲杯箸。范進退前縮後的不舉杯箸，知縣不解其故。靜齋笑道，「世先生因遵制，想是不用這個杯箸。」知縣忙叫換去。換了一個磁杯，一雙象牙箸來，范進又不肯舉動。靜齋道，「這個箸也不用。」隨即換了一雙白顏色竹子的來，方才罷了。知縣疑惑：「他居喪如此盡禮，倘或不用葷酒，卻是不曾備辦。」落後看見他在燕窩碗裡揀了一個大蝦圓子送在嘴裡，方才放心。……（第四回）

此外刻畫偽妄之處尚多，掊擊習俗者亦屢見。其述王玉輝之女既殉夫，玉輝大喜，而當入祠建坊之際，「轉覺心傷，辭了不肯來」，後又自言「在家日日看見老妻悲慟，心中不忍」（第四十八回），則描寫良心與禮教之衝突，殊極刻深（詳見本書錢玄同序）；作者生清初，又束身名教之內，而能心有依違，托稗說以寄慨，殆亦深有會於此矣。以言君子，尚亦有人，杜少卿為作者自況，更有杜慎卿（其兄青然），有虞育德（吳蒙泉），有莊尚志（程綿莊），皆貞士；其盛舉則極於祭先賢。迨南京名士漸已銷磨，先賢祠亦荒廢；而奇人幸未絕於市井，

一為「會寫字的」，一為「賣火紙筒子的」，一為「開茶館的」，一為「做裁縫的」。末一尤恬淡，居三山街，曰荊元，能彈琴賦詩，縫紉之暇，往往以此自遣；間亦訪其同人。

　　一日，荊元吃過了飯，思量沒事，一徑踱到清涼山來。……他有一個老朋友姓于，住在山背後。這于老者也不讀書，也不做生意，……督率著他五個兒子灌園。……這日，荊元步了進來，於老者迎著道，「好些時不見老哥來，生意忙的緊？」荊元道，「正是。今日才打發清楚些。特來看看老爹。」于老者道，「恰好烹了一壺現成茶，請用一杯。」斟了送過來。荊元接了，坐著吃，道，「這茶，色香味都好。老爹卻是那裡取來的這樣好水？」于老者道，「我們城西不比你們城南，到處井泉都是吃得的。」荊元道，「古人動說『桃源避世』，我想起來，那裡要甚麼桃源。只如老爹這樣清閒自在，住在這樣『城市山林』的所在，就是現在的活神仙了。」于老者道，「只是我老拙一樣事也不會做，怎的如老哥會彈一曲琴，也覺得消遣些。近來想是一發彈的好了，可好幾時請教一回？」荊元道，「這也容易，老爹不嫌汙耳，明日攜琴來請教。」說了一會，辭別回來。次日，荊元自己抱了琴，來到園裡，于老者已焚下一爐好香，在那裡等候。……于老者替荊元把琴安放在石凳上，荊元席地坐下，于老者也坐在旁邊。荊元慢慢的和了弦，彈起來，鏗鏗鏘鏘，聲振林木。……彈了一會，忽作變徵之音，淒清宛轉。于老者聽到深微之處，不覺淒然淚下。自此，他兩人常常往來。當下也就別過了。（第五十五回）

然獨不樂與士人往還，且知士人亦不屑與友：固非「儒林」中人

也。至於此後有無賢人君子得入《儒林外史》，則作者但存疑問而已。

　　《儒林外史》初惟傳鈔，後刊木於揚州，已而刻本非一。嘗有人排列全書人物，作「幽榜」，謂神宗以水旱偏災，流民載道，冀「旌沉抑之人才」以祈福利，乃並賜進士及第，並遣禮官就國子監祭之；又割裂作者文集中駢語，襞積之以造詔表（金和跋云），統為一回綴於末：故一本有五十六回。又有人自作四回，事既不倫，語復猥陋，而亦雜入五十六回本中，印行於世：故一本又有六十回。

　　是後亦鮮有以公心諷世之書如《儒林外史》者。

第二十四篇
清之人情小說

　　乾隆中（1765年頃），有小說曰《石頭記》者忽出於北京，歷五六年而盛行，然皆寫本，以數十金鬻於廟市。其本止八十回，開篇即敘本書之由來，謂女媧補天，獨留一石未用，石甚自悼歎，俄見一僧一道，以為「形體到也是個寶物了，還只沒有實在好處，須得再鐫上數字，使人一見便知是奇物方妙。然後好攜你到隆盛昌明之邦，詩禮簪纓之族，花柳繁華之地，溫柔富貴之鄉，去安身樂業」。於是袖之而去。不知更歷幾劫，有空空道人見此大石，上鐫文詞，從石之請，鈔以問世。道人亦「因空見色，由色生情，傳情入色，自色悟空，遂易名為情僧，改《石頭記》為《情僧錄》；東魯孔梅溪則題曰《風月寶鑒》；後因曹雪芹於悼紅軒中披閱十載，增刪五次，纂成目錄，分出章回，則題曰《金陵十二釵》，並題一絕云：『滿紙荒唐言，一把辛酸淚。都云作者癡，誰解其中味？』」（戚蓼生所序八十回本之第一回）

　　本文所敘事則在石頭城（非即金陵）之賈府，為寧國榮國二公後。寧公長孫曰敷，早死；次敬襲爵，而性好道，又讓爵於子珍，棄家學仙；珍遂縱恣，有子蓉，娶秦可卿。榮公長孫曰赦，子璉，娶王熙鳳；次曰政；女曰敏，適林海，中年而亡，僅遺一女曰黛玉。賈政娶於王，生子珠，早卒；次生女曰元春，後選為妃；次復得子，則銜玉而生，玉又有字，因名寶玉，人皆以為「來歷不小」，而政母史太君尤鍾愛之。寶玉既七八歲，聰明絕人，然性愛女子，常說，「女兒是水作的骨肉，男人是泥作的骨肉。」人於是又以為將來且為「色鬼」；賈政亦不甚愛惜，馭之極嚴，蓋緣「不知道這人來歷。……若非多讀書

識字，加以致知格物之功，悟道參玄之力者，不能知也」（戚本第二回
賈雨村云）。而賈氏實亦「閨閣中歷歷有人」，主從之外，姻連亦眾，
如黛玉寶釵，皆來寄寓，史湘雲亦時至，尼妙玉則習靜於後園。右即
賈氏譜大要，用虛線者其姻連，著✕者夫婦，著＊者在「金陵十二釵」
之數者也（見下表）。

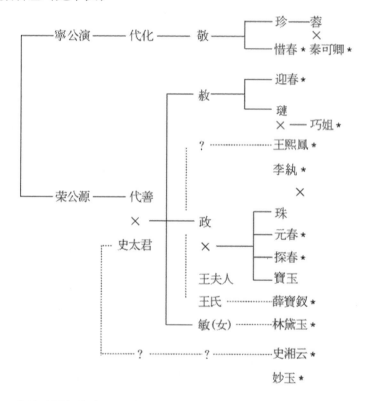

　　事即始於林夫人（賈敏）之死，黛玉失恃，又善病，遂來依外
家，時與寶玉同年，為十一歲。已而王夫人女弟所生女亦至，即薛寶
釵，較長一年，頗極端麗。寶玉純樸，並愛二人無偏心，寶釵渾然不
覺，而黛玉稍恚。一日，寶玉倦臥秦可卿室，遽夢入太虛境，遇警幻
仙，閱《金陵十二釵正冊》及《副冊》，有圖有詩，然不解。警幻命奏
新制《紅樓夢》十二支，其末闋為〈飛鳥各投林〉，詞有云：

「為官的，家業凋零；富貴的，金銀散盡。有恩的，死裡逃生；
無情的，分明報應。欠命的命已還，欠淚的淚已盡！……看破
的，遁入空門；癡迷的，枉送了性命。好一似，食盡鳥投林：
落了片白茫茫大地真乾淨！」（戚本第五回）

　　然寶玉又不解，更歷他夢而寤。迨元春被選為妃，榮公府愈貴
盛，及其歸省，則辟大觀園以宴之，情親畢至，極天倫之樂。寶玉亦
漸長，於外昵秦鐘蔣玉函，歸則周旋於姊妹中表以及侍兒如襲人晴雯
平兒紫鵑輩之間，昵而敬之，恐拂其意，愛博而心勞，而憂患亦日甚
矣。

　　這日，寶玉因見湘雲漸愈，然後去看黛玉。正值黛玉才歇午
覺，寶玉不敢驚動。因紫鵑正在迴廊上手裡做針線，便上來問
他，「昨日夜裡咳嗽的可好些？」紫鵑道，「好些了。」（寶玉
道，「阿彌陀佛，寧可好了罷。」紫鵑笑道，「你也念起佛來，
真是新聞。」）寶玉笑道，「所謂『病篤亂投醫』了。」一面說，
一面見他穿著彈墨綾子薄綿襖，外面只穿著青緞子夾背心，寶
玉便伸手向他身上抹了一抹，說，「穿的這樣單薄，還在風口裡
坐著。春風才至，時氣最不好。你再病了，越發難了。」紫鵑
便說道，「從此咱們只可說話，別動手動腳的。一年大二年小
的，叫人看著不尊重；又打著那起混帳行子們背地裡說你。你
總不留心，還只管合小時一般行為，如何使得？姑娘常常吩咐
我們，不叫合你說笑。你近來瞧他，遠著你，還恐遠不及呢。」
說著，便起身，攜了針線，進別房去了。寶玉見了這般景況，
心中忽覺澆了一盆冷水一般，只看著竹子發了回呆。因祝媽正
來挖筍修竿，便忙忙走了出來，一時魂魄失守，心無所知，隨

便坐在一塊石上出神，不覺滴下淚來。直呆了五六頓飯工夫，
千思萬想，總不知如何是好。偶值雪雁從王夫人房中取了人參
來，從此經過，……便走過來，蹲下笑道，「你在這裡作什麼
呢？」寶玉忽見了雪雁，便說道，「你又作什麼來招我？你難
道不是女兒？他既防嫌，總不許你們理我，你又來尋我，倘被
人看見，豈不又生口舌？你快家去罷。」雪雁聽了，只當他又
受了黛玉的委屈，只得回至房中，黛玉未醒，將人參交與紫
鵑。……雪雁道，「姑娘還沒醒呢，是誰給了寶玉氣受？坐在那
裡哭呢。」……紫鵑聽說，忙放下針線，……一直來尋寶玉。
走到寶玉跟前，含笑說道，「我不過說了兩句話，為的是大家
好。你就賭氣，跑了這風地裡來哭，作出病來唬我。」寶玉忙
笑道，「誰賭氣了？我因為聽你說的有理，我想你們既這樣說，
自然別人也是這樣說，將來漸漸的都不理我了。我所以想著自
己傷心。」……（戚本第五十七回，括弧中句據程本補。）

　　然榮公府雖煊赫，而「生齒日繁，事務日盛，主僕上下，安富尊
榮者盡多，運籌謀畫者無一，其日用排場，又不能將就省儉」，故「外
面的架子雖未甚倒，內囊卻也盡上來了。」（第二回）頹運方至，變故
漸多；寶玉在繁華豐厚中，且亦屢與「無常」覿面，先有可卿自經；
秦鐘夭逝；自又中父妾厭勝之術，幾死；繼以金釧投井；尤二姐吞
金；而所愛之侍兒晴雯又被遣，隨歿。悲涼之霧，遍被華林，然呼吸
而領會之者，獨寶玉而已。

　　……他便帶了兩個小丫頭到一石後，也不怎麼樣，只問他二人
道，「自我去了，你襲人姐姐可打發人瞧晴雯姐姐去了不曾？」
這一個答道，「打發宋媽媽瞧去了。」寶玉道，「回來說什麼？」

小丫頭道，「回來說晴雯姐姐直著脖子叫了一夜，今兒早起就閉
了眼，住了口，人事不知，也出不得一聲兒了，只有倒氣的分
兒了。」寶玉忙問道，「一夜叫的是誰？」小丫頭子道，（「一
夜叫的是娘。」寶玉拭淚道，「還叫誰？」小丫頭說，）「沒有
聽見叫別人。」寶玉道，「你糊塗，想必沒聽真。」（……因又
想：）「雖然臨終未見，如今且去靈前一拜，也算盡這五六年的
情腸。」……遂一徑出園，往前日之處來，意為停柩在內。誰
知他哥嫂見他一咽氣，便回了進去，希圖得幾兩發送例銀。王
夫人聞知，便賞了十兩銀子；又命「即刻送到外頭焚化了罷。
『女兒癆』死的，斷不可留！」他哥嫂聽了這話，一面就雇了人
來入殮，抬往城外化人廠去了。……寶玉走來撲了個空，……
自立了半天，別沒法兒，只得翻身進入園中，待回自房，甚覺
無趣，因乃順路來找黛玉，偏他不在房中。……又到蘅蕪院
中，只見寂靜無人。……仍往瀟湘館來，偏黛玉尚未回
來。……正在不知所以之際，忽見王夫人的丫頭進來找他，
說，「老爺回來了，找你呢。又得了好題目來了，快走快走！」
寶玉聽了，只得跟了出來。……彼時賈政正與眾幕友談論尋秋
之勝；又說，「臨散時忽然談及一事，最是千古佳談，『風流俊
逸忠義慷慨』八字皆備。到是個好題目，大家都要作一首挽
詞。」眾人聽了，都忙請教是何等妙題。賈政乃說，「近日有一
位恒王，出鎮青州。這恒王最喜女色，且公餘好武，因選了許
多美女，日習武事。……其姬中有一姓林行四者，姿色既冠，
且武藝更精，皆呼為林四娘，恒王最得意，遂超拔林四娘統轄
諸姬，又呼為姽嫿將軍。」眾清客都稱「妙極神奇！竟以『姽
嫿』下加『將軍』二字，更覺嫵媚風流，真絕世奇文！想這恒
王也是第一風流人物了。」……（戚本第七十八回，括弧中句

據程本補。）

　　《石頭記》結局，雖早隱現於寶玉幻夢中，而八十回僅露「悲音」，殊難必其究竟。比乾隆五十七年（1792），乃有百二十回之排印本出，改名《紅樓夢》，字句亦時有不同，程偉元序其前云，「……然原本目錄百二十卷，……爰為竭力搜羅，自藏書家甚至故紙堆中，無不留心。數年以來，僅積有二十餘卷。一日，偶於鼓擔上得十餘卷，遂重價購之。……然漶漫不可收拾，乃同友人細加釐剔，截長補短，鈔成全部，復為鐫板以公同好。《石頭記》全書至是始告成矣。」友人蓋謂高鶚，亦有序，末題「乾隆辛亥冬至後一日」，先於程序者一年。

　　後四十回雖數量止初本之半，而大故迭起，破敗死亡相繼，與所謂「食盡鳥飛獨存白地」者頗符，惟結末又稍振。寶玉先失其通靈玉，狀類失神。會賈政將赴外任，欲於寶玉娶婦後始就道，以黛玉羸弱，乃迎寶釵。姻事由王熙鳳謀劃，運行甚密，而卒為黛玉所知，咯血，病日甚，至寶玉成婚之日遂卒。寶玉知將婚，自以為必黛玉，欣然臨席，比見新婦為寶釵，乃悲歎復病。時元妃先薨；賈赦以「交通外官倚勢淩弱」革職查抄，累及榮府；史太君又尋亡；妙玉則遭盜劫，不知所終；王熙鳳既失勢，亦鬱鬱死。寶玉病亦加，一日垂絕，忽有一僧持玉來，遂蘇，見僧復氣絕，歷噩夢而覺；乃忽改行，發憤欲振家聲，次年應鄉試，以第七名中式。寶釵亦有孕，而寶玉忽亡去。賈政既葬母於金陵，將歸京師，雪夜泊舟毗陵驛，見一人光頭赤足，披大紅猩猩氈斗篷，向之下拜，審視知為寶玉。方欲就語，忽來一僧一道，挾以俱去，且不知何人作歌，云「歸大荒」，追之無有，「只見白茫茫一片曠野」而已。「後人見了這本傳奇，亦曾題過四句，為作者緣起之言更進一竿云：『說到酸辛事，荒唐愈可悲，由來同一夢，休笑世人癡。』」（第一百二十回）

　　全書所寫，雖不外悲喜之情，聚散之跡，而人物事故，則擺脫舊套，與在先之人情小說甚不同。如開篇所說：

　　空空道人遂向石頭說道，「石兄，你這一段故事，⋯⋯據我看來：第一件，無朝代年紀可考；第二件，並無大賢大忠，理朝廷治風俗的善政，其中只不過幾個異樣女子——或情，或癡，或小才微善——亦無班姑蔡女之德能。我縱鈔去，恐世人不愛看呢。」
　　石頭笑曰，「我師何太癡也！若云無朝代可考，今我師竟假借漢唐等年紀添綴，又有何難？但我想歷來野史，皆蹈一轍；莫如我不借此套，反到新鮮別致，不過只取其事體情理罷了。⋯⋯歷來野史，或訕謗君相，或貶人妻女，姦淫兇惡，不可勝數。⋯⋯至若才子佳人等書，則又千部共出一套，且其中終不能不涉於淫濫，以致滿紙『潘安子建』，『西子文君』；⋯⋯且環婢開口，即『者也之乎』，非文即理，故逐一看去，悉皆自相矛盾，大不近情理之說。竟不如我半世親睹親聞的這幾個女子，雖不敢說強似前代所有書中之人，但事蹟原委，亦可以消愁破悶也。⋯⋯至若離合悲歡，興衰際遇，則又追蹤躡跡，不敢稍加穿鑿，徒為哄人之目，而反失其真傳者。⋯⋯」（戚本第一回）

　　蓋敘述皆存本真，聞見悉所親歷，正因寫實，轉成新鮮。而世人忽略此言，每欲別求深義，揣測之說，久而遂多。今汰去悠謬不足辯，如謂是刺和珅（《譚瀛室筆記》）藏讖緯（《寄蝸殘贅》）明易象（《金玉緣》評語）之類，而著其世所廣傳者於下：
　　一、納蘭成德家事說　自來信此者甚多。陳康祺（《燕下鄉脞錄》

五）記姜宸英典康熙己卯順天鄉試獲咎事，因及其師徐時棟（號柳泉）之說云，「小說《紅樓夢》一書，即記故相明珠家事，金釵十二，皆納蘭侍禦所奉為上客者也，寶釵影高澹人；妙玉即影西溟先生：『妙』為『少女』，『姜』亦婦人之美稱；『如玉』『如英』，義可通假。……」侍禦謂明珠之子成德，後改名性德，字容若。張維屏（《詩人征略》）云，「賈寶玉蓋即容若也；《紅樓夢》所云，乃其髫齡時事。」俞樾（《小浮梅閒話》）亦謂其「中舉人止十五歲，於書中所述頗合」。然其他事蹟，乃皆不符；胡適作〈紅樓夢考證〉（《文存》三），已歷正其失。最有力者，一為姜宸英有〈祭納蘭成德文〉，相契之深，非妙玉於寶玉可比；一為成德死時年三十一，時明珠方貴盛也。

二、清世祖與董鄂妃故事說　王夢阮沈瓶庵合著之《紅樓夢索隱》為此說。其提要有云，「蓋嘗聞之京師故老云，是書全為清世祖與董鄂妃而作，兼及當時諸名王奇女也。……」而又指董鄂妃為即秦淮舊妓嫁為冒襄妾之董小宛，清兵下江南，掠以北，有寵於清世祖，封貴妃，已而夭逝；世祖哀痛，乃遁跡五臺山為僧云。孟森作〈董小宛考〉（《心史叢刊》三集），則歷摘此說之謬，最有力者為小宛生於明天啟甲子，若以順治七年入宮，已二十八歲矣，而其時清世祖方十四歲。

三、康熙朝政治狀態說　此說即發端於徐時棟，而大備於蔡元培之《石頭記索隱》。開卷即云，「《石頭記》者，清康熙朝政治小說也。作者持民族主義甚摯，書中本事，在吊明之亡，揭清之失，而尤於漢族名士仕清者寓痛惜之意。……」於是比擬引申，以求其合，以「紅」為影「朱」字；以「石頭」為指金陵；以「賈」為斥偽朝；以「金陵十二釵」為擬清初江南之名士：如林黛玉影朱彝尊，王熙鳳影余國柱，史湘雲影陳維崧，寶釵妙玉則從徐說，旁徵博引，用力甚勤。然胡適既考得作者生平，而此說遂不立，最有力者即曹雪芹為漢軍，而《石頭記》實其自敘也。

　　然謂《紅樓夢》乃作者自敘，與本書開篇契合者，其說之出實最先，而確定反最後。嘉慶初，袁枚（《隨園詩話》二）已云，「康熙中，曹練亭為江甯織造，……其子雪芹撰《紅樓夢》一書，備記風月繁華之盛。中有所謂大觀園者，即余之隨園也。」末二語蓋誇，餘亦有小誤（如以棟為練，以孫為子），但已明言雪芹之書，所記者其聞見矣。而世間信者特少，王國維（《靜庵文集》）且詰難此類，以為「所謂『親見親聞』者，亦可自旁觀者之口言之，未必躬為劇中之人物」也，迨胡適作考證，乃較然彰明，知曹雪芹實生於榮華，終於苓落，半生經歷，絕似「石頭」，著書西郊，未就而沒；晚出全書，乃高鶚續成之者矣。

　　雪芹名霑，字芹溪，一字芹圃，正白旗漢軍。祖寅，字子清，號棟亭，康熙中為江甯織造。清世祖南巡時，五次以織造署為行宮，後四次皆寅在任。然頗嗜風雅，嘗刻古書十餘種，為時所稱；亦能文，所著有《棟亭詩鈔》五卷、《詞鈔》一卷（《四庫書目》），傳奇二種（《在園雜誌》）。寅子，即雪芹父，亦為江甯織造，故雪芹生於南京。時蓋康熙末。雍正六年，卸任，雪芹亦歸北京，時約十歲。然不知何因，是後曹氏似遭巨變，家頓落，雪芹至中年，乃至貧居西郊，啜粥，但猶傲兀，時復縱酒賦詩，而作《石頭記》蓋亦此際。乾隆二十七年，子殤，雪芹傷感成疾，至除夕，卒，年四十餘（1719？―1763）。其《石頭記》尚未就，今所傳者止八十回（詳見《胡適文選》）。

　　言後四十回為高鶚作者，俞樾（《小浮梅閒話》）云，「《船山詩草》有〈贈高蘭墅鶚同年〉一首云，『豔情人自說《紅樓》。』注云，『《紅樓夢》八十回以後，俱蘭墅所補。』然則此書非出一手。按鄉會試增五言八韻詩，始乾隆朝，而書中敘科場事已有詩，則其為高君所補可證矣。」然鶚所作序，僅言「友人程子小泉過予，以其所購全書見示，且

曰，『此僕數年銖積寸累之辛心，將付剞劂，公同好。子閑且憊矣，盍分任之。』予以是書……尚不背於名教，……遂襄其役。」蓋不欲明言己出，而寮友則頗有知之者。鶚即字蘭墅，鑲黃旗漢軍，乾隆戊申舉人，乙卯進士，旋入翰林，官侍讀，又嘗為嘉慶辛酉順天鄉試同考官。其補《紅樓夢》當在乾隆辛亥時，未成進士，「閑且憊矣」，故於雪芹蕭條之感，偶或相通。然心志未灰，則與所謂「暮年之人，貧病交攻，漸漸的露出那下世光景來」（戚本第一回）者又絕異。是以續書雖亦悲涼，而賈氏終於「蘭桂齊芳」，家業復起，殊不類茫茫白地，真成乾淨者矣。

續《紅樓夢》八十回本者，尚不止一高鶚。俞平伯從戚蓼生所序之八十回本舊評中抉剔，知先有續書三十回，似敘賈氏子孫流散，寶玉貧寒不堪，「懸崖撒手」，終於為僧；然其詳不可考（《紅樓夢辨》下有專論）。或謂「戴君誠夫見一舊時真本，八十回之後，皆與今本不同，榮寧籍沒後，皆極蕭條；寶釵亦早卒，寶玉無以作家，至淪於擊柝之流。史湘雲則為乞丐，後乃與寶玉仍成夫婦。……聞吳潤生中丞家尚藏有其本。」（蔣瑞藻《小說考證》七引《續閱微草堂筆記》）此又一本，蓋亦續書。二書所補，或俱未契於作者本懷，然長夜無晨，則與前書之伏線亦不背。

此他續作，紛紜尚多，如《後紅樓夢》、《紅樓後夢》、《續紅樓夢》、《紅樓復夢》、《紅樓夢補》、《紅樓補夢》、《紅樓重夢》、《紅樓再夢》、《紅樓幻夢》、《紅樓圓夢》、《增補紅樓》、《鬼紅樓》、《紅樓夢影》等。大率承高鶚續書而更補其缺陷，結以「團圓」；甚或謂作者本以為書中無一好人，因而鑽刺吹求，大加筆伐。但據本書自說，則僅乃如實抒寫，絕無譏彈，獨於自身，深所懺悔。此固常情所嘉，故《紅樓夢》至今為人愛重，然亦常情所怪，故復有人不滿，奮起而補訂圓滿之。此足見人之度量相去之遠，亦曹雪芹之所以不可及也。仍錄

彼語，以結此篇：

　　……作者自云：因曾歷過一番夢幻之後，故將真事隱去，而借
　「通靈」之說，撰此《石頭記》一書也。……自又云：今風塵碌
　碌，一事無成，忽念及當日所有之女子，一一細考較去，覺其
　行止見識，皆出於我之上。何我堂堂鬚眉，誠不若彼裙釵女
　子？實愧則有餘，悔又無益，是大無可如何之日也。當此，則
　自欲將已往所賴天恩祖德，錦衣　之時，飫甘饜肥之日，背父
　兄教育之恩，負師友規訓之德，以致今日一技無成，半生潦倒
　之罪，編述一集，以告天下人。我之罪固不免，然閨閣中本自
　歷歷有人，萬不可因我之不肖，自己護短，一併使其泯滅。雖
　今日之茅椽蓬牖，瓦灶繩床，其晨夕風露，階柳庭花，亦未有
　妨我之襟懷，束筆閣墨；雖我未學，下筆無文，又何妨用俚語
　村言，敷衍出一段故事來，亦可使閨閣照傳，復可悅世之目，
　破人愁悶，不亦宜乎？……（戚本第一回）

第二十五篇
清之以小說見才學者

　　以小說為庋學問文章之具，與寓懲勸同意而異用者，在清蓋莫先於《野叟曝言》。其書光緒初始出，序云康熙時江陰夏氏作，其人「以名諸生貢於成均，既不得志，乃應大人先生之聘，輒祭酒帷幕中，遍歷燕晉秦隴。……繼而假道黔蜀，自湘浮漢，溯江而歸。所歷既富，於是發為文章，益有奇氣，……然首已斑矣。（自是）屏絕進取，壹意著書」，成《野叟曝言》二十卷，然僅以示友人，不欲問世，迨印行時，已小有缺失；一本獨全，疑他人補足之。二本皆無撰人名，金武祥（《江陰藝文志》凡例）則雲夏二銘作。二銘，夏敬渠之號也；光緒《江陰縣誌》（十七《文苑傳》）云，「敬渠，字懋修，諸生；英敏績學，通史經，旁及諸子百家禮樂兵刑天文算數之學，靡不淹貫。……生平足跡幾遍海內，所交盡賢豪。著有《綱目舉正》《經史餘論》《全史約編》《學古編》，詩文集若干卷。」與序所言者頗合，惟列於趙曦明之後，則乾隆中蓋尚存。

　　《野叟曝言》龐然巨帙，回數多至百五十四回，以「奮武揆文天下無雙正士熔經鑄史人間第一奇書」二十字編卷，即作者所以渾括其全書。至於內容，則如凡例言，凡「敘事，說理，談經，論史，教孝，勸忠，運籌，決策，藝之兵詩醫算，情之喜怒哀懼，講道學，辟邪說……」無所不包，而以文白為之主。白字素臣，「是錚錚鐵漢，落落奇才，吟遍江山，胸羅星斗。說他不求宦達，卻見理如漆雕；說他不會風流，卻多情如宋玉。揮毫作賦，則頡頏相如；掌談兵，則伯仲諸葛，力能扛鼎，退然如不勝衣；勇可屠龍，凜然若將隕谷。旁通歷

數，下視一行；閑涉岐黃，肩隨仲景。以朋友為性命；奉名教若神
明。真是極有血性的真儒，不識炎涼的名士。他平生有一段大本領，
是止崇正學，不信異端；有一副大手眼，是解人所不能解，言人所不
能言」（第一回）。然而明君在上，君子不窮，超擢飛騰，莫不如意。
書名辟鬼，舉手除妖，百夷懾於神威，四靈集其家囿。文功武烈，並
萃一身，天子崇禮，號曰「素父」。而仍有異術，既能易形，又工內
媚，姬妾羅列，生二十四男。男又大貴，且生百孫；孫又生子，復有
云孫。其母水氏年百歲，既見「六世同堂」，來獻壽者亦七十國；皇帝
贈聯，至稱為「鎮國衛聖仁孝慈壽宣成文母水太君」（百四十四回）。
凡人臣榮顯之事，為士人意想所能及者，此書幾畢載矣，惟尚不敢希
帝王。至於排斥異端，用力尤勁，道人釋子，多被誅夷，壇場荒涼，
塔寺毀廢，獨有「素父」一家，乃嘉祥備具，為萬流宗仰而已。

　　《野叟曙言》云是作者「抱負不凡，未得黼黻休明，至老經猷莫
展」，因而命筆，比之「野老無事，曝日清談」（凡例云）。可知衒學寄
慨，實其主因，聖而尊榮，則為抱負，與明人之神魔及佳人才子小說
面目似異，根柢實同，惟以異端易魔，以聖人易才子而已。意既誇
誕，文復無味，殊不足以稱藝文，但欲知當時所謂「理學家」之心理，
則於中頗可考見。雍正末，江陰人楊名時為雲南巡撫，其鄉人拔貢生
夏宗瀾嘗從之問《易》，以名時為李光地門人，故並宗光地而說益怪。
乾隆初，名時入為禮部尚書，宗瀾亦以經學薦授國子監助教，又歷主
他講席，仍終身師名時（《四庫書目》六及十《江陰志》十六及
十七）。稍後又有諸生夏祖熊，亦「博通群經，尤篤好性命之學，患二
氏說漫衍，因復考辨以歸於正」（《江陰志》十七）。蓋江陰自有楊名
時（卒贈太子太傅謚文定）而影響頗及於其鄉之士風；自有夏宗瀾師
楊名時而影響又頗及於夏氏之家學，大率與當時當道名公同意，崇程
朱而斥陸王，以「打僧罵道」為唯一盛業，故若文白者之言行際遇，

固非獨作者一人之理想人物矣。文白或云即作者自寓，析「夏」字作之；又有時太師，則楊名時也，其崇仰蓋承夏宗瀾之緒餘，然因此遂或誤以《野叟曝言》為宗瀾作。

　　欲於小說見其才藻之美者，則有屠紳《蟫史》二十卷。紳字賢書，號笏岩，亦江陰人，世業農。紳幼孤，而資質聰敏，年十三即入邑庠，二十成進士，尋授雲南師宗縣知縣，遷尋甸州知州，五校鄉闈，頗稱得士，後為廣州同知。嘉慶六年以候補在北京，暴疾卒於客舍，年五十八（1744—1801）。紳豪放嫉俗，生平慕湯顯祖之為人，而作吏頗酷，又好內，姬侍眾多（已上俱見《鶚亭詩話》附錄）；為文則務為古澀豔異，晦其義旨，志怪有《六合內外瑣言》，雜說有《鶚亭詩話》（見第二十二篇），皆如此。《蟫史》為長篇，署「磊砢山房原本」，金武祥（《粟香隨筆》二）云是紳作。書中有桑蠋生，蓋作者自寓，其言有云，「予，甲子生也。」與紳生年正同。開篇又云，「在昔吳儂官於粵嶺，行年大衍有奇，海隅之行，若有所得，輒就見聞傳聞之異辭，匯為一編。」且假傅鼐扞苗之事（在乾隆六十年）為主幹，則始作當在嘉慶初，不數年而畢；有五年四月小停道人序。次年，則紳死矣。

　　《蟫史》首即言閩人桑蠋生海行，舟敗墮水，流至甲子石之外澳，為捕魚人所救，引以見甘鼎。鼎官指揮，方奉檄築城防寇，求地形家，見生大喜，如其圖依甲子石為垣，遂成神奇之城，敵不能瞰。又於地穴中得三篋書，其一凡二十卷，「題曰『徹土作稼之文，歸墟野鳧氏畫』。又一篋為天人圖，題曰『眼藏須彌僧道作』。又一篋為方書，題曰『六子攜持極老人口授』。蠋生謂指揮曰，『此書明明授我主賓矣。何言之？徹土，桑也；作稼，甘也。』……營龕於秘室，置之；行則藏枕中；有所求發明，則拜而同啟視；兩人大悅。」（第一回）已而有酈天龍者為亂，自署廣州王，其黨婁萬赤有異術，則翊輔之。甘鼎進討，有龍女來助，擒天龍，而萬赤逸去。鼎以功晉位鎮撫，仍隨石玨

協剿海寇，又破交人；萬赤在交址，則仍不能得。旋擢兵馬總帥，赴
楚蜀黔廣備九股苗，遂與諸苗戰，多歷奇險，然皆勝，其一事云：

> ……須臾，苗卒大呼曰，「漢將不敢見陣耶？」季孫引五百人，
> 翼而進。兩旗忽下，地中飛出滴血雞六，向漢將啼；又六犬皆
> 火色，亦嗥聲如豺。軍士面灰死，木立，僅倚其械。矩兒飛椎
> 鑿六犬腦，皆裂。木蘭袖蛇醫，引之啄一雞，張喙死；五雞連
> 棲而不鳴。惟見瓦片所圖雞犬形，狼藉於地，實非有二物
> 也。……復至金大都督營中，則癩牛病馬各六，均有皮無毛；
> 士卒為角觸足踏者皆死，一牛齕金大都督之足，已齒陷於骨；
> 矩兒揮兩戚落牛首，齒仍不脫；木蘭急遣虎頭神鑿去其齒，足
> 骨亦折焉，令左右舁歸大營。牛馬奔突無所制，木蘭以鯉鱗帕
> 撒之，一鱗露一劍，並斫一十牛馬。其物各吐火四五尺，鱗劍
> 為之焦灼，火大延燒，牛馬皆叫囂自得。見獼猴擲身入，舉手
> 作霹靂聲，暴雨滅火，平地起水丈餘，牛馬俱浸死。木蘭喜
> 曰，「吾固知樂王子能傳滅火真人衣缽矣。」水退，見牛馬皆無
> 有，乃砌壁之破甕朱書牛馬字：是為蠱妖之「窮神盡化」
> 云。……（卷九）

婁萬赤亦在苗中，知交址將有事，潛歸。甘鼎至廣州，與撫軍區
星進擊交址。區用獷兒策，疾薄宜京，斬關而入，擒其王，交民悉
降；甘則由水道進，列營於江橋北。

> ……婁萬赤與其師李長腳鬥法於江橋南。……李長腳變金井紿
> 萬赤，即墜入，忽有鐵樹挺出，井闌撐欲破。獷兒引慶喜至，
> 出白羅巾擲樹巔，春然有聲，鐵樹不復見，李長腳復其形，覓

萬赤，臥橋畔沙石間。遂袖出白壺子一器，持向萬赤頂骨咒
曰，……咒畢，舉手振一雷。萬赤精氣已鑠，躍入江中，將隨
波出海。木蘭呼鱗介士百人追之飄浮，所在必見吆喝，乃變為
璀蛣。乘海蟹空腹，入之，以為「藏身之固」矣，交址人善撈
蟹者，得是物如箕，大喜，剖蟹將取其腹腴，一蟲隨手出，倏
墜地化為人形，俄頃長大，固儼然盲僧焉，詢之不復語。有屠
者攜刀來視，咄咄曰，「蟹腹自有『仙人』，一名『和尚』，要
是謔語；斷無別腸容此妖物，不誅戮之，吾南交禍未已也。」
揮刀斫其首。時甘君已入城，與區撫軍議班師矣；常越所部卒
持盲僧首以獻，轉告兩元戎。桑長史進曰，「斯必萬赤頭也。記
天人第二圖為大蟹浮海中，篆云『橫行自斃』。某當初疑萬赤先
亡，乃今始驗。」適李長腳入辭，視其頭笑曰，「此賊以水火陰
陽，為害中國，不死於黃鉞而死於屠刀，固犬豕之流耳。仙骨
何有哉？……」……（卷二十）

自是交址平。桑蠋生還閩；甘鼎亦棄官去，言將度庾嶺云。

《蟫史》神態，仿佛甚奇，然探其本根，則實未離於神魔小說；其
綴以褻語，固由作者稟性，而一面亦尚承明代「世情書」之流風。特
緣勉造硬語，力擬古書，成詰屈之文，遂得掩凡近之意。洪亮吉（《北
江詩話》）評其詩云，「如栽盆紅藥，蓄沼文魚。」汪琬序其《鶡亭詩
話》云，「貌淵奧而實平易，……然筆致逋峭可喜。」即謂雖華豔而乏
天趣，徒奇崛而無深意也。《蟫史》亦然，惟以其文體為他人所未試，
足稱獨步而已。

以排偶之文試為小說者，則有陳球之《燕山外史》八卷。球字蘊
齋，秀水諸生，家貧，以賣畫自給，工駢儷，喜傳奇，因有此作（《光
緒嘉興府志》五十二）。自謂「史體從無以四六為文，自我作古，極知

僭妄，……第行於稗乘，當希末減」。蓋未見張鷟《遊仙窟》（見第八篇），遂自以為獨創矣。其本成於嘉慶中（約1810），專主詞華，略以寄慨，故即取明馮夢楨所撰《賣生傳》為骨幹，加以敷衍，演為三萬一千餘言。傳略謂永樂時有賣繩祖，本燕人，就學於嘉興，悅貧女李愛姑，迎以同居；久之，父迫令就婚淄川宦族，遂絕去。愛姑復為金陵觀商所紿，輾轉落妓家，得俠士馬遜之助，終復歸賣，而大婦甚妒，虐遇之，生不能堪，偕愛姑遁去，會有唐賽兒之亂，又相失。比生復歸，則資產已空，婦亦求去，子然止存一身，而愛姑忽至，自言當日匿尼庵中，今遂返矣。是年賣生及第，累官至山東巡撫；迎愛姑入署如命婦。未幾生男，求乳媼，有應者，則前大婦也，再嫁後夫死子殤，遂困頓為賤役，而生仍優容之。然婦又設計害馬遜，主亦牽連得罪；顧終竟昭雪復官，後與愛姑皆仙去。其事殊庸陋，如一切佳人才子小說常套，而作者奮然有取，則殆緣轉折尚多，足以示行文手腕而已，然語必四六，隨處拘率，狀物敍情，俱失生氣，姑勿論六朝儷語，即較之張之作，雖無其俳諧，而亦遜其生動也。仍錄其敍賣生為父促歸，愛姑悵悵失所之辭，以備一格：

> ……其父記憶體愛犢之思，外作搏牛之勢，投鼠奚遑忌器，打鴨未免驚鴛；放苙之豚，追來入苙，喪家之犬，叱去還家。疾驅而身弱如羊，遂作補牢之計，嚴錮而人防似虎，終無出柙之時；所虞龍性難馴，拴於鐵柱，還恐猿心易動，辱以蒲鞭。由是姑也薔薇架畔，青黛將顰，薜荔牆邊，紅花欲悴，托意丁香枝上，其意誰知，寄情豆蔻梢頭，此情自喻。而乃蓮心獨苦，竹瀝將枯，卻嫌柳絮何情，漫漫似雪，轉恨海棠無力，密密垂絲。才過迎春，又經半夏，采荇采葛，只自空期，投李投桃，俱為陳跡，依稀夢裡，徒栽侍女之花，抑鬱胸前，空帶宜男之

> 草。未能蠲忿，安得忘憂？鼓殘瑟上桐絲，奚時續斷，剖破樓頭菱影，何日當歸？豈知去者益遠，望乃徒勞，昔雖音問久疏，猶同鄉井，後竟夢魂永隔，忽阻山川。室邇人遐，每切三秋之感，星移物換，僅深兩地之思。……（卷二）

至光緒初（1879），有永嘉傅聲谷注釋之，然於本文反有刪削。

雍乾以來，江南人士惕於文字之禍，因避史事不道，折而考證經子以至小學，若藝術之微，亦所不廢；惟語必征實，忌為空談，博識之風，於是亦盛。逮風氣既成，則學者之面目亦自具，小說乃「道聽塗說者之所造」，史以為「無可觀」，故亦不屑道也；然尚有一李汝珍之作《鏡花緣》。汝珍字松石，直隸大興人，少而穎異，不樂為時文，乾隆四十七年隨其兄之海州任，因師事淩廷堪，論文之暇，兼及音韻，自云「受益極多」，時年約二十。其生平交遊，頗多研治聲韻之士；汝珍亦特長於韻學，旁及雜藝，如壬遁星卜象緯，以至書法弈道多通。顧不得志，蓋以諸生終老海州，晚年窮愁，則作小說以自遣，歷十餘年始成，道光八年遂有刻本。不數年，汝珍亦卒，年六十餘（約1763—1830）。於音韻之著述有《音鑒》，主實用，重今音，而敢於變古（以上詳見新標點本《鏡花緣》卷首胡適《引論》）。蓋惟精聲韻之學而仍敢於變古，乃能居學者之列，博識多通而仍敢於為小說也；惟於小說又復論學說藝，數典談經，連篇累牘而不能自已，則博識多通又害之。

《鏡花緣》凡一百回，大略敘武后於寒中欲賞花，詔百花齊放；花神不敢抗命，從之，然又獲天譴，謫於人間，為百女子。時有秀才唐敖，應試中探花，而言官舉劾，謂與叛人徐敬業輩有舊，復被黜，因慨然有出塵之想，附其婦弟林之洋商舶遨遊海外，跋涉異域，時遇畸人，又多睹奇俗怪物，幸食仙草，「入聖超凡」，遂入山不復返。其女

小山又附舶尋父，仍曆諸異境，且經眾險，終不遇；但從山中一樵父
得父書，名之曰閨臣，約其「中過才女」後可相見；更進，則見荒塚，
曰鏡花塚；更進，則入水月村；更進，則見泣紅亭，其中有碑，上鐫
百人名姓，首史幽探，終畢全貞，而唐閨臣在第十一。人名之後有總
論，其文有云：

> 泣紅亭主人曰：以史幽探哀萃芳冠首者，蓋主人自言窮探野
> 史，嘗有所見，惜湮沒無聞，而哀群芳之不傳，因筆志
> 之。……結以花再芳畢全貞者，蓋以群芳淪落，幾至澌滅無
> 聞，今萃斯而不朽，非若花之重芳乎？所列百人，莫非瓊林琪
> 樹，合璧駢珠，故以全貞畢焉。（第四十八回）

　　閨臣不得已，遂歸；值武后開科試才女，得與試，且亦入選，名
次如碣文。於是同榜者百人大會於宗伯府，又連日宴集，彈琴賦詩，
圍棋講射，蹴鞠鬥草，行令論文，評韻譜，解《毛詩》，盡觴詠之樂。
已而有兩女子來，自云考列四等才女，而實風姨月姊化身，旋復以文
字結嫌，弄風驚其坐眾。魁星則現形助諸女；麻姑亦化為道姑，來和
解之，於是即席誦詩，皆包含坐中諸人身世，自過去及現在，以至將
來，間有哀音，聽者黯淡，然不久意解，歡笑如初。末則文芸起兵謀
匡復，才女或亦在軍，有死者；而武家軍終敗。於是中宗復位，仍尊
太后武氏為則天大聖皇帝。未幾，則天下詔，謂來歲仍開女試，並命
前科眾才女重赴「紅文宴」，而《鏡花緣》隨畢。然以上僅全域之半，
作者自云欲知「鏡中全影，且待後緣」，則當有續書，然竟未作。
　　作者命筆之由，即見於《泣紅亭記》，蓋於諸女，悲其銷沉，爰托
稗官，以傳芳烈。書中關於女子之論亦多，故胡適以為「是一部討論
婦女問題的小說，他對於這個問題的答案，是男女應該受平等的待

遇，平等的教育，平等的選舉制度」（詳見本書〈引論〉四）。其於社會制度，亦有不平，每設事端，以寓理想；惜為時勢所限，仍多迂拘，例如君子國民情，甚受作者嘆羨，然因讓而爭，矯偽已甚，生息此土，則亦勞矣，不如作詼諧觀，反有啟顏之效也。

　　……說話間，來到鬧市，只見一隸卒在那裡買物，手中拿著貨物道，「老兄如此高貨，卻討恁般賤價，教小弟買去，如何能安？務求將價加增，方好遵教。若再過謙，那是有意不肯賞光交易了。」……只聽賣貨人答道，「既承照顧，敢不仰體。但适才妄討大價，已覺厚顏；不意老兄反說貨高價賤，豈不更教小弟慚愧？況敝貨並非『言無二價』，其中頗有虛頭。俗云『漫天要價，就地還錢』。今老兄不但不減，反要加增，如此克己，只好請到別家交易，小弟實難遵命。」唐敖道，「『漫天要價，就地還錢』，原是買物之人向來俗談；至『並非言無二價，其中頗有虛頭』，亦是買者之話。不意今皆出於賣者之口，倒也有趣。」只聽隸卒又說道，「老兄以高貨討賤價，反說小弟『克己』，豈不失了忠恕之道？凡事總要彼此無欺，方為公允。試問『那個腹中無算盤』，小弟又安能受人之愚哩？」談之許久，賣貨人執意不增。隸卒賭氣，照數付價，拿了一半貨物，剛要舉步。賣貨人那裡肯依，只說「價多貨少」，攔住不放。路旁走過兩個老翁，作好作歹，從公評定，令隸卒照價拿了八折貨物，這才交易而去。……唐敖道，「如此看來，這幾個交易光景，豈非『好讓不爭』的一幅行樂圖麼？我們還打聽什麼？且到前面再去暢遊。如此美地，領略領略風景，廣廣見識，也是好的。」……（第十一回〈觀雅化閒遊君子邦〉）

　　又其羅列古典才藝，亦殊繁多，所敍唐氏父女之遊行，才女百人
之聚宴，幾占全書什七，無不廣據舊文（略見錢靜方《小說叢考》
上），歷陳眾藝，一時之事，或亙數回。而作者則甚自喜，假林之洋之
打諢，自論其書云，「這部『少子』，乃聖朝太平之世出的；是俺天朝
讀書人做的。這人就是老子的後裔。老子做的是《道德經》，講的都是
元虛奧妙。他這『少子』雖以遊戲為事，卻暗寓勸善之意，不外風人
之旨。上面載著諸子百家，人物花鳥，書畫琴棋，醫卜星相，音韻演
算法，無一不備。還有各樣燈謎，諸般酒令，以及雙陸馬吊，射鵠蹴
毬，鬥草投壺，各種百戲之類。件件都可解得睡魔，也可令人噴飯。」
（二十三回）蓋以為學術之匯流，文藝之列肆，然亦與《萬寶全書》為
鄰比矣。惟經作者匠心，剪裁運用，故亦頗有雖為古典所拘，而尚能
綽約有風致者，略引如下：

　　……多九公道，「林兄如餓，恰好此地有個充饑之物。」隨向碧
　　草叢中摘了幾枝青草。……林之洋接過，只見這草宛如韭菜，
　　內有嫩莖，開著幾朵青花，即放入口內，不覺點頭道，「這草一
　　股清香，倒也好吃。請問九公，他叫什麼名號？……」唐敖
　　道，「小弟聞得海外鵲山有青草，花如韭，名『祝餘』，可以療
　　饑。大約就是此物了。」多九公連連點頭。於是又朝前
　　走。……只見唐敖忽然路旁折了一枝青草，其葉如松，青翠異
　　常，葉上生著一子，大如芥子，把子取下，手執青草道，「舅兄
　　才吃祝餘，小弟只好以此奉陪了。」說罷，吃入腹內。又把那
　　個芥子放在掌中，吹氣一口，登時從那子中生出一枝青草來，
　　也如松葉，約長一尺，再吹一口，又長一尺，一連吹氣三口，
　　共有三尺之長，放在口邊，隨又吃了。林之洋笑道，「妹夫要這
　　樣很嚼，只怕這裡青草都被你吃盡哩。這芥子忽變青草，這是

甚故？」多九公道，「此是『躡空草』，又名『掌中芥』。取子放在掌中，一吹長一尺，再吹又長一尺，至三尺止。人若吃了，能立空中，所以叫作躡空草。」林之洋道，「有這好處，俺也吃他幾枝，久後回家，儻房上有賊，俺躡空追他，豈不省事。」於是各處尋了多時，並無蹤影。多九公道，「林兄不必找了。此草不吹不生。這空山中有誰吹氣栽他？剛才唐兄吃的，大約此子因鳥雀啄食，受了呼吸之氣，因此落地而生，並非常見之物，你卻從何尋找？老夫在海外多年，今日也是初次才見。若非唐兄吹他，老夫還不知就是躡空草哩。」……（第九回）

第二十六篇
清之狹邪小說

　　唐人登科之後，多作冶遊，習俗相沿，以為佳話，故伎家故事，文人間亦著之篇章，今尚存者有崔令欽《教坊記》及孫棨《北里志》。自明及清，作者尤夥，明梅鼎祚之《青泥蓮花記》，清余懷之《板橋雜記》尤有名。是後則揚州，吳門，珠江，上海諸豔跡，皆有錄載；且伎人小傳，亦漸侵入志異書類中，然大率雜事瑣聞，並無條貫，不過偶弄筆墨，聊遣綺懷而已。若以狹邪中人物事故為全書主幹，且組織成長篇至數十回者，蓋始見於《品花寶鑑》，惟所記則為伶人。

　　明代雖有教坊，而禁士大夫涉足，亦不得挾妓，然獨未云禁招優。達官名士以規避禁令，每呼伶人侑酒，使歌舞談笑；有文名者又揄揚讚歎，往往如狂醒，其流行於是日盛。清初，伶人之焰始稍衰，後復熾，漸乃愈益猥劣，稱為「像姑」，流品比於娼女矣。《品花寶鑑》者，刻於咸豐二年（1852），即以敘乾隆以來北京優伶為專職，而記載之內，時雜猥辭，自謂伶人有邪正，狎客亦有雅俗，並陳妍媸，固猶勸懲之意，其說與明人之凡為「世情書」者略同。至於敘事行文，則似欲以纏綿見長，風雅為主，而描摹兒女之書，昔又多有，遂復不能擺脫舊套，雖所謂上品，即作者之理想人物如梅子玉杜琴言輩，亦不外伶如佳人，客為才子，溫情軟語，累牘不休，獨有佳人非女，則他書所未寫者耳。其敘「名旦」杜琴言往梅子玉家問病時情狀云：

　　　　卻說琴言到梅宅之時，心中十分害怕，滿擬此番必有一場羞辱。及至見過顏夫人之後，不但不加呵責，倒有憐恤之心，又

命他去安慰子玉，卻也意想不到，心中一喜一悲。但不知子玉病體輕重，如何慰之？只好遵夫人之命，老著臉走到子玉房裡。見簾幃不卷，幾案生塵，一張小楠木床掛了輕綃帳。雲兒先把帳子掀開，叫聲「少爺，琴言來看你了」。子玉正在夢中，模模糊糊應了兩聲。琴言就坐在床沿，見那子玉面龐黃瘦，憔悴不堪。琴言湊在枕邊，低低叫了一聲，不覺淚湧下來，滴在子玉的臉上。只見子玉忽然呵呵一笑道：

「七月七日長生殿，夜半無人私語時。」

子玉吟了之後，又接連笑了兩笑。琴言見他夢魘如此，十分難忍，在子玉身上掀了兩掀，因想夫人在外，不好高叫，改口叫聲「少爺」。子玉猶在夢中想念，候到七月七日，到素蘭處，會了琴言，三人又好訴衷談心，這是子玉刻刻不忘，所以念出這兩句唐曲來。魂夢既酣，一時難醒，又見他大笑一會，又吟道：

「我道是黃泉碧落兩難尋……」

歌罷，翻身向內睡著。琴言看他昏到如此，淚越多了，只好呆怔怔看著，不好再叫。……（第二十九回）

　　《品花寶鑑》中人物，大抵實有，就其姓名性行，推之可知。惟梅杜二人皆假設，字以「玉」與「言」者，即「寓言」之謂，蓋著者以為高絕，世已無人足供影射者矣。書中有高品，則所以自況，實為常州人陳森書（作者手稿之《梅花夢傳奇》上，自署毗陵陳森，則「書」字或誤衍），號少逸，道光中寓居北京，出入菊部中，因拾聞見事為書三十回，然又中輟，出京漫遊，己酉（1849）自廣西復至京，始足成後半，共六十回，好事者競相傳鈔，越三年而有刻本（楊懋建《夢華瑣簿》）。

　　至作者理想之結局，則具於末一回，為名士與名旦會於九香園，
畫伶人小像為花神，諸名士為贊；諸伶又書諸名士長生祿位，各為
贊，皆刻石供養九香樓下。時諸伶已脫梨園，乃「當著眾名士之前」，
熔化釵鈿，焚棄衣裙，將爐時，「忽然一陣香風，將那灰爐吹上半空，
飄飄點點，映著一輪紅日，像無數的花朵與蝴蝶飛舞，金迷紙醉，香
氣撲鼻，越旋越高，到了半天，成了萬點金光，一閃不見」云。

　　其後有《花月痕》十六卷五十二回，題「眠鶴主人編次」，咸豐戊
午年（1858）序，而光緒中始流行。其書雖不全寫狹邪，顧與伎人特
有關涉，隱現全書中，配以名士，亦如佳人才子小說定式。略謂韋癡
珠韓荷生皆偉才碩學，遊幕並州，極相善，亦同游曲中，又各有相眷
妓，韋者曰秋痕，韓者曰采秋。韋風流文采，傾動一時，而不遇，困
頓羈旅中；秋痕雖傾心，亦終不得嫁韋。已而韋妻先歿，韋亦尋亡，
秋痕殉焉。韓則先為達官幕中上客，參機要，旋以平寇功，由舉人保
升兵科給事中，復因戰績，累遷至封侯。采秋久歸韓，亦得一品夫人
封典。班師受封之後，「高宴三日，自大將軍以至走卒，無不雀忭。」
（第五十回）而韋乃僅一子零丁，扶棺南下而已。其佈局蓋在使升沉相
形，行文亦惟以纏綿為主，但時復有悲涼哀怨之筆，交錯其間，欲於
歡笑之時，並見黯然之色，而詩詞簡啟，充塞書中，文飾既繁，情致
轉晦。符兆綸評之云，「詞賦名家，卻非說部當行，其淋漓盡致處，亦
是從詞賦中發洩出來，哀感頑豔。……」雖稍諛，然亦中其失。至結
末敘韓荷生戰績，忽雜妖異之事，則如情話未央，突來鬼語，尤為通
篇蕪累矣。

　　　……采秋道，「……妙玉稱個『檻外人』，寶玉稱個『檻內人』；
　　　妙玉住的是攏翠庵，寶玉住的是怡紅院。……書中先說妙玉怎
　　　樣清潔，寶玉常常自認濁物。不見將來清者轉濁，濁者極清？」

癡珠歎一口氣，高吟道，「『一失足成千古恨，再回頭已百年身。』」隨說道，「……就書中『賈雨村言』例之：薛者，設也；黛者，代也。設此人代寶玉以寫生，故『寶玉』二字，寶字上屬於釵，就是寶釵；玉字下系於黛，就是黛玉。釵黛直是個『子虛烏有』，算不得什麼。倒是妙玉，真是做寶玉的反面鏡子，故名之為妙。一僧一尼，暗暗影射，你道是不是呢？」采秋答應。……癡珠隨說道，「『色即是空，空即是色。』」便敲著案子朗吟道：

「銀字箏調心字香，英雄底事不柔腸？我來一切觀空處，也要天花作道場。採蓮曲裡猜蓮子，叢桂開時又見君，何必搖鞭背花去，十年心已定香熏。」

荷生不待癡珠吟完，便哈哈大笑道，「算了，喝酒罷。」說笑一回，天就亮了。癡珠用過早點，坐著采秋的車先去了。午間，得荷生柬帖云：

「頃晤秋痕，淚隨語下，可憐之至。弟再四慰解，令作緩圖。臨行，囑弟轉致閣下云，『好自靜養。耿耿此心，必有以相報也。』知關錦念，率此布聞。並呈小詩四章，求和。」

詩是七絕四首。……癡珠閱畢，便次韻和云：

「無端花事太凌遲，殘蕊傷心剩折枝，我欲替他求淨境，轉嫌風惡不全吹。蹉跎恨在夕陽邊，湖海浮沉二十年，駱馬楊枝都去也……」

正往下寫，禿頭回道，「菜市街李家著人來請，說是劉姑娘病得不好。」癡珠驚訝，便坐車赴秋心院來。秋痕頭上包著縐帕，趺坐床上，身邊放著數本書，凝眸若有所思，突見癡珠，便含笑低聲說道，「我料得你挨不上十天。其實何苦呢？」癡珠說道，「他們說你病著，叫我怎忍不來呢？」秋痕歎道，「你如今

一請就來，往後又是糾纏不清。」癡珠笑道，「往後再商量罷。」
自此，癡珠又照舊往來了。是夜，癡珠續成和韻詩，末一章有
「博得蛾眉甘一死，果然知己屬傾城」之句，至今猶誦人
口。……（第二十五回）

　　長樂謝章鋌《賭棋山莊詩集》有《題魏子安所著書後》五絕三首，
一為〈石經考〉，一為〈陝南山館詩話〉，一即〈花月痕〉（蔣瑞藻《小
說考證》八引《雷顛筆記》），因知此書為魏子安作。子安名秀仁，福
建侯官人，少負文名，而年二十餘始入泮，即連舉丙午（1864）鄉試，
然屢應進士試不第，乃遊山西陝西四川，終為成都芙蓉書院院長，因
亂逃歸，卒，年五十六（1819—1874），著作滿家，而世獨傳其〈花月
痕〉（《賭棋山莊文集》五）。秀仁寓山西時，為太原知府保眠琴教子，
所入頗豐，且多暇，而苦無聊，乃作小說，以韋癡珠自況，保偶見
之，大喜，力獎其成，遂為巨帙雲（謝章鋌《課餘續錄》一）。然所托
似不止此，卷首有太原歌妓《劉栩鳳傳》，謂「傾心於逋客，欲委身
焉」，以索值昂中止，將抑鬱憔悴死矣。則秋痕蓋即此人影子，而逋客
實魏。韋韓，又逋客之影子也，設窮達兩途，各擬想其所能至，窮或
類韋，達當如韓，故雖自寓一己，亦遂離而二之矣。
　　全書以伎女為主題者，有《青樓夢》六十四回，題「慕真山
人著」，序則云俞吟香。吟香名達，江蘇長洲人，中年頗作冶遊，後欲
出離，而世事牽纏，又不能遽去，光緒十年（1884）以風疾卒，所著
尚有《醉紅軒筆話》《花間棒》《吳中考古錄》及《閑鷗集》等（鄒弢《三
借廬筆談》四）。《青樓夢》成於光緒四年，則取吳中倡女，以發揮其
「游花國，護美人，採芹香，掇巍科，任政事，報親恩，全友誼，敦琴
瑟，撫子女，睦親鄰，謝繁華，求慕道」（第一回）之大理想，所寫非
實，從可知矣。略謂金挹香字企真，蘇州府長洲縣人，幼即工文，長

更慧美，然不娶，謂欲得「有情人」，而「當世滔滔，斯人誰與？竟使
一介寒儒，懷才不遇，公卿大夫竟無一識我之人，反不若青樓女子，
竟有慧眼識英雄於未遇時也」（本書〈題綱〉）。故挹香遊狹邪，特受
伎人愛重，指揮如意，猶南面王。例如：

> ……（挹香與二友及十二妓女）至軒中，三人重復觀玩，見其
> 中修飾，別有巧思。軒外名花綺麗，草木精神。正中擺了筵
> 席，月素定了位次，三人居中，眾美人亦序次而坐：
> 第一位鴛鴦館主人褚愛芳　第二位煙柳山人王湘雲　第三位鐵笛
> 仙袁巧雲　第四位愛雛女史朱素卿　第五位惜花春起早使者陸麗
> 春　第六位探梅女士鄭素卿　第七位浣花仙史陸文卿……第十一
> 位梅雪爭先客何月娟
> 末位護芳樓主人自己坐了；兩旁四對侍兒斟酒。眾美人傳杯弄
> 盞，極盡綢繆。挹香向慧瓊道，「今日如此盛會，宜舉一觴令，
> 庶不負此良辰。」月素道，「君言誠是，即請賜令。」挹香說
> 道，「請主人自己開令。」月素道，「豈有此理，還請你來。」
> 挹香被推不過，只得說道，「有占了。」眾美人道，「令官必須
> 先飲門面杯起令，才是。」於是十二位美人俱各斟酒一杯，奉
> 與挹香；挹香一飲而盡，乃啟口道，「酒令勝於軍令，違者罰酒
> 三巨觥！」眾美人唯唯聽命。……（第五回）

挹香亦深於情，侍疾服勞不厭，如：

> ……一日，挹香至留香閣，愛卿適發胃氣，飲食不進。挹香十
> 分不捨，忽想著過青田著有《醫門寶》四卷，尚在館中書架
> 內，其中胃氣丹方頗多，遂到館取而復至，查到「香鬱散」最

宜，令侍兒配了回來，親侍藥爐茶灶；又解了幾天館，朝夕在
留香閣陪伴。愛卿更加感激，乃口占一絕，以報抱香。……
（第二十一回）

後乃終「掇巍科」，納五妓，一妻四妾。又為養親計，捐職仕余
杭，即遷知府，則「任政事」矣。已而父母皆在府衙中跨鶴仙去；抱
香亦悟道，將入山，

  ……心中思想道，「我欲勘破紅塵，不能明告他們知道，只得一
  個私自瞞了他們，踱了出去的了。」次日寫了三封信，寄與拜
  林夢仙仲英，無非與他們留書志別的事情，又囑拜林早日代吟
  梅完其姻事。過了幾天，抱香又帶了幾十兩銀子，自己去置辦
  了道袍道服草帽涼鞋，寄在人家，重歸家裡。又到梅花館來，
  恰巧五美俱在，抱香見他們不識不知，仍舊笑嘻嘻在著那裡，
  覺心中還有些對他們不起的念頭。想了一回，歎道，「既解情
  關，有何戀戀！」……（第六十回）

遂去，羽化於天臺山，又歸家，悉度其妻妾，於是「金氏門中兩
代白日升天」（第六十一回）。其子則早掄元；舊友亦因抱香汲引，皆
仙去；而曩昔所識三十六妓，亦一一「歸班」，緣此輩「多是散花苑主
坐下司花的仙女，因為偶觸思凡之念，所以謫降紅塵，如今塵緣已
滿，應該重入仙班」（第六十四回）也。
  《紅樓夢》方板行，續作及翻案者即奮起，各竭智巧，使之團圓，
久之，乃漸興盡，蓋至道光末而始不甚作此等書。然其餘波，則所被
尚廣遠，惟常人之家，人數鮮少，事故無多，縱有波瀾，亦不適於《紅
樓夢》筆意，故遂一變，即由敘男女雜遝之狹邪以發洩之。如上述三

書，雖意度有高下，文筆有妍媸，而皆摹繪柔情，敷陳豔跡，精神所在，實無不同，特以談釵黛而生厭，因改求佳人於倡優，知大觀園者已多，則別闢情場於北裡而已。然自《海上花列傳》出，乃始實寫妓家，暴其奸譎，謂「以過來人現身說法」，欲使閱者「按跡尋蹤，心通其意，見當前之媚於西子，即可知背後之潑於夜叉，見今日之密於糟糠，即可卜他年之毒於蛇蠍」（第一回）。則開宗明義，已異前人，而《紅樓夢》在狹邪小說之澤，亦自此而斬也。

　　《海上花列傳》今有六十四回，題「雲間花也憐儂著」，或謂其人即松江韓子雲，善弈棋，嗜鴉片，旅居上海甚久，曾充報館編輯，所得筆墨之資，悉揮霍於花叢中，閱歷既深，遂洞悉此中伎倆（《小說考證》八引《談瀛室筆記》）；而未詳其名，自署雲間，則華亭人也。其書出於光緒十八年（1892），每七日印二回，遍鬻於市，頗風行。大略以趙樸齋為全書線索，言趙年十七，以訪母舅洪善卿至上海，遂游青樓，少不更事，沉溺至大困頓，旋被洪送令還。而趙又潛返，愈益淪落，至「拉洋車」。書至此為第二十八回，忽不復印。作者雖目光始終不離於趙，顧事蹟則僅此，惟因趙又牽連租界商人及浪遊子弟，雜述其沉湎征逐之狀，並及煙花，自「長三」至「花煙間」具有；略如《儒林外史》，若斷若續，綴為長篇。其訾倡女之無深情，雖責善於非所，而記載如實，絕少誇張，則固能自踐其「寫照傳神，屬辭比事，點綴渲染，躍躍如生」（第一回）之約者矣。如述趙樸齋初至上海，與張小村同赴「花煙間」時情狀云：

　　……王阿二一見小村，便攛上去嚷道，「耐好啊！騙我，阿是？耐說轉去兩三個月 ，直到仔故歇坎坎來。阿是兩三個月嘎？只怕有兩三年哉！……」小村忙陪笑央告道，「耐勤勤動氣，我搭耐說。」便湊著王阿二耳朵邊，輕輕的說話。說不到四句，王阿

二忽跳起來，沉下臉道，「耐倒乖殺哚。耐想拿件濕布衫撥來別
人著仔，耐末脫體哉，阿是？」小村發急道，「勿是呀，耐也等
我說完仔了呪。」王阿二便又爬在小村懷裡去聽，也不知咕咕
唧唧說些甚麼，只見小村說著，又努嘴，王阿二即回頭把趙樸
齋瞟了一眼，接著小村又說了幾句。王阿二道，「耐末那價
呢？」小村道，「我是原照舊。」王阿二方才罷了；立起身來，
剔亮了燈檯；問樸齋尊姓；又自頭至足，細細打量。樸齋別轉
臉去，裝做看單條。只見一個半老娘姨，一手提水銚子，一手
托兩盒煙膏，……蹭上樓來，…… 把煙盒放在煙盤裡，點了煙
燈，沖了茶碗，仍提銚子下樓自去。王阿二靠在小村身旁燒起
煙來，見樸齋獨自坐著，便說，「榻床浪來罷罷哩。」樸齋巴不
得一聲，隨向煙榻下手躺下，看著王阿二燒好一口煙，裝在槍
上，授於小村，颼颼颼直吸到底。……至第三口，小村說，「勸
吃哉。」王阿二調過槍來，授與樸齋。樸齋吸不慣，不到半
口，斗門噎住。……王阿二將籤子打通煙眼，替他把火。樸齋
趁勢捏他手腕，王阿二奪過手，把樸齋腿膀盡力摔了一把，摔
得樸齋又痠又疼又爽快。樸齋吸完煙，卻偷眼去看小村，見小
村閉著眼，朦朦朧朧，似睡非睡光景，樸齋低聲叫「小村哥」。
連叫兩聲，小村只搖手，不答應。王阿二道，「煙迷呀，隨俚去
罷。」樸齋便不叫了。……（第二回）

　　至光緒二十年，則第一至六十回俱出，進敘洪善卿於無意中見趙
拉車，即寄書於姊，述其狀。洪氏無計；惟其女曰二寶者頗能，乃與
母赴上海來訪，得之，而又皆留連不遽返。 洪善卿力勸令歸，不聽，
乃絕去。三人資斧漸盡，馴至不能歸，二寶遂為倡，名甚噪。已而遇
史三公子，云是巨富，極愛二寶，迎之至別墅消夏，謂將娶以為妻，

特須返南京略一屏當，始來迓，遂別。二寶由是謝絕他客，且貸金盛
制衣飾，備作嫁資，而史三公子竟不至。使樸齋往南京詢得消息，則
云公子新訂婚，方赴揚州親迎去矣。二寶聞信昏絕，救之始蘇，而負
債至三四千金，非重理舊業不能償，於是復攬客，見噩夢而書止。自
跋謂將續作，然不成。後半於所謂海上名流之雅集，記敘特詳，但稍
失實；至描寫他人之征逐，揮霍，及互相欺謾之狀，乃不稍遜於前
三十回。有述賴公子賞女優一節，甚得當時世態：

> ……文君改裝登場，一個門客湊趣，先喊聲「好！」不料接接
> 連連，你也喊好，我也喊好，一片聲嚷得天崩地塌，海攪江
> 翻。……只有賴公子捧腹大笑，極其得意。唱過半出，就令當
> 差的放賞。那當差的將一卷洋錢散放在巴斗內，呈賴公子過
> 目，望臺上只一撒，但聞索郎一聲響，便見許多晶瑩焜耀的東
> 西，滿台亂滾；台下這些幫閒門客又齊聲一號。文君揣知賴公
> 子其欲逐逐，心上一急，倒急出個計較來，當場依然用心的
> 唱，唱罷落場，……含笑入席。不提防賴公子一手將文君攔入
> 懷中；文君慌的推開立起，佯作怒色，卻又爬在賴公子肩膀，
> 悄悄的附耳說了幾句，賴公子連連點頭道，「曉得哉。」……
> （第四十四回）

書中人物，亦多實有，而悉隱其真姓名，惟不為趙樸齋諱。相傳
趙本作者摯友，時濟以金，久而厭絕，韓遂撰此書以謗之，印賣至第
二十八回，趙急致重賂，始輟筆，而書已風行；已而趙死，乃續作貿
利，且放筆至寫其妹為倡云。然二寶淪落，實作者豫定之局，故當開
篇趙樸齋初見洪善卿時，即敘洪問「耐有個令妹，……阿曾受茶？」
答則曰，「勿曾。今年也十五歲哉。」已為後文伏線也。光緒末至宣統

初，上海此類小說之出尤多，往往數回輒中止，殆得賂矣；而無所營求，僅欲摘發伎家罪惡之書亦興起，惟大都巧為羅織，故作已甚之辭，冀震聳世間耳目，終未有如《海上花列傳》之平淡而近自然者。

第二十七篇
清之俠義小說及公案

　　明季以來，世目《三國》、《水滸》、《西游》、《金瓶梅》為「四大奇書」，居說部上首，比清乾隆中，《紅樓夢》盛行，遂奪《三國》之席，而尤見稱於文人。惟細民所嗜，則仍在《三國》、《水滸》。時勢屢更，人情日異於昔，久亦稍厭，漸生別流，雖故發源於前數書，而精神或至正反，大旨在揄揚勇俠，讚美粗豪，然又必不背於忠義。其所以然者，即一緣文人或有憾於《紅樓》，其代表為《兒女英雄傳》；一緣民心已不通於《水滸》，其代表為《三俠五義》。

　　《兒女英雄傳評話》本五十三回，今殘存四十回，題「燕北閒人著」。馬從善序云出文康手，蓋定稿於道光中。文康，費莫氏，字鐵仙，滿洲鑲紅旗人，大學士勒保次孫也，「以資為理藩院郎中，出為郡守，洊擢觀察，丁憂旋里，特起為駐藏大臣，以疾不果行，卒於家。」家本貴盛，而諸子不肖，遂中落且至困憊。文康晚年塊處一室，筆墨僅存，因著此書以自遣。升降盛衰，俱所親歷，「故於世運之變遷，人情之反復，三致意焉。」（並序語）榮華已落，愴然有懷，命筆留辭，其情況蓋與曹雪芹頗類。惟彼為寫實，為自敘，此為理想，為敘他，加以經歷復殊，而成就遂迥異矣。書首有雍正甲寅觀鑒我齋序，謂為「格致之書」，反《西遊》等之「怪力亂神」而正之；次乾隆甲寅東海吾了翁識，謂得於春明市上，不知作者何人，研讀數四，「更於沒字處求之」，始知言皆有物，因補其闕失，弁以數言云云：皆作者假託。開篇則謂「這部評話……初名《金玉緣》；因所傳的是首善京都一樁公案，又名《日下新書》。篇中立旨立言，雖然無當於文，卻還一洗穢語

淫詞，不乖於正，因又名《正法眼藏五十三參》，初非釋家言也。後來
東海吾了翁重訂，題曰《兒女英雄傳評話》。……」（首回）多立異名，
搖曳見態，亦仍為《紅樓夢》家數也。

所謂「京都一椿公案」者，為有俠女曰何玉鳳，本出名門，而智
慧驍勇絕世，其父先為人所害，因奉母避居山林，欲伺間報仇。其怨
家曰紀獻唐，有大勳勞於國，勢甚盛。何玉鳳急切不得當，變姓名曰
十三妹，往來市井間，頗拓弛玩世；偶於旅次見孝子安驥困厄，救
之，以是相識，後漸稔。已而紀獻唐為朝廷所誅，何雖未手刃其仇而
父仇則已報，欲出家，然卒為勸沮者所動，嫁安驥。驥又有妻曰張金
鳳，亦嘗為玉鳳所拯，乃相睦如姊妹，後各有孕，故此書初名《金玉
緣》。

書中人物亦常取同時人為藍本；或取前人，如紀獻唐，蔣瑞藻
（《小說考證》八）云，「吾之意，以為紀者，年也；獻者，〈曲禮〉
云，『犬名羹獻』；唐為帝堯年號：合之則年羹堯也。……其事蹟與本
傳所記悉合。」安驥殆以自寓，或者有慨於子而反寫之。十三妹未詳，
當純出作者意造，緣欲使英雄兒女之概，備於一身，遂致性格失常，
言動絕異，矯揉之態，觸目皆是矣。如敘安驥初遇何於旅舍，慮其入
室，呼人抬石杜門，眾不能動，而何反為之運以入，即其例也：

> ……那女子又說道，「弄這塊石頭，何至於鬧的這等馬仰人翻的
> 呀？」張三手裡拿著鑷頭，看了一眼，介面說，「怎麼『馬仰人
> 翻』呢？瞧這傢伙，不這麼弄，問得動他嗎？打諒頑兒呢。」
> 那女子走到跟前，把那塊石頭端相了端相，……約莫也有個
> 二百四十斤重，原是一個碾糧食的碌碡；上面靠邊，卻有個
> 鑿通了的關眼兒。……他先挽了挽袖子，……把那石頭摺倒在
> 平地上，用右手推著一轉，找著那個關眼兒，伸進兩個指頭去

勾住了，往上只一悠，就把那二百多斤的石頭碌磚，單撒手兒
提了起來。向著張三李四說道，「你們兩個也別閒著，把這石頭
上的土給我拂落淨了。」兩個屁滾尿流，答應了一聲，連忙用
手拂落了一陣，說，「得了。」那女子才回過頭來，滿面含春的
向安公子道，「尊客，這石頭放在那裡？」安公子羞得面紅過
耳，眼觀鼻鼻觀心的答應了一聲，說，「有勞，就放在屋裡
罷。」那女子聽了，便一手提著石頭，款動一雙小腳兒，上了
臺階兒，那只手撩起了布簾，跨進門去，輕輕的把那塊石頭放
在屋裡南牆根兒底下；回轉頭來，氣不喘，面不紅，心不跳。
眾人伸頭探腦的向屋裡看了，無不吒異。……（第四回）

結末言安驥以探花及第，復由國子監祭酒簡放烏里雅蘇台參贊大
臣，未赴，又「改為學政，陛辭後即行赴任，辦了些疑難大案，政聲
載道，位極人臣，不能盡述」。因此復有人作續書三十二回，文意並
拙，且未完，云有二續，序題「不計年月無名氏」，蓋光緒二十年頃北
京書佶之所造也。

《三俠五義》出於光緒五年（1879），原名《忠烈俠義傳》，
百二十回，首署「石玉昆述」，而序則云問竹主人原藏，入迷道人編
訂，皆不詳為何如人。凡此流著作，雖意在敘勇俠之士，遊行村市，
安良除暴，為國立功，而必以一名臣大吏為中樞，以總領一切豪俊，
其在《三俠五義》者曰包拯。拯字希仁，以進士官至禮部侍郎，其間
嘗除天章閣待制，又除龍圖閣學士，權知開封府，立朝剛毅，關節不
到，世人比之閻羅，有傳在《宋史》（三百十六）。而民間所傳，則行
事率怪異，元人雜劇中已有包公「斷立太后」及「審烏盆鬼」諸異說；
明人又作短書十卷曰《龍圖公案》，亦名《包公案》，記拯借私訪夢兆
鬼語等以斷奇案六十三事，然文意甚拙，蓋僅識文字者所為。後又演

為大部，仍稱《龍圖公案》，則組織加密，首尾通連，即為《三俠五義》藍本矣。

《三俠五義》開篇，即敘宋真宗未有子，而劉李二妃俱娠，約立舉子者為正宮。劉乃與宮監郭槐密謀，俟李生子，即易以剝皮之狸貓，謂生怪物。太子則付宮人寇珠，命縊而棄諸水，寇珠不忍，竊授陳林，匿八大王所，云是第三子，始得長育。劉又讒李妃去之，忠宦多死。真宗無子，既崩，八王第三子乃入承大統，即仁宗也。書由是即進敘包拯降生，惟以前案為下文伏線而已。復次，則述拯婚宦及斷案事蹟，往往取他人故事，並附著之。比知開封，乃於民間遇李妃，發「狸貓換子」舊案，時仁宗始知李為真母，迎以歸。拯又以忠誠之行，感化豪客，如三俠，即南俠展昭，北俠歐陽春，雙俠丁兆蘭，丁兆蕙，以及五鼠，為鑽天鼠盧方，徹地鼠韓彰，穿山鼠徐慶，翻江鼠蔣平，錦毛鼠白玉堂等，率為盜俠，縱橫江湖間，或則偶入京師，戲盜禦物，人亦莫能制，顧皆先後傾心，投誠受職，協誅強暴，人民大安。後襄陽王趙珏謀反，匿其黨之盟書於沖霄樓，五鼠從巡按顏查散探訪，而白玉堂遽獨往盜之，遂墜銅網陣而死；書至此亦完。其中人物之見於史者，惟包拯八王等數人；故事亦多非實有，五鼠雖明人之《龍圖公案》及《西洋記》皆載及，而並云物怪，與此之為義士者不同，宗藩謀反，仁宗時實未有，此殆因明宸濠事而影響附會之矣。至於構設事端，頗傷稚弱，而獨於寫草野豪傑，輒奕奕有神，間或襯以世態，雜以詼諧，亦每令莽夫分外生色。值世間方飽於妖異之說，脂粉之談，而此遂以粗豪脫略見長，於說部中露頭角也。

　　……馬漢道，「喝酒是小事，但不知錦毛鼠是怎麼個人？」……展爺便將陷空島的眾人說出，又將綽號兒說與眾人聽了。公孫先生在旁，聽得明白，猛然省悟道，「此人來找大哥，卻是要與

大哥合氣的。」展爺道，「他與我素無仇隙，與我合什麼氣呢？」公孫策道，「大哥，你自想想，他們五人號稱『五鼠』，你卻號稱『御貓』，焉有貓兒不捕鼠之理？這明是嗔大哥號稱御貓之故，所以知道他要與大哥合氣。」展爺道，「賢弟所說，似乎有理。但我這『御貓』，乃聖上所賜，非是劣兄有意稱『貓』，要欺壓朋友。他若真個為此事而來，劣兄甘拜下風，從此後不稱御貓，也未為不可。」眾人尚未答言，惟趙虎正在豪飲之間，……卻有些不服氣，拿著酒杯，立起身來道，「大哥，你老素昔膽量過人，今日何自餒如此？這『御貓』二字，乃聖上所賜，如何改得？儻若是那個什麼白糖咧，黑糖咧，他不來便罷，他若來時，我燒一壺開開的水，把他沖著喝了，也去去我的滯氣。」展爺連忙擺手說，「四弟悄言。豈不聞『窗外有耳』？」剛說至此，只聽得拍的一聲，從外面飛進一物，不偏不歪，正打在趙虎擎的那個酒杯之上，只聽噹啷啷一聲，將酒杯打了個粉碎。趙爺唬了一跳，眾人無不驚駭。只見展爺早已出席，將槅扇虛掩，回身復又將燈吹滅，便把外衣脫下，裡面卻是早已結束停當的。暗暗將寶劍拿在手中，卻把槅扇假做一開，只聽拍的一聲，又是一物打在槅扇上。展爺這才把槅扇一開，隨著勁一伏身躥將出去。只覺得迎面一股寒風，嗖的就是一刀，展爺將劍扁著，往上一迎，隨招隨架，用目在星光之下仔細觀瞧，見來人穿著簇青的夜行衣靠，腳步伶俐：依稀是前在苗家集見的那人。二人也不言語，惟聽刀劍之聲，叮噹亂響。展爺不過招架，並不還手，見他刀刀逼緊，門路精奇，南俠暗暗喝彩；又想道，「這朋友好不知進退。我讓著你，不肯傷你。又何必趕盡殺絕？難道我還怕你不成？」暗道，「也叫他知道知道。」便把寶劍一橫，等刀臨近，用個「鶴唳長空勢」，用

力往上一削。只聽得嚕的一聲，那人的刀已分為兩段，不敢進
步，只見他將身一縱，已上了牆頭。展爺一躍身，也跟上
去。……（第三十九回）

當俞樾寓吳下時，潘祖蔭歸自北京，出示此本，初以為尋常俗書
耳，及閱畢，乃歎其「事蹟新奇，筆意醋恣，描寫既細入毫芒，點染
又曲中筋節，正如柳麻子說『武松打店』，初到店內無人，驀地一吼，
店中空缸空甓，皆甕甕有聲：閑中著色，精神百倍」（俞序語）。而頗
病開篇「狸貓換太子」之不經，乃別撰第一回，「援據史傳，訂正俗
說。」又以書中南俠北俠雙俠，其數已四，非三能包，加小俠艾虎，則
又成五，「而黑妖狐智化者，小俠之師也，小諸葛沈仲元者，第一百回
中盛稱其從遊戲中生出俠義來，然則此兩人非俠而何？」因復改名《七
俠五義》，於光緒已丑（1889）序而傳之，乃與初本並行，在江浙特
盛。

其年五月，復有《小五義》出於北京，十月，又出《續小五義》，
皆一百二十四回。序謂與《三俠五義》皆石玉昆原稿，得之其徒。「本
三千多篇，分上中下三部，總名《忠烈俠義傳》，原無大小之說，因上
部三俠五義為創始之人，故謂之大五義，中下二部五義即其後人出
世，故謂之小五義。」《小五義》雖續上部，而又自白玉堂盜盟單起，
略當上部之百一回；全書則以襄陽王謀反，義俠之士競謀探其隱事為
線索。是時白玉堂早被害，餘亦漸衰老，而後輩繼起，並有父風。盧
方之子珍，韓彰之子天錦，徐慶之子良，白玉堂之侄芸生，旨意外湊
聚於客舍，益以小俠艾虎，遂結為兄弟。諸人奔走道路，頗誅豪強，
終集武昌，擬共破銅網陣，未陷而書畢。《續小五義》即接敘前案，銅
網先破，叛王遂逃，而諸俠仍在江湖間誅鋤盜賊。已而襄陽王成擒，
天子論功，俠義之士皆受封賞，於是全書完。序雖云二書皆石玉昆舊

本，而較之上部，則中部荒率殊甚，入下又稍細，因疑草創或出一
人，潤色則由眾手，其伎倆有工拙，故正續遂差異也。

　　且說徐慶天然的性氣一沖的性情，永不思前想後，一時不順，
　　他就變臉，把桌子一扳，嘩喇一聲，碗盞皆碎。鐘雄是泥人，
　　還有個土性情，拿住了你們，好眼相看，擺酒款待，你倒如
　　此，難怪他怒發。指著三爺道，「你這是怎樣了？」三爺說，
　　「這是好的哪。」寨主說，「不好便當怎樣？」三爺說，「打
　　你！」話言未了，就是一拳。鍾雄就用指尖往三爺肋下一點。
　　「哎喲！」噗咚！三爺就躺於地下。焉知曉鐘寨主用的是「十二
　　支講關法」，又叫「閉血法」，俗語就叫「點穴」。三爺心裡明
　　白，不能動轉。鐘雄拿腳一踢，吩咐綁起來。三爺周身這才活
　　動，又教人捆上了五花大綁。展南俠自己把二臂往後一背，
　　說，「你們把我捆上！」眾人有些不肯，又不能不捆。鐘雄傳
　　令，推在丹鳳橋梟首。內中有人嚷道，「刀下留人！」……（《小
　　五義》第十七回）
　　且說黑妖狐智化與小諸葛沈仲元二人暗地商議，獨出己見，要
　　去上王府盜取盟單。……（智化）爬伏在懸籠之上，晃千里火
　　照明：下面是一個方匣子，……上頭有一個長方的硬木匣子，
　　兩邊有個如意金環。伸手揪住兩個金環，往懷中一帶，只聽上
　　面嗑一聲，下來了一口月牙式鍘刀。智化把眼睛一閉，也不敢
　　往前躥，也不敢往後縮，正在腰脊骨中噹啷的一聲，智化以為
　　是腰斷兩截，慢慢睜開眼睛一看，卻不覺著疼痛，就是不能動
　　轉。列公，這是什麼緣故？皆因他是月牙式樣；若要是鍘草的
　　鍘刀，那可就把人鍘為兩段。此刀當中有一個過隴兒，也不至
　　於甚大；又對著智爺的腰細；又對著解了百寶囊，底下沒有束

西墊著；又有背後背著這一口刀，連皮鞘帶刀尖，正把腰脊骨
護住。……總而言之：智化命不該絕。可把沈仲元嚇了個膽裂
魂飛。……（《續小五義》第一回）

　　大小五義之書既盡出，乃即見《正續小五義全傳》刊行，凡十五
卷六十回，前有光緒壬辰（1892）繡谷居士序。其本即取《小五義》
及續書，合為一部，去其復重，又汰其鋪敘，省略成十三卷五十二
回。末二卷八回則謂襄陽王將就擒，而又逸去，至紅羅山，舉兵復
戰，乃始敗亡，是二書之所無，實為蛇足。行文敘事，亦雖簡明有
加，而原有之游詞餘韻，刊落甚多，故神采則轉遜矣。

　　包拯顏查散而外，以他人為全書樞軸者，在先亦已嘗有。道光
十八年（1838），有《施公案》八卷九十七回，一名《百斷奇觀》，記
康熙時施仕綸（當作世綸）為泰州知州至漕運總督時行事，文意俱拙，
略如明人之《包公案》，而稍加曲折，一案或亙數回；且斷案之外，又
有遇險，已為俠義小說先導。至光緒十七年（1891），則有《彭公案》
二十四卷一百回，為貪夢道人作，述彭朋（當作鵬）於康熙中為三河
縣知縣，洊擢河南巡撫，回京出查大同要案等故事，亦不外賢臣微
行，豪傑盜寶之類，而字句拙劣，幾不成文。

　　其他類似《三俠五義》之書尚甚夥，通行者有《永慶升平》
九十七回，為潞河郭廣瑞錄哈輔源演說，敘康熙帝變裝私訪，及除邪
教，平逆匪諸案；尋有續一百回，亦貪夢道人作。又有《聖朝鼎盛萬
年青》八集，共七十六回，無撰人名，則記康熙帝以大政付劉墉陳宏
謀，自遊江南，歷遇奸徒執法，英傑效忠之事。余如《英雄大八義》、
《英雄小八義》、《七劍十三俠》、《七劍十八義》等，其類尚多，大率
出光緒二十年頃。後又有《劉公案》（劉墉），《李公案》（李丙寅當作
秉衡）；而《施公案》亦續至十集，《彭公案》續至十七集；《七俠五義》

則續至二十四集，千篇一律，語多不通，甚至一人之性格，亦先後頓異，蓋歷經眾手，共成惡書，漫不加察，遂多矛盾矣。

《三俠五義》及其續書，繪聲狀物，甚有平話習氣，《兒女英雄傳》亦然。郭廣瑞序《永慶升平》云，「余少游四海，常聽評詞演《永慶升平》一書，……國初以來，有此實事流傳，咸豐年間有姜振名先生，乃評談今古之人，嘗演說此書，未能有人刊刻，傳流於世。余常聽哈輔源先生演說，熟記在心，閒暇之時，錄成四卷。……」《小五義》序亦謂與《三俠五義》皆石玉昆原稿，得之其徒，則石玉昆殆亦咸豐時說話人，與姜振名各專一種故事。文康習聞說書，擬其口吻，於是《兒女英雄傳》遂亦特有「演說」流風。是俠義小說之在清，正接宋人話本正脈，固平民文學之歷七百餘年而再興者也。惟後來僅有擬作及續書，且多濫惡，而此道又衰落。

清初，流寇悉平，遺民未忘舊君，遂漸念草澤英雄之為明宣力者，故陳忱作《後水滸傳》，則使李俊去國而王於暹羅（見第十五篇）。歷康熙至乾隆百三十餘年，威力廣被，人民懾服，即士人亦無貳心，故道光時俞萬春作《結水滸傳》，則使一百八人無一倖免（亦見第十五篇），然此尚為僚佐之見也。《三俠五義》為市井細民寫心，乃似較有《水滸》餘韻，然亦僅其外貌，而非精神。時去明亡已久遠，說書之地又為北京，其先又屢平內亂，遊民輒以從軍得功名，歸耀其鄉里，亦甚動野人歆羨，故凡俠義小說中之英雄，在民間每極粗豪，大有綠林結習，而終必為一大僚隸卒，供使令奔走以為寵榮，此蓋非心悅誠服，樂為臣僕之時不辦也。然當時於此等書，則以為「善人必獲福報，惡人總有禍臨，邪者定遭凶殃，正者終逢吉庇，報應分明，昭彰不爽，使讀者有拍案稱快之樂，無廢書長歎之時……」（《三俠五義》及《永慶升平》序）云。

而其時歐人之力又侵入中國。

第二十八篇
清末之譴責小說

　　光緒庚子（1900）後，譴責小說之出特盛。蓋嘉慶以來，雖屢平內亂（白蓮教、太平天國、捻、回），亦屢挫於外敵（英、法、日），細民暗昧，尚啜茗聽平逆武功，有識者則已翻然思改革，憑敵愾之心，呼維新與愛國，而於「富強」尤致意焉。戊戌變政既不成，越二年即庚子歲而有義和團之變，群乃知政府不足與圖治，頓有掊擊之意矣。其在小說，則揭發伏藏，顯其弊惡，而於時政，嚴加糾彈，或更擴充，並及風俗。雖命意在於匡世，似與諷刺小說同倫，而辭氣浮露，筆無藏鋒，甚且過甚其辭，以合時人嗜好，則其度量技術之相去亦遠矣，故別謂之譴責小說。其作者，則南亭亭長與我佛山人名最著。

　　南亭亭長為李寶嘉，字伯元，江蘇武進人，少擅制藝及詩賦，以第一名入學，累舉不第，乃赴上海辦《指南報》，旋輟，別辦《遊戲報》，為俳諧嘲罵之文，後以「鋪底」售之商人，又別辦《海上繁華報》，記注倡優起居，並載詩詞小說，殊盛行。所著有〈庚子國變彈詞〉若干卷，《海天鴻雪記》六本，《李蓮英》一本，《繁華夢》《活地獄》各若干本。又有專意斥責時弊者曰《文明小史》，分刊於《繡像小說》中，尤有名。時正庚子，政令倒行，海內失望，多欲索禍患之由，責其罪人以自快，寶嘉亦應商人之托，撰《官場現形記》，擬為十編，編十二回，自光緒二十七至二十九年中成三編，後二年又成二編，三十二年三月以瘵卒，年四十（1867—1906），書遂不完；亦無子，伶人孫菊仙為理其喪，酬《繁華報》之揄揚也。嘗被薦應經濟特科，不赴，時以為高；又工篆刻，有《芋香印譜》行於世（見周桂笙

《新庵筆記》三，李祖傑致胡適書及顧頡剛《讀書雜記》等）。

　　《官場現形記》已成者六十回，為前半部，第三編印行時（1903）有自序，略謂「亦嘗見夫官矣，送迎之外無治績，供張之外無才能，忍饑渴，冒寒暑，行香則天明而往，稟見則日昃而歸，卒不知其何所為而來，亦卒不知其何所為而去。」歲或有凶災，行振恤，又「皆得援救助之例，邀獎勵之恩，而所謂官者，乃日出而未有窮期」。及朝廷議汰除，則「上下蒙蔽，一如故舊，尤其甚者，假手宵小，授意私人，因苞苴而通融，緣賄賂而解釋：是欲除弊而轉滋之弊也」。於是群官搜括，小民困窮，民不敢言，官乃愈肆，「南亭亭長有東方之諧謔，與淳於之滑稽，又熟知夫官之齷齪卑鄙之要凡，昏聵糊塗之大旨」，爰「以含蓄蘊釀存其忠厚，以酣暢淋漓闡其隱微，……窮年累月，殫精竭誠，成書一帙，名曰《官場現形記》。……凡神禹所不能鑄之於鼎，溫嶠所不能燭之以犀者，無不畢備也」。故凡所敘述，皆迎合，鑽營，朦混，羅掘，傾軋等故事，兼及士人之熱心於作吏，及官吏閨中之隱情。頭緒既繁，腳色復夥，其記事遂率與一人俱起，亦即與其人俱訖，若斷若續，與《儒林外史》略同。然臆說頗多，難云實錄，無自序所謂「含蓄蘊釀」之實，殊不足望文木老人後塵。況所搜羅，又僅「話柄」，聯綴此等，以成類書；官場伎倆，本小異大同，匯為長編，即千篇一律。特緣時勢要求，得此為快，故《官場現形記》乃驟享大名；而襲用「現形」名目，描寫他事，如商界學界女界者亦接踵也。今錄南亭亭長之作八百餘言為例，並以概餘子：

　　　　……卻說賈大少爺，……看看已到了引見之期，頭天赴部演
　　　　禮，一切照例儀注，不庸細述。這天賈大少爺起了一個半夜，
　　　　坐車進城，……一直等到八點鐘，才有帶領引見的司官老爺把
　　　　他帶了進去，不知走到一個甚麼殿上，司官把袖一摔，他們一

班幾個人在臺階上一溜跪下，離著上頭約摸有二丈遠，曉得坐在上頭的就是「當今」了。……他是道班，又是明保的人員，當天就有旨，叫他第二天預備召見。……賈大少爺雖是世家子弟，然而今番乃是第一遭見皇上，雖然請教過多少人，究竟放心不下。當時引見了下來，先看見華中堂。華中堂是收過他一萬銀子古董的，見了面問長問短，甚是關切。後來賈大少爺請教他道，「明日朝見，門生的父親是現任臬司，門生見了上頭，要碰頭不要碰頭？」華中堂沒有聽見上文，只聽得「碰頭」二字，連連回答道，「多碰頭，少說話：是做官的祕訣。」賈大少爺忙分辨道，「門生說的是上頭問著門生的父親，自然要碰頭；倘不問，也要碰頭不要碰頭？」華中堂道，「上頭不問你，你千萬不要多說話；應該碰頭的地方，又萬萬不要忘記不碰，就是不該碰，你多磕頭，總沒有處分的。」一席話說得賈大少爺格外糊塗，意思還要問，中堂已起身送客了。賈大少爺只好出來，心想華中堂事情忙，不便煩他，不如去找黃大軍機，……或者肯賜教一二。誰知見了面，賈大少爺把話才說完，黃大人先問「你見過中堂沒有？他怎麼說的？」賈大少爺照述一遍，黃大人道，「華中堂閱歷深，他叫你多碰頭少說話，老成人之見，這是一點兒不錯的。」……賈大少爺無法，只得又去找徐大軍機。這位徐大人，上了年紀，兩耳重聽，就是有時候聽得兩句，也裝作不知。他平生最講究養心之學，有兩個訣竅：一個是「不動心」，一個是「不操心」。……後來他這個訣竅被同寅中都看穿了，大家就送他一個外號，叫他做「琉璃蛋」。……這日賈大少爺……去求教他，見面之後，寒暄了幾句，便題到此事。徐大人道，「本來多碰頭是頂好的事。就是不碰頭，也使得。你還是應得碰頭的時候，你碰頭；不必碰的時候，還是不

必碰的為妙。」賈大少爺又把華黃二位的話述了一遍，徐大人道，「他兩位說的話都不錯。你便照他二位的話，看事行事，最妥。」說了半天，仍舊說不出一毫道理，只得又退了下來。後來一直找到一位小軍機，也是他老人家的好友，才把儀注說清。第二天召見上去，居然沒有出岔子。……（第二十六回）

　　我佛山人為吳沃堯，字繭人，後改趼人，廣東南海人也，居佛山鎮，故自稱「我佛山人」。年二十餘至上海，常為日報撰文，皆小品；光緒二十八年新會梁啟超印行《新小說》於日本之橫濱，月一冊，次年（1903），沃堯乃始學為長篇，即以寄之，先後凡數種，曰《電術奇談》，曰《九命奇冤》，曰《二十年目睹之怪現狀》，名於是日盛，而末一種尤為世間所稱。後客山東，遊日本，皆不得意，終復居上海；三十二年，為《月月小說》主筆，撰《劫餘灰》、《發財秘訣》、《上海遊驂錄》；又為《指南報》作《新石頭記》。又一年，則主持廣志小學校，甚盡力於學務，所作遂不多。宣統紀元，始成《近十年之怪現狀》二十回，二年九月遽卒，年四十五（1866—1910）。別有《恨海》、《胡寶玉》二種，先皆單行；又嘗應商人之托，以三百金為撰《還我靈魂記》頌其藥，一時頗被訾議，而文亦不傳（見《新庵筆記》三，《近十年之怪現狀》自序，《我佛山人筆記》汪維甫序）。短文非所長，後因名重，亦有人綴集為《趼廛筆記》、《趼人十三種》、《我佛山人筆記四種》、《我佛山人滑稽談》、《我佛山人箚記小說》等。

　　《二十年目睹之怪現狀》本連載於《新小說》中，後亦與《新小說》俱輟，光緒三十三年乃有單行本甲至丁四卷，宣統元年又出戊至辛四卷，共一百八回。全書以自號「九死一生」者為線索，歷記二十年中所遇，所見，所聞天地間驚聽之事，綴為一書，始自童年，末無結束，雜集「話柄」，與《官場現形記》同。而作者經歷較多，故所敘

之族類亦較夥，官師士商，皆著於錄，搜羅當時傳說而外，亦販舊作（如〈鍾馗捉鬼傳〉之類），以為新聞。自云「只因我出來應世的二十年中，回頭想來，所遇見的只有三種東西：第一種是蛇蟲鼠蟻；第二種是豺狼虎豹；第三種是魑魅魍魎。」（第一回）則通本所述，不離此類人物之言行可知也。相傳吳沃堯性強毅，不欲下於人，遂坎坷沒世，故其言殊慨然。惜描寫失之張惶，時或傷於溢惡，言違真實，則感人之力頓微，終不過連篇「話柄」，僅足供閒散者談笑之資而已。其敘北京同寓人符彌軒之虐待其祖云：

> ……到了晚上，各人都已安歇，我在枕上隱隱聽得一陣喧嚷的聲音出在東院裡。……嚷了一陣，又靜了一陣，靜了一陣，又嚷一陣，雖是聽不出所說的話來，卻只覺得耳根不清淨，睡不安穩。……直等到自鳴鐘報了三點之後，方才朦朧睡去；等到一覺醒來，已是九點多鐘了。連忙起來，穿好衣服，走出客堂，只見吳亮臣李在茲和兩個學徒，一個廚子，兩個打雜，圍在一起竊竊私議。我忙問是甚麼事。……亮臣正要開言，在茲道，「叫王三說罷，省了我們費嘴。」打雜王三便道，「是東院符老爺家的事。昨天晚上半夜裡我起來解手，聽見東院裡有人吵嘴，……就摸到後院裡，……往裡面偷看：原來符老爺和符太太對坐在上面，那一個到我們家裡討飯的老頭兒坐在下面，兩口子正罵那老頭子呢。那老頭子低著頭哭，只不做聲。符太太罵得最出奇，說道，『一個人活到五六十歲，就應該死的了，從來沒見過八十多歲人還活著的。』符老爺道，『活著倒也罷了。無論是粥是飯，有得吃吃點，安分守己也罷了；今天嫌粥了，明天嫌飯了，你可知道要吃的好，喝的好，穿的好，是要自己本事掙來的呢。』那老頭子道，『可憐我並不求好吃好喝，

只求一點兒鹹菜罷了。』符老爺聽了，便直跳起來，說道，『今
日要鹹菜，明日便要鹹肉，後日便要雞鵝魚鴨，再過些時，便
燕窩魚翅都要起來了。我是個沒補缺的窮官兒，供應不起！』
說到那裡，拍桌子打板凳的大罵。……罵夠了一回，老媽子開
上酒菜來，擺在當中一張獨腳圓桌上。符老爺兩口子對坐著喝
酒，卻是有說有笑的。那老頭子坐在底下，只管抽抽咽咽的
哭。符老爺喝兩杯，罵兩句；符太太只管拿骨頭來逗叭兒狗
頑。那老頭子哭喪著臉，不知說了一句什麼話，符老爺登時大
發雷霆起來，把那獨腳桌子一掀，訇訇一聲，桌上的東西翻了
個滿地，大聲喝道，『你便吃去！』那老頭子也太不要臉，認真
就爬在地下拾來吃。符老爺忽的站了起來，提起坐的凳子，對
準了那老頭子摔去。幸虧站著的老媽子搶著過來接了一接，雖
然接不住，卻擋去勢子不少。那凳子雖然還摔在那老頭子的頭
上，卻只摔破了一點頭皮。倘不是那一擋，只怕腦子也磕出來
了。」我聽了這一番話，不覺嚇了一身大汗，默默自己打主
意。到了吃飯時，我便叫李在茲趕緊去找房子，我們要搬家
了。……（第七十四回）

　　吳沃堯之所撰著，惟《恨海》、《劫餘灰》，及演述譯本之《電術
奇談》等三種，自云是寫情小說，其他悉此類，而譴責之度稍不同。
至於本旨，則緣借筆墨為生，故如周桂笙（《新庵筆記》三）言，亦
「因人，因地，因時，各有變態」，但其大要，則在「主張恢復舊道德」
（見《新庵譯屑》評語）云。
　　又有《老殘遊記》二十章，題「洪都百煉生」著，實劉鶚之作也，
有光緒丙午（1906）之秋於海上所作序；或云本末完，末數回乃其子
續作之。鶚字鐵雲，江蘇丹徒人，少精算學，能讀書，而放曠不守繩

墨，後忽自悔，閉戶歲餘，乃行醫於上海，旋又棄而學賈，盡喪其資。光緒十四年河決鄭州，鶚以同知投效於吳大澂，治河有功，聲譽大起，漸至以知府用。在北京二年，上書請敷鐵道；又主張開山西礦，既成，世俗交謫，稱為「漢奸」。庚子之亂，鶚以賤值購太倉儲粟於歐人，或云實以振饑困者，全活甚眾；後數年，政府即以私售倉粟罪之，流新疆死（約1850—1910，詳見羅振玉《五十日夢痕錄》）。其書即借鐵英號老殘者之遊行，而歷記其言論聞見，敘景狀物，時有可觀，作者信仰，並見於內，而攻擊官吏之處亦多。其記剛弼誤認魏氏父女為謀斃一家十三命重犯，魏氏僕行賄求免，而剛弼即以此證實之，則摘發所謂清官者之可恨，或尤甚於贓官，言人所未嘗言，雖作者亦甚自憙，以為「贓官可恨，人人知之，清官尤可恨，人多不知。蓋贓官自知有病，不敢公然為非；清官則自以為不要錢，何所不可？剛愎自用，小則殺人，大則誤國，吾人親目所見，不知凡幾矣。試觀徐桐李秉衡，其顯然者也。……歷來小說，皆揭贓官之惡。有揭清官之惡者，自《老殘遊記》始」也。

　　……那衙役們早將魏家父女帶到，卻都是死了一半的樣子。兩人跪到堂上，剛弼便從懷裡摸出那個一千兩銀票並那五千五百兩憑據，……叫差役送與他父女們看，他父女回說「不懂，這是甚麼緣故？」……剛弼哈哈大笑道，「你不知道，等我來告訴你，你就知道了。昨兒有個胡舉人來拜我，先送一千兩銀子，道，你們這案，叫我設法兒開脫；又說，如果開脫，銀子再要多些也肯。……我再詳細告訴你，倘若人命不是你謀害的，你家為甚麼肯拿幾千兩銀子出來打點呢？這是第一據。……倘人不是你害的，我告訴他，『照五百兩一條命計算，也應該六千五百兩。』你那管事的就應該說，『人命實不是我家害的，

如蒙委員代為昭雪，七千八千俱可，六千五百兩的數目卻不敢
答應。』怎麼他毫無疑義，就照五百兩一條命算帳呢？這是第
二據。我勸你們，早遲總得招認，免得饒上許多刑具的苦楚。」
那父女兩個連連叩頭說，「青天大老爺。實在是冤枉。」剛弼把
桌子一拍，大怒道，「我這樣開導，你們還是不招？再替我夾拶
起來！」底下差役炸雷似的答應了一聲「嗄！」……正要動刑。
剛弼又道，「慢著。行刑的差役上來，我對你說。……你們伎
倆，我全知道。你們看那案子是不要緊的呢，你們得了錢，用
刑就輕，讓犯人不甚吃苦。你們看那案情重大，是翻不過來的
了，你們得了錢，就猛一緊，把犯人當堂治死，成全他個整屍
首，本官又有個嚴刑斃命的處分。我是全曉得的。今日替我先
拶賈魏氏，只不許拶得他發昏，但看神色不好就松刑，等他回
過氣來再拶。預備十天工夫，無論你什麼好漢，也不怕你不
招！」……（第十六章）

　　《孽海花》以光緒三十三年載於《小說林》，稱「歷史小說」，署
「愛自由者發起，東亞病夫編述」。相傳實常熟舉人曾樸字孟樸者所
為。第一回猶楔子，有六十回全目，自金　掄元起，即用為線索，雜
敘清季三十年間遺聞逸事；後似欲以豫想之革命收場，而忽中止，旋
合輯為書十卷，僅二十回。金汮謂吳縣洪鈞，嘗典試江西，丁憂歸，
過上海，納名妓傅彩雲為妾，後使英，攜以俱去，稱夫人，頗多話
柄。比洪歿於北京，傅復赴上海為妓，稱曹夢蘭，又至天津，稱賽金
花，庚子之亂，為聯軍統帥所昵，勢甚張。書於洪、傅特多惡謔，並
寫當時達官名士模樣，亦極淋漓，而時復張大其詞，如凡譴責小說通
病；惟結構工巧，文采斐然，則其所長也。書中人物，幾無不有所影
射；使撰人誠如所傳，則改稱李純客者實其師李慈銘字蒪客（見曾之

撰《越縵堂駢體文集序》），親炙者久，描寫當能近實，而形容時復過度，亦失自然，蓋尚增飾而賤白描，當日之作風固如此矣。即引為例：

……卻說小燕便服輕車，叫車夫徑到城南保安寺街而來。那時秋高氣爽，塵軟蹄輕，不一會，已到了門口。把車停在門前兩棵大榆樹陰下。家人方要通報，小燕搖手說「不必」，自己輕跳下車。正跨進門，瞥見門上新貼一副淡紅朱砂箋的門對，寫得英秀瘦削，歷落傾斜的兩行字，道：

　　保安寺街藏書十萬卷

　　戶部員外補闕一千年

小燕一笑。進門一個影壁；繞影壁而東，朝北三間倒廳；沿倒廳廊下一直進去，一個秋葉式的洞門；洞門裡面，方方一個小院落。庭前一架紫藤，綠葉森森，滿院種著木芙蓉，紅豔嬌酣，正是開花時候。三間靜室，垂著湘簾，悄無人聲。那當兒恰好一陣微風，小燕覺得在簾縫裡透出一股藥煙，清香沁鼻。掀簾進去，卻見一個椎結小童，正拿著把破蒲扇，在中堂東壁邊煮藥哩。見小燕進來，正要起立。只聽房裡高吟道，「淡墨羅巾燈畔字，小風鈴佩夢中人。」小燕一腳跨進去，笑道，「『夢中人』是誰呢？」一面說，一面看，只見純客穿著件半舊熟羅半截衫，踏著草鞋，本來好好兒，一手持著短鬚，坐在一張舊竹榻上看書。看見小燕進來，連忙和身倒下，伏在一部破書上發喘，顫聲道，「呀，怎麼小翁來，老夫病體竟不能起迓，怎好怎好？」小燕道，「純老清恙，幾時起的？怎麼兄弟連影兒也不知？」純客道，「就是諸公定議替老夫做壽那天起的。可見老夫福薄，不克當諸公盛意。雲臥園一集，只怕今天去不成了。」小燕道，「風寒小疾，服藥後當可小痊。還望先生速駕，以慰諸

君渴望。」小燕說話時，卻把眼偷瞧，只見榻上枕邊拖出一幅長箋，滿紙都是些抬頭。那抬頭卻奇怪，不是「閣下」「臺端」，也非「長者」「左右」，一迭連三，全是「妄人」兩字。小燕覺得詫異，想要留心看他一兩行，忽聽秋葉門外有兩個人，一路談話，一路躡手躡腳的進來。那時純客正要開口，只聽竹簾子拍的一聲。正是：十丈紅塵埋俠骨，一簾秋色養詩魂。不知來者何人，且聽下回分解。（第十九回）

《孽海花》亦有他人續書（《碧血幕》、《續孽海花》），皆不稱。

此外以抉摘社會弊惡自命，撰作此類小說者尚多，顧什九學步前數書，而甚不逮，徒作譙呵之文，轉無感人之力，旋生旋滅，亦多不完。其下者乃至丑詆私敵，等於謗書；又或有嫚罵之志而無抒寫之才，則遂墮落而為「黑幕小說」。

後記

　　右《中國小說史略》二十八篇，其第一至第十五篇，以去年十月中印訖，已而於朱彝尊《明詩綜》卷八十知雁宕山樵陳忱字遐心，胡適為《後水滸傳序》考得其事尤眾；於謝無量《平民文學之兩大文豪》第一編知《說唐傳》舊本題廬陵羅本撰，《粉妝樓》相傳亦羅貫中作，惜得見在後，不及增修。其第十六篇以下草稿，則久置案頭，時有更定。然識力儉隘，觀覽又不周洽，不特於明清小說闕略尚多，即近時作者如魏子安、韓子雲輩之名，亦緣他事相率，未遑博訪。況小說初刻多有序跋，可借知成書年代及其撰人，而舊本希觀，僅獲新書，賈人草率，於本文之外，大率刊落；用以編錄，亦復依據寡薄，時慮訛謬，惟更歷歲月，或能小小妥帖耳。而時會交迫，當復印行，乃任其不備，輒付排印。顧疇昔所懷將以助聽者之聆察、釋寫生之煩勞之志願，則於是乎畢矣。

一九二四年三月三日校竟記。

附錄
魏晉風度及文章與藥及酒之關係

〔說明〕本篇記錄稿最初發表於一九二七年八月十一、十二、十三、十五、十六、十七日廣州《民國日報》副刊《現代青年》第一七三至一七八期；改定稿發表於一九二七年十一月十六日《北新》半月刊第二卷二號。現據人民文學出版社一九八一年版《魯迅全集》收錄。

——九月間在廣州夏期學術演講會講

我今天所講的，就是黑板上寫著的這樣一個題目。

中國文學史，研究起來，可真不容易，研究古的，恨材料太少，研究今的，材料又太多，所以到現在，中國較完全的文學史尚未出現。今天講的題目是文學史上的一部分，也是材料太少，研究起來很有困難的地方。因為我們想研究某一時代的文學，至少要知道作者的環境，經歷和著作。

漢末魏初這個時代是很重要的時代，在文學方面起一個重大的變化，因當時正在黃巾和董卓大亂之後，而且又是黨錮的糾紛之後，這時曹操出來了。——不過我們講到曹操，很容易就聯想起《三國志演義》，更而想起戲臺上那一位花面的奸臣，但這不是觀察曹操的真正方法。現在我們再看歷史，在歷史上的記載和論斷有時也是極靠不住的，不能相信的地方很多，因為通常我們曉得，某朝的年代長一點，其中必定好人多；某朝的年代短一點，其中差不多沒有好人。為什麼呢？因為年代長了，做史的是本朝人，當然恭維本朝的人物了，年代

短了，做史的是別朝的人，便很自由地貶斥其異朝的人物，所以在秦朝，差不多在史的記載上半個好人也沒有。曹操在史上的年代也是頗短的，自然也逃不了被後一朝人說壞話的公例。其實，曹操是一個很有本事的人，至少是一個英雄，我雖不是曹操一黨，但無論如何，總是非常佩服他。

研究那時的文學，現在較為容易了，因為已經有人做過工作：在文集一方面有清嚴可均輯的〈全上古三代秦漢三國晉南北朝文〉。其中於此有用的，是《全漢文》、《全三國文》、《全晉文》。

在詩一方面有丁福保輯的《全漢三國晉南北朝詩》。——丁福保是做醫生的，現在還在。

輯錄關於這時代的文學評論有劉師培編的《中國中古文學史》。這本書是北大的講義，劉先生已死，此書由北大出版。

上面三種書對於我們的研究有很大的幫助。能使我們看出這時代的文學的確有點異彩。

我今天所講，倘若劉先生的書裡已詳的，我就略一點；反之，劉先生所略的，我就較詳一點。

董卓之後，曹操專權。在他的統治之下，第一個特色便是尚刑名。他的立法是很嚴的，因為當大亂之後，大家都想做皇帝，大家都想叛亂，故曹操不能不如此。曹操曾經自己說過：「倘無我，不知有多少人稱王稱帝！」這句話他倒並沒有說謊。因此之故，影響到文章方面，成了清峻的風格。——就是文章要簡約嚴明的意思。

此外還有一個特點，就是尚通脫。他為什麼要尚通脫呢？自然也與當時的風氣有莫大的關係。因為在黨錮之禍以前，凡黨中人都自命清流，不過講「清」講得太過，便成固執，所以在漢末，清流的舉動有時便非常可笑了。

比方有一個有名的人，普通的人去拜訪他，先要說幾句話，倘這

幾句話說得不對，往往會遭倨傲的待遇，叫他坐到屋外去，甚而至於拒絕不見。

又如有一個人，他和他的姊夫是不對的，有一回他到姊姊那裡去吃飯之後，便要將飯錢算回給姊姊。她不肯要，他就於出門之後，把那些錢扔在街上，算是付過了。

個人這樣鬧鬧脾氣還不要緊，若治國平天下也這樣鬧起執拗的脾氣來，那還成甚麼話？所以深知此弊的曹操要起來反對這種習氣，力倡通脫。通脫即隨便之意。此種提倡影響到文壇，便產生大量想說什麼便說什麼的文章。

更因思想通脫之後，廢除固執，遂能充分容納異端和外來的思想，故孔教以外的思想源源引入。

總括起來，我們可以說漢末魏初的文章是清峻、通脫。在曹操本身，也是一個改造文章的祖師，可惜他的文章傳的很少。他膽子很大，文章從通脫得力不少，做文章時又沒有顧忌，想寫的便寫出來。

所以曹操徵求人才時也是這樣說，不忠不孝不要緊，只要有才便可以。這又是別人所不敢說的。曹操做詩，竟說是「鄭康成行酒伏地氣絕」，他引出離當時不久的事實，這也是別人所不敢用的。還有一樣，比方人死時，常常寫點遺令，這是名人的一件極時髦的事。當時的遺令本有一定的格式，且多言身後當葬於何處何處，或葬於某某名人的墓旁；操獨不然，他的遺令不但沒有依著格式，內容竟講到遺下的衣服和伎女怎樣處置等問題。

陸機雖然評曰「貽塵謗於後王」，然而我想他無論如何是一個精明人，他自己能做文章，又有手段，把天下的方士文士統統搜羅起來，省得他們跑在外面給他搗亂。所以他帷幄裡面，方士文士就特別地多。

孝文帝曹丕，以長子而承父業，篡漢而即帝位。他也是喜歡文章的。其弟曹植，還有明帝曹叡，都是喜歡文章的。不過到那個時候，

於通脫之外，更加上華麗。丕著《典論》，現已失散無全本，那裡面說：「詩賦欲麗」，「文以氣為主」。《典論》的零零碎碎，在唐宋類書中；一篇整的《論文》，在《文選》中可以看見。

後來有一般人很不以他的見解為然。他說詩賦不必寓教訓，反對當時那些寓訓勉於詩賦的見解，用近代的文學眼光來看，曹丕的一個時代可說是「文學的自覺時代」，或如近代所說是為藝術而藝術(Art for Art's Sake)的一派。所以曹丕做的詩賦很好，更因他以「氣」為主，故於華麗以外，加上壯大。歸納起來，漢末，魏初的文章，可說是：「清峻，通脫，華麗，壯大。」在文學的意見上，曹丕和曹植表面上似乎是不同的。曹丕說文章事可以留名聲於千載；但子建卻說文章小道，不足論的。據我的意見，子建大概是違心之論。這裡有兩個原因，第一，子建的文章做得好，一個人大概總是不滿意自己所做而羨慕他人所為的，他的文章已經做得好，於是他便敢說文章是小道；第二，子建活動的目標在於政治方面，政治方面不甚得志，遂說文章是無用了。

曹操曹丕以外，還有下面的七個人：孔融，陳琳，王粲，徐幹，阮瑀，應瑒，劉楨，都很能做文章，後來稱為「建安七子」。七人的文章很少流傳，現在我們很難判斷；但，大概都不外是「慷慨」，「華麗」罷。華麗即曹丕所主張，慷慨就因當天下大亂之際，親戚朋友死於亂者特多，於是為文就不免帶著悲涼，激昂和「慷慨」了。

七子之中，特別的是孔融，他專喜和曹操搗亂。曹丕《典論》裡有論孔融的，因此他也被拉進「建安七子」一塊兒去。其實不對，很兩樣的。不過在當時，他的名聲可非常之大。孔融作文，喜用譏嘲的筆調，曹丕很不滿意他。孔融的文章現在傳的也很少，就他所有的看起來，我們可以瞧出他並不大對別人譏諷，只對曹操。比方操破袁氏兄弟，曹丕把袁熙的妻甄氏拿來，歸了自己，孔融就寫信給曹操，說當初武王伐紂，將妲己給了周公了。操問他的出典，他說，以今例

古，大概那時也是這樣的。又比方曹操要禁酒，說酒可以亡國，非禁不可，孔融又反對他，說也有以女人亡國的，何以不禁婚姻？

其實曹操也是喝酒的。我們看他的「何以解憂？惟有杜康」的詩句，就可以知道。為什麼他的行為會和議論矛盾呢？此無他，因曹操是個辦事人，所以不得不這樣做；孔融是旁觀的人，所以容易說些自由話。曹操見他屢屢反對自己，後來藉故把他殺了。他殺孔融的罪狀大概是不孝。因為孔融有下列的兩個主張：

第一，孔融主張母親和兒子的關係是如瓶之盛物一樣，只要在瓶內把東西倒了出來，母親和兒子的關係便算完了。第二，假使有天下饑荒的一個時候，有點食物，給父親不給呢？孔融的答案是：倘若父親是不好的，寧可給別人。——曹操想殺他，便不惜以這種主張為他不忠不孝的根據，把他殺了。倘若曹操在世，我們可以問他，當初求才時就說不忠不孝也不要緊，為何又以不孝之名殺人呢？然而事實上縱使曹操再生，也沒人敢問他，我們倘若去問他，恐怕他把我們也殺了！

與孔融一同反對曹操的尚有一個禰衡，後來給黃祖殺掉了。禰衡的文章也不錯，而且他和孔融早是「以氣為主」來寫文章的了。故在此我們又可知道，漢文慢慢壯大起來，是時代使然，非專靠曹操父子之功的。但華麗好看，卻是曹丕提倡的功勞。

這樣下去一直到明帝的時候，文章上起了個重大的變化，因為出了一個何晏。

何晏的名聲很大，位置也很高，他喜歡研究《老子》和《易經》。至於他是怎樣的一個人呢？那真相現在可很難知道，很難調查。因為他是曹氏一派的人，司馬氏很討厭他，所以他們的記載對何晏大不滿。因此產生許多傳說，有人說何晏的臉上是搽粉的，又有人說他本來生得白，不是搽粉的。但究竟何晏搽粉不搽粉呢？我也不知道。

　　但何晏有兩件事我們是知道的。第一，他喜歡空談，是空談的祖師；第二，他喜歡吃藥，是吃藥的祖師。

　　此外，他也喜歡談名理。他身子不好，因此不能不服藥。他吃的不是尋常的藥，是一種名叫「五石散」的藥。

　　「五石散」是一種毒藥，是何晏吃開頭的。漢時，大家還不敢吃，何晏或者將藥方略加改變，便吃開頭了。五石散的基本，大概是五樣藥：石鐘乳，石硫黃，白石英，紫石英，赤石脂；另外怕還配點別樣的藥。但現在也不必細細研究它，我想各位都是不想吃它的。

　　從書上看起來，這種藥是很好的，人吃了能轉弱為強。因此之故，何晏有錢，他吃起來了；大家也跟著吃。那時五石散的流毒就同清末的鴉片的流毒差不多，看吃藥與否以分闊氣與否的。現在由隋巢元方做的《諸病源候論》的裡面可以看到一些。據此書，可知吃這藥是非常麻煩的，窮人不能吃，假使吃了之後，一不小心，就會毒死。先吃下去的時候，倒不怎樣的，後來藥的效驗既顯，名曰「散發」。倘若沒有「散發」，就有弊而無利。因此吃了之後不能休息，非走路不可，因走路才能「散發」，所以走路名曰「行散」。比方我們看六朝人的詩，有云：「至城東行散」，就是此意。後來做詩的人不知其故，以為「行散」即步行之意，所以不服藥也以「行散」二字入詩，這是很笑話的。

　　走了之後，全身發燒，發燒之後又發冷。普通發冷宜多穿衣，吃熱的東西。但吃藥後的發冷剛剛要相反：衣少，冷食，以冷水澆身。倘穿衣多而食熱物，那就非死不可。因此五食散一名寒食散。只有一樣不必冷吃的，就是酒。

　　吃了散之後，衣服要脫掉，用冷水澆身；吃冷東西；飲熱酒。這樣看起來，五石散吃的人多，穿厚衣的人就少；比方在廣東提倡，一年以後，穿西裝的人就沒有了。因為皮肉發燒之故，不能穿窄衣。為

預防皮膚被衣服擦傷，就非穿寬大的衣服不可。現在有許多人以為晉人輕裘緩帶，寬衣，在當時是人們高逸的表現，其實不知他們是吃藥的緣故。一班名人都吃藥，穿的衣都寬大，於是不吃藥的也跟著名人，把衣服寬大起來了！

還有，吃藥之後，因皮膚易於磨破，穿鞋也不方便，故不穿鞋襪而穿屐。所以我們看晉人的畫像和那時的文章，見他衣服寬大，不鞋而屐，以為他一定是很舒服，很飄逸的了，其實他心裡都是很苦的。

更因皮膚易破，不能穿新的而宜於穿舊的，衣服便不能常洗。因不洗，便多虱。所以在文章上，蝨子的地位很高，「捫虱而談」，當時竟傳為美事。比方我今天在這裡演講的時候，捫起虱來，那是不大好的。但在那時不要緊，因為習慣不同之故。這正如清朝是提倡抽大煙的，我們看見兩肩高聳的人，不覺得奇怪。現在就不行了，倘若多數學生，他的肩成為一字形，我們就覺得很奇怪了。

此外可見服散的情形及其他種種的書，還有葛洪的《抱朴子》。

到東晉以後，作假的人就很多，在街旁睡倒，說是「散發」以示闊氣。就像清時尊讀書，就有人以墨塗唇，表示他是剛才寫了許多字的樣子。故我想，衣大，穿屐，散發等等，後來效之，不吃也學起來，與理論的提倡實在是無關的。

又因「散發」之時，不能肚餓，所以吃冷物，而且要趕快吃，不論時候，一日數次也不可定。因此影響到晉時「居喪無禮」。——本來魏晉時，對於父母之禮是很繁多的。比方想去訪一個人，那麼，在未訪之前，必先打聽他父母及其祖父母的名字，以便避諱。否則，嘴上一說出這個字音，假如他的父母是死了的，主人便會大哭起來——他記得父母了——給你一個大大的沒趣。晉禮居喪之時，也要瘦，不多吃飯，不准喝酒。但在吃藥之後，為生命計，不能管得許多，只好大嚼，所以就變成「居喪無禮」了。

　　居喪之際，飲酒食肉，由闊人名流倡之，萬民皆從之，因為這個緣故，社會上遂尊稱這樣的人叫作名士派。

　　吃散發源於何晏，和他同志的，有王弼和夏侯玄兩個人，與晏同為服藥的祖師。有他三人提倡，有多人跟著走。他們三個人多是會做文章，除了夏侯玄的作品流傳不多外，王何二人現在我們尚能看到他們的文章。他們都是生於正始的，所以又名曰「正始名士」。但這種習慣的末流，是只會吃藥，或竟假裝吃藥，而不會做文章。

　　東晉以後，不做文章而流為清談，由《世說新語》一書裡可以看到。此中空論多而文章少，比較他們三個差得遠了。三人中王弼二十餘歲便死了，夏侯何二人皆為司馬懿所殺。因為他二人同曹操有關係，非死不可，猶曹操之殺孔融，也是借不孝做罪名的。

　　二人死後，論者多因其與魏有關而罵他，其實何晏值得罵的就是因為他是吃藥的發起人。這種服散的風氣，魏、晉，直到隋、唐還存在著，因為唐時還有「解散方」，即解五石散的藥方，可以證明還有人吃，不過少點罷了。唐以後就沒有人吃，其原因尚未詳，大概因其弊多利少，和鴉片一樣罷？

　　晉名人皇甫謐作一書曰《高士傳》，我們以為他很高超。但他是服散的，曾有一篇文章，自說吃散之苦。因為藥性一發，稍不留心，即會喪命，至少也會受非常的苦痛，或要發狂；本來聰明的人，因此也會變成癡呆。所以非深知藥性，會解救，而且家裡的人多深知藥性不可。晉朝人多是脾氣很壞，高傲，發狂，性暴如火的，大約便是服藥的緣故。比方有蒼蠅擾他，竟至拔劍追趕；就是說話，也要糊糊塗塗地才好，有時簡直是近於發瘋。但在晉朝更有以癡為好的，這大概也是服藥的緣故。

　　魏末，何晏他們之外，又有一個團體新起，叫做「竹林名士」，也是七個，所以又稱「竹林七賢」。正始名士服藥，竹林名士飲酒。竹林

的代表是嵇康和阮籍。但究竟竹林名士不純粹是喝酒，嵇康也兼服藥，而阮籍則是專喝酒的代表。但嵇康也飲酒，劉伶也是這裡面的一個。他們七人中差不多都反抗舊禮教的。

這七人中，脾氣各有不同。嵇阮二人的脾氣都很大；阮籍老年時改得很好，嵇康就始終都是極壞的。

阮年輕時，對於訪他的人有加以青眼和白眼的分別。白眼大概是全然看不見眸子的，恐怕要練習很久才能夠。青眼我會裝，白眼我卻裝不好。

後來阮籍竟做到「口不臧否人物」的地步，嵇康卻全不改變。結果阮得終其天年，而嵇竟喪於司馬氏之手，與孔融何晏等一樣，遭了不幸的殺害。這大概是因為吃藥和吃酒之分的緣故：吃藥可以成仙，仙是可以驕視俗人的；飲酒不會成仙，所以敷衍了事。

他們的態度，大抵是飲酒時衣服不穿，帽也不戴。若在平時，有這種狀態，我們就說無禮，但他們就不同。居喪時不一定按例哭泣；子之於父，是不能提父的名，但在竹林名士一流人中，子都會叫父的名號。舊傳下來的禮教，竹林名士是不承認的。即如劉伶——他曾做過一篇〈酒德頌〉，誰都知道——他是不承認世界上從前規定的道理的，曾經有這樣的事，有一次有客見他，他不穿衣服。人責問他；他答人說，天地是我的房屋，房屋就是我的衣服，你們為什麼鑽進我的褲子中來？至於阮籍，就更甚了，他連上下古今也不承認，在〈大人先生傳〉裡有說：「天地解兮六合開，星辰隕兮日月頹，我騰而上將何懷？」他的意思是天地神仙，都是無意義，一切都不要，所以他覺得世上的道理不必爭，神仙也不足信，既然一切都是虛無，所以他便沉湎於酒了。然而他還有一個原因，就是他的飲酒不獨由於他的思想，大半倒在環境。其時司馬氏已想篡位，而阮籍的名聲很大，所以他講話就極難，只好多飲酒，少講話，而且即使講話講錯了，也可以借醉

得到人的原諒。只要看有一次司馬懿求和阮籍結親,而阮籍一醉就是兩個月,沒有提出的機會,就可以知道了。

阮籍作文章和詩都很好,他的詩文雖然也慷慨激昂,但許多意思都是隱而不顯的。宋的顏延之已經說不大能懂,我們現在自然更很難看得懂他的詩了。他詩裡也說神仙,但他其實是不相信的。嵇康的論文,比阮籍更好,思想新穎,往往與古時舊說反對。孔子說:「學而時習之,不亦說乎?」嵇康做的〈難自然好學論〉,卻道,人是並不好學的,假如一個人可以不做事而又有飯吃,就隨便閒遊不喜歡讀書了,所以現在人之好學,是由於習慣和不得已。還有管叔蔡叔,是疑心周公,率殷民叛,因而被誅,一向公認為壞人的。而嵇康做的〈管蔡論〉,就也反對歷代傳下來的意思,說這兩個人是忠臣,他們的懷疑周公,是因為地方相距太遠,消息不靈通。

但最引起許多人的注意,而且於生命有危險的,是《與山巨源絕交書》中的「非湯武而薄周孔」。司馬懿因這篇文章,就將嵇康殺了。非薄湯武周孔,在現時代是不要緊的,但在當時卻關係非小。湯武是以武定天下的;周公是輔成王的;孔子是祖述堯舜,而堯舜是禪讓天下的。嵇康都說不好,那麼,教司馬懿篡位的時候,怎麼辦才是好呢?沒有辦法。在這一點上,嵇康於司馬氏的辦事上有了直接的影響,因此就非死不可了。嵇康的見殺,是因為他的朋友呂安不孝,連及嵇康,罪案和曹操的殺孔融差不多。魏晉,是以孝治天下的,不孝,故不能不殺。為什麼要以孝治天下呢?因為天位從禪讓,即巧取豪奪而來,若主張以忠治天下,他們的立腳點便不穩,辦事便棘手,立論也難了,所以一定要以孝治天下。但倘只是實行不孝,其實那時倒不很要緊的,嵇康的害處是在發議論;阮籍不同,不大說關於倫理上的話,所以結局也不同。

但魏晉也不全是這樣的情形,寬袍大袖,大家飲酒。反對的也很

多。在文章上我們還可以看見裴頠的〈崇有論〉，孫盛的〈老子非大賢論〉，這些都是反對王何們的。在史實上，則何曾勸司馬懿殺阮籍有好幾回，司馬懿不聽他的話，這是因為阮籍的飲酒，與時局的關係少些的緣故。

　　然而後人就將嵇康阮籍罵起來，人云亦云，一直到現在，一千六百多年。季箚說：「中國之君子，明於禮義而陋於知人心。」這是確的，大凡明於禮義，就一定要陋於知人心的，所以古代有許多人受了很大的冤枉。例如嵇阮的罪名，一向說他們毀壞禮教。但據我個人的意見，這判斷是錯的。魏晉時代，崇尚禮教的看來似乎很不錯，而實在是毀壞禮教，不信禮教的。表面上毀壞禮教者，實則倒是承認禮教，太相信禮教。因為魏晉時代所謂崇尚禮教，是用以自利，那崇奉也不過偶然崇奉，如曹操殺孔融，司馬懿殺嵇康，都是因為他們和不孝有關，但實在曹操司馬懿何嘗是著名的孝子，不過將這個名義，加罪於反對自己的人罷了。於是老實人以為如此利用，褻瀆了禮教，不平之極，無計可施，激而變成不談禮教，不信禮教，甚至於反對禮教。——但其實不過是態度，至於他們的本心，恐怕倒是相信禮教，當作寶貝，比曹操司馬懿們要迂執得多。現在說一個容易明白的比喻罷，譬如有一個軍閥，在北方——在廣東的人所謂北方和我常說的北方的界限有些不同，我常稱山東山西直隸河南之類為北方——那軍閥從前是壓迫民黨的，後來北伐軍勢力一大，他便掛起青天白日旗，說自己已經信仰三民主義了，是總理的信徒。這樣還不夠，他還要做總理的紀念周。這時候，真的三民主義的信徒，去呢，不去呢？不去，他那裡就可以說你反對三民主義，定罪，殺人。但既然在他的勢力之下，沒有別法，真的總理的信徒，倒會不談三民主義，或者聽人假惺惺的談起來就皺眉，好像反對三民主義模樣。所以我想，魏晉時所謂反對禮教的人，有許多大約也如此。他們倒是迂夫子，將禮教當作寶

貝看待的。

　　還有一個實證，凡人們的言論，思想，行為，倘若自己以為不錯的，就願意天下的別人，自己的朋友都這樣做。但嵇康阮籍不這樣，不願意別人來模仿他。竹林七賢中有阮咸，是阮籍的侄子，一樣的飲酒。阮籍的兒子阮渾也願加入時，阮籍卻道不必加入，吾家已有阿咸在，夠了。假若阮籍自以為行為是對的，就不當拒絕他的兒子，而阮籍卻拒絕自己的兒子，可知阮籍並不以他自己的辦法為然。至於嵇康，一看他的〈絕交書〉，就知道他的態度很驕傲的；有一次，他在家打鐵——他的性情是很喜歡打鐵的——鍾會來看他了，他只打鐵，不理鍾會。鍾會沒有意味，只得走了。其時嵇康就問他：「何所聞而來，何所見而去？」鍾會答道：「聞所聞而來，見所見而去。」這也是嵇康殺身的一條禍根。但我看他做給他的兒子看的〈家誡〉，——當嵇康被殺時，其子方十歲，算來當他做這篇文章的時候，他的兒子是未滿十歲的——就覺得宛然是兩個人。他在〈家誡〉中教他的兒子做人要小心，還有一條一條的教訓。有一條是說長官處不可常去，亦不可住宿；官長送人們出來時，你不要在後面，因為恐怕將來官長懲辦壞人時，你有暗中密告的嫌疑。又有一條是說宴飲時候有人爭論，你可立刻走開，免得在旁批評，因為兩者之間必有對與不對，不批評則不像樣，一批評就總要是甲非乙，不免受一方見怪。還有人要你飲酒，即使不願飲也不要堅決地推辭，必須和和氣氣的拿著杯子。我們就此看來，實在覺得很稀奇：嵇康是那樣高傲的人，而他教子就要他這樣庸碌。因此我們知道，嵇康自己對於他自己的舉動也是不滿足的。所以批評一個人的言行實在難，社會上對於兒子不像父親，稱為「不肖」，以為是壞事，殊不知世上正有不願意他的兒子像他自己的父親哩。試看阮籍嵇康，就是如此。這是，因為他們生於亂世，不得已，才有這樣的行為，並非他們的本態。但又於此可見魏晉的破壞禮教者，實在

是相信禮教到固執之極的。

　　不過何晏王弼阮籍嵇康之流，因為他們的名位大，一般的人們就學起來，而所學的無非是表面，他們實在的內心，卻不知道。因為只學他們的皮毛，於是社會上便多了很沒意思的空談和飲酒。許多人只會無端的空談和飲酒，無力辦事，也就影響到政治上，弄得玩「空城計」，毫無實際了。在文學上也這樣，嵇康阮籍的縱酒，是也能做文章的，後來到東晉，空談和飲酒的遺風還在，而萬言的大文如嵇阮之作，卻沒有了。劉勰說：「嵇康師心以遣論，阮籍使氣以命詩。」這「師心」和「使氣」，便是魏末晉初的文章的特色。正始名士和竹林名士的精神滅後，敢於師心使氣的作家也沒有了。

　　到東晉，風氣變了。社會思想平靜得多，各處都夾入了佛教的思想。再至晉末，亂也看慣了，篡也看慣了，文章便更和平。代表平和的文章的人有陶潛。他的態度是隨便飲酒，乞食，高興的時候就談論和作文章，無尤無怨。所以現在有人稱他為「田園詩人」，是個非常和平的田園詩人。他的態度是不容易學的，他非常之窮，而心裡很平靜。家常無米，就去向人家門口求乞。他窮到有客來見，連鞋也沒有，那客人給他從家丁取鞋，他便伸了足穿上了。雖然如此，他卻毫不為意，還是「採菊東籬下，悠然見南山」。這樣的自然狀態，實在不易模仿。他窮到衣服也破爛不堪，而還在東籬下採菊，偶然抬起頭來，悠然的見了南山，這是何等自然。現在有錢的人住在租界，雇花匠種數十盆花，便做詩，叫作「秋日賞菊效陶彭澤體」，自以為合於淵明的高致，我覺得不大像。

　　陶潛之在晉末，是和孔融於漢末與嵇康於魏末略同，又是將近易代的時候。但他沒有什麼慷慨激昂的表示，於是便博得「田園詩人」的名稱。但《陶集》裡有〈述酒〉一篇，是說當時政治的。這樣看來，可見他於世事也並沒有遺忘和冷淡，不過他的態度比嵇康阮籍自然得

多，不至於招人注意罷了。還有一個原因，先已說過，是習慣。因為當時飲酒的風氣相沿下來，人見了也不覺得奇怪，而且漢魏晉相沿，時代不遠，變遷極多，既經見慣，就沒有大感觸，陶潛之比孔融嵇康和平，是當然的。例如看北朝的墓誌，官位升進，往往詳細寫著，再仔細一看，他是已經經歷過兩三個朝代了，但當時似乎並不為奇。

據我的意思，即使是從前的人，那詩文完全超於政治的所謂「田園詩人」，「山林詩人」，是沒有的。完全超出於人間世的，也是沒有的。既然是超出於世，則當然連詩文也沒有。詩文也是人事，既有詩，就可以知道於世事未能忘情。譬如墨子兼愛，楊子為我。墨子當然要著書；楊子就一定不著，這才是「為我」。因為若做出書來給別人看，便變成「為人」了。

由此可知陶潛總不能超於塵世，而且，於朝政還是留心，也不能忘掉「死」，這是他詩文中時時提起的。用別一種看法研究起來，恐怕也會成一個和舊說不同的人物罷。

自漢末至晉末文章的一部分的變化與藥及酒之關係，據我所知的大概是這樣。但我學識太少，沒有詳細的研究，在這樣的熱天和雨天費去了諸位這許多時光，是很抱歉的。現在這個題目總算是講完了。

中華文化思想叢書 A0100068

老北大講義　中國小說史略

作　　者　魯迅

發 行 人　林慶彰
總 經 理　梁錦興
總 編 輯　張晏瑞
編 輯 所　萬卷樓圖書股份有限公司
　　　　　臺北市羅斯福路二段 41 號 6 樓之 3
　　　　　電話　(02)23216565
　　　　　傳真　(02)23218698

出　　版　昌明文化有限公司
桃園市龜山區中原街 32 號
電話　(02)23216565
發　　行　萬卷樓圖書股份有限公司
臺北市羅斯福路二段 41 號 6 樓之 3
電話　(02)23216565
傳真　(02)23218698
電郵　SERVICE@WANJUAN.COM.TW

ISBN 978-986-496-586-1

2021 年 7 月初版
定價：新臺幣 380 元

如何購買本書：

1. 劃撥購書，請透過以下郵政劃撥帳號：
　　帳號：15624015
　　戶名：萬卷樓圖書股份有限公司

2. 轉帳購書，請透過以下帳戶
　　合作金庫銀行　古亭分行
　　戶名：萬卷樓圖書股份有限公司

3. 帳號：0877717092596

4. 網路購書，請透過萬卷樓網站
　　網址 WWW.WANJUAN.COM.TW

大量購書，請直接聯繫我們，將有專人為您
服務。客服：(02)23216565 分機 610

如有缺頁、破損或裝訂錯誤，請寄回更換

國家圖書館出版品預行編目資料

老北大講義：中國小說史略 / 魯迅著.-- 初
版.-- 桃園市：昌明文化有限公司出版；臺
北市：萬卷樓圖書股份有限公司發行,
2021.07
　　面；　　公分.-- (中華文化思想叢書；
A0100068)
　ISBN 978-986-496-586-1(平裝)
1.中國小說　2.中國文學史
820.97　　　　　　　　　　　　110002866